ナイトランド叢書 2-1

塔の中の部屋

E・F・ベンスン

中野善夫・圷香織・山田蘭・金子浩 訳

アトリエサード

THE ROOM IN THE TOWER
and Other Stories

E.F.Benson

1912

装画：中野緑

目次

塔の中の部屋　Ｅ・Ｆ・ベンスン　中野善夫・圷香織・山田蘭・金子浩 訳

塔の中の部屋

頻繁に夢を見る人ならおそらく誰でも、眠っているときに自分が体験した出来事や夢の中で自分が置かれた状況に、その後に現実の世界で遭遇したことが一度くらいはあるのではないか。私が思うに、これは別に奇妙なことでも何でもない。このような現実化が起こるのは珍しいことでもないし、変なことでもないのだ。というのは、私たちの夢というものは一般的に、知っている人々や馴染の場所と関係のあるものだからだ。だから、そんなことが日中目覚めているときに起きても当然である。そうなのだ。こんな夢に、不条理だったり奇怪だったりする出来事が突然割り込んでくるのはよくあることだが、そんなときは、目が覚めたあとにそんな夢の続きを見るなどということはあり得ないと思うだろう。とはいうものの、偶然をいくつか考慮してみれば、ときには頻繁に夢を見る者の夢が現実になるということがまったくあり得ないわけでもないと思えてくるのだ。さほど昔のことでもないのだが、例えば私にもそんなふうに夢が現実化した経験がある。そんなに特別なことども思えないし、心霊的に意味があるとも思えないが、ことの次第は以下のようなものである。

海外に住んでいる友人に、二週間に一回ほど手紙をよこすくらい親しい男がいた。便りが来てから十四日が過ぎると、意識的にせよ、無意識にせよ、そろそろ次の手紙が来る頃だという気持になってくる。先週のある晩、こんな夢を見た。晩餐のための着替えをするために階段を上がっていたときに、いつものように、郵便配達のノックの音が正面玄関でするのが聞こえたので、向きを転じて階段を降りることにした。彼からの手紙が、他の郵便物に混ざって入っていた。ここから変なことが始まるのだが、封を開けてみるとエースのダイアモンドのカードが一枚入っていて、そこに見慣れた筆跡でこう書いてあった。「このカードを安全に保管するために君に送る。知ってのとおりイタリアではエースのカードを持っていると、あり得ないような冒険をすることになるので」翌日の夕方、着替えに上の階に行こうとしたちょうどそのとき、郵便配達のノックの音が、夢で見た通りに聞こえてきた。他の郵便物に混ざって、友人からの手紙があった。ただ、今回はエースのダイアモンドは入っていなかった。もし入っていたら、これだけならよくある偶然にしか思わなかったこの件をもっと重く受け止めていただろう。意識的にせよ無意識にせよ、私が彼からの手紙を期待していたのは間違いない。だから、夢に出てきたのだろうと思った。同様に、この二週間手紙を書かなかったということが、友人にもそろそろ手紙を書くようにほのめかしたということだろう。しかし、ときとして、そんな説明を見つけ難いこともある。例えば以下に記す話などは私にはまったく説明がつけられないのである。闇から出てきて、また闇へと帰っていったような話なのだ。

私は生まれてこの方、常習的といっていいほど夢を見てきた。いいかえれば、朝目覚めたときに何らかの心的体験に気付かないことは滅多にないし、ときにはどうやら一晩中目眩《めくるめ》く冒険を次から次へとしていたように思えることもある。冒険とはいっても他愛ないものがほとんどだが、ほぼ例外なく心地よいものばかりである。今からお話しするのは、その例外の一つだ。

その夢を最初に見たのは、十六歳くらいのときだった。そこで起こったのはこんなことである。夢は、私が大きな赤煉瓦の屋敷の前で降ろされるところから始まる。どうやら、そこに泊まることになっているようだ。召使いがドアを開けて、お茶は庭の方にご用意しておりますといい、大きな暖炉のある暗い色の羽目板を張った広間を通って、花壇に囲まれた気持のよい緑の芝生の場所に案内された。そこにはティー・テーブルがあって、人が数人集まっていた。しかし、知っている顔はたった一人で、他に知り合いは誰もいなかった。その一人は、ジャック・ストーンという名の同級生で、その館の主人の息子なのだということがすぐに判った。彼が、両親と姉妹たちに紹介してくれた。自分がそこにいることに少し驚いていたのを覚えている。その少年のことをほとんど知らなかったからだ。そして、知っていることといったらあまり好ましく思えない話ばかりだったからでもある。それに、一年ほど前に彼は学校を退学していた。その夕方はずいぶん暑く、耐え難い息苦しさに支配されていた。芝生の先には赤煉瓦の壁があって、鉄の門が真ん中にあり、その外側に胡桃の木が立っていた。私たちは細長い窓が並ぶ館に面して、建物の陰になるところに座っていたが、その窓から、クロスを掛けたテーブルにガラスや銀の食器が煌めいている様子が見えた。館の正面の庭は遠くまで延びていて、その行き着く先に三階建ての塔が建っていたのだが、そこにあるどの建物よりも古いように思われた。

しばらくすると、他の参加者たちと同じようにずっと黙りこくっていたストーン夫人に話しかけられた。「ジャックがお部屋に案内しますよ。塔の方に用意しておきましたからね」

どういうわけか判らないが、この言葉に私の心は沈んだ。自分に塔の部屋があてがわれることも、そこには何か恐ろしいこと、重要なものがあることも判っているような気がしていた。そのときジャックがさっと立ち上がった。自分は彼について行かなければならないのだとはっきり理解していた。黙ったまま、一緒に広間を通って、何度も向きを変えるオーク材の広い階段を登ると、ドアの二つある小さな踊り場に着いた。その一つを私のために開けてくれたが、彼は入らずに、私が入るやいなやドアを閉めてしまった。そのとき、自分の予感は正しかったのだと判った。部屋には何か恐ろしいものがある。悪夢の恐怖が一気に大きくなって私を飲み込んだ。そして恐怖に打ち震えながら目覚めた。

この夢、あるいはそのヴァリエーションを、この十五年のあいだ断続的に見続けてきた。ほとんどの場合このとおりの形で、到着、芝生の庭に用意されたお茶の席、耐え難い沈黙の後の耐え難い一言、ジャック・ストーンと共に登る恐怖の棲む部屋へと至る階段……いつもこの悪夢は塔の中の部屋で終わった。だが、その恐怖が何なのかを見たことは一度もなかった。この主題の変奏《ヴァリエーション》とでもいうべき夢を見ることもあった。たとえば、食堂に皆で座っていることもあって、それは最初の晩に窓から覗き込んだ部屋なのだが、やはり同じような沈黙と、同じような恐ろしいまでの息苦しさと悪い予感がある。そして、その沈黙はいつもストーン夫人が私に話しかける言葉で破られるのだ。「ジャックがお部屋に案内しますよ。塔の方に用意しておきましたからね」

この言葉はいつも変わることなく、私はジャックに連れられてオーク材の階段をぐるぐると向きを変えて登っていって、夢の中で訪れるたびに怖さを増す部屋へと入っていくのだ。あるいはまた、気がつくと大きなシャンデリアの光で満たされた居間で黙ってトランプをやっている。シャンデリアの光は眩いばかりの明るさである。どんなゲームをやっているのかは判らない。覚えているのは、嫌な予感がするとすぐにストーン夫人が立ち上がって私にいうのである。「ジャックがお部屋に案内しますよ。塔の方に用意しておきましたからね」このトランプをやっていた部屋は、食堂の隣にある。さきほどいったようにいつも眩いばかりの明るさなのだが、館の他のところはどこも闇と陰ばかりなのだ。それでも、こんな光の花束の下なのに、手持ちのカードをじっくり見られず、どういうわけかほとんど見分けられないのである。そのデザインもまた変わっている。赤のカードが全然なくて、黒ばかりなのだ。中には、一面真っ黒のカードもある。そのカードに憎しみと怖れを抱く。

この夢が繰り返されるにつれて、私は館の造りに詳しくなっていった。居間の先、廊下の突き当りは喫煙室で、そのドアには緑の羅紗が張ってある。そこはいつも暗く、前を通るときに、中から出てくる顔のよく見えない人と擦れ違うことが、しばしばあった。奇妙なことに、その夢の住人たちは、現実の人と同じような変化を見せるのだった。例えば、ストーン夫人は、初めて会ったときには髪は黒々としていたのがやがて灰色になり、勢いよく立ち上がって「ジャックがお部屋に案内しますよ。塔の方に用意しておきましたからね」といっていたのが、脚に力が入らなくなってしまったかのように弱々しく立つようになった。ジャックも成長して、茶色の口髭をたくわえたいささか人相の悪い若者になった。一方、姉妹の一人は姿を消したのだが、それはおそらく結婚したからだろう。

その夢を半年以上見ない時期があって、もうこんな不思議な怖い夢は消えてしまって、これっきりになるのではないかという希望を抱き始めていた。しかし、ある夜、久しぶりに芝生の上のお茶の席にいるのに気がついた。ストーン夫人の姿はなく、みんな黒い服を着ていた。どういうことかはすぐに判った。そして今回はもうあの塔の部屋で寝なくてもいいかも知れないと思うと胸が高鳴った。いつもは誰もが黙りこくっているのに、このときは安堵の気持のせいか、私は今までにないほど話し、そして笑った。だが、それで居心地がよくなったわけでもなかった。他には誰も話そうともせず、互いに密やかに見つめ合うだけだったのだから。私の愚かしげな言葉の流れも涸れ、明かりがゆっくりと消えていくときのように、以前に感じていたときよりもさらにひどい不安が忍び寄ってきた。

不意によく知っている声が静寂を破った。ストーン夫人の声がこういったのだ。「ジャックがお部屋に案内しますよ。塔の方に用意しておきましたからね」芝生に接する赤煉瓦の門のそばから聞こえてきたような気がした。見上げてみると、墓石があちこちに立っている草地が見えた。そこは奇妙な灰色に光っていた。一番近くの墓石の文字を読み取ってみると「ジュリア・ストーンの悪しき思い出に」と書かれていた。いつものようにジャックが立ち上がって、やはり私も彼の後を歩いて広間を抜け、何度も向きを変える階段を登った。このときは、いつもより暗かった。塔の部屋に入ったときには、ようやく家具が見えるくらいでしかなかった。家具の位置はもうすっかり馴染み深いものになっていたわけだが。それから、部屋にはひどい腐敗臭が漂っていた。私は悲鳴を上げて起きた。

　この夢は、今述べたようなヴァリエーションと変化とともに断続的に十五年続いた。あるときは二晩三晩と続けて見ることもあった。ときには、さきほど記したように六箇月も間を空けることもあった。しかし、平均してみればひと月に一回程度の頻度でこの夢を見ていたといっていいだろう。はっきりしているのは、これが悪夢だということである。いつも同じ恐怖に慄きながら終わるのだから。その恐怖は弱まることなく、毎回経験するたびに新たな恐怖を蓄積しているように思えた。さらに、恐ろしいほど妙にしっかりした夢だった。登場人物たちは、先に記したように、着実に齢を重ねていった。死と結婚が寡黙な家族を訪れた。そして、ストーン夫人が死んだ後は彼女の姿を見ることは二度となかった。しかし、その声だけはいつも聞こえてきて、私に塔の中の部屋が用意されていることを告げるのだ。芝生のお茶の席であっても、あるいはその芝生を見下ろす部屋にいても、鉄の門のすぐ外にある彼女の墓石が見えるのである。結婚した娘についてもいつも同じだった。いつもは不在なのだが、おそらくは夫だろうと思われる男と一緒に、たまに戻ってきて同席する。彼は、他の家族と同様、いつも黙っている。しかし、この夢が何度も繰り返されるせいで、起きているあいだは、特に意味のあることだと考えなくなってしまった。その頃、ジャック・ストーンにはもう何年も会っていなかったし、夢に出てくる暗い館に似た家を見かけることもなかったからだ。だが、その後、妙なことが起きたのだった。

　その年は、七月の終りまではロンドンにいて、八月の第一週には友人と一緒に、彼が夏の休みのためにサセックスのアッシュダウン森林地区に確保していた家に滞在することになった。早い時間にロンドンを発ったのは、ジョン・クリントンがフォレスト・ロウ駅に迎えに来てくれることになっていたからだ。その日はゴルフをして過ごし、夜になってから彼の家に行く予定だった。友人は車を持っていたので、楽しい一日を過ごした後、午後の五時頃に十マイルほど離れた彼の家に自動車で向かった。まだ時間が早かったのでクラブハウスでお茶にするのはやめて、彼の家に着くまで我慢することにした。車で向かっているあいだに、それまで暑くても気持のよいすがすがしい天気だったのが、急に様子が変わって、どんよりと鬱陶しい空気になったように思えた。雷の前によく感じるような、いいようのない不吉な予兆を覚えた。しかしジョンは、その考えには同調せず、私の快活な気分が消えてしまったのは二試合とも私が負けたからだろうといった。だが、その後の出来事が、私の方が正しかったことを証明した。もっとも、あの憂鬱な気分がただその夜に鳴り響いた雷鳴だけのせいだとは思わなかったが。

　高い土手の横を走る道路を進んで行くうちに、いつの間にか私は眠り込んでしまい、車が止まるまで目を覚まさなかった。そして、目を覚ましたときにぞっとしたのは、多少の恐れもあったが、主に好奇心のせいだった。自分があの夢の館の前に立っているのに気がついたのだから。まだ夢を見ているのではないだろうかと半分疑いながら、オークの低い羽目板を張った広間を通って、芝生の庭に出ると、そこには館の陰になったところにお茶の用意がしてあった。花壇があって、赤煉瓦の壁があって、そこには門があって、その向こうには胡桃の木が一本立っている草地があった。館の正面は左右に長く、その一端には三階建ての塔があり、その塔だけが明らかに古かった。

ここで、あの繰り返された夢との類似性は途切れた。黙りこくった、少々不気味な家族などは登場せず、極めて陽気な人々ばかりの集まりだったからだ。そして、知らない人は一人もいなかった。あの夢が私の心を満たしていた恐怖の代わりに目の前でこうして再現される光景には、そんな怖れは感じなかった。しかし、これから何が起こるのかということに対する好奇心の方がむしろ強かった。

お茶の時間は楽しく過ぎていき、やがてクリントン夫人が立ち上がった。そして、その瞬間に彼女がこれから何をいうのかが判るような気がした。彼女が私にいったのは、こんな言葉だった。

「ジャックがお部屋に案内しますよ。塔の方に用意しておきましたからね」

その瞬間、ほんの半秒くらいの間だが、あの夢の恐怖に摑まれた。しかし、それもすぐに消えて、再び強い好奇心以外には特に感じることもなくなった。その好奇心が満たされるのに、それほどの時間はかからなかった。

ジョンが私に顔を向けた。

「館の一番高いところにある部屋なのだが、きっと快適に過ごしてもらえると思う。僕たちの方はもう部屋がいっぱいでね。今から見に行ってみようか。それにしても、嵐になるっていうのは、本当に君のいうとおりだった。すっかり暗くなってしまった」

私は立ち上がって、ジョンの後について行った。ホールを通って、完璧に慣れ親しんでいる階段を登った。そして、彼がドアを開けて、私が中へ入った。その瞬間、まったく理由の判らない恐怖に再び襲われた。ただ、とにかく怖かった。長い間、記憶から逃れていた名前を思い出すときのように、自分が何を恐れていたのかが頭に浮かんできた。ストーン夫人が怖かったのだ。彼女の墓の不気味な墓碑銘の「悪しき思い出に」という言葉を夢で何度も見た。窓の下にある芝生のすぐ向こうにある。そのとき、恐怖がまたすっかり消えてなくなり、自分が一体何を恐れているかもよく判らなくなった。ふと気づくと、素面《しらふ》で、落ち着いて、正気になって、夢の中で何度もその名前を聞いて、もうお馴染になっている光景の塔の部屋の中にいたのだった。

自分がこの部屋の持ち主であるかのような気持になってまわりを見回してみると、夜毎の夢の中でよく知っている様子とまったく変わらないのが判った。ドアのすぐ左側に、側面を壁に寄せて頭が角にくるようにベッドを置いていた。ベッドとまっすぐに並んで暖炉と小さな書棚があった。ドアに向かって反対側の壁には格子をはめた窓が二つあって、その間に化粧台が置かれていた。四番目の壁には洗面台と大きな戸棚が並んでいた。私の荷物はすでに荷解きが済んでいるようで、洗面台と化粧台の上に着替えがきちんと並べられ、晩餐用の服はベッドの上掛けの上に広げられていた。そのとき、不意に説明のつかない不安に襲われた。前に見た夢の中では見かけなかった物体が二つ目に入ったのである。かなり目立つものだった。一つは等身大のストーン夫人の油絵、もう一つはジャック・ストーンの白黒のスケッチだった。そこに描かれたジャックは、繰り返されてきた夢の、つい先週見た夢に出てきたときのように、謎めいた邪な表情を浮かべる三十男であった。ジャックの絵は二つの窓の間に掛かっていて、部屋の反対側のもう一枚の肖像画を真っ直ぐに見つめていた。そのもう一枚はベッドのすぐ脇に掛かっていた。今度はそちらを見てみると、また悪夢のような恐怖に鷲摑みにされた。

それは最近見た夢に出てきたようなストーン夫人の姿だった。年老いて、皺が寄って、髪が白くなったストーン夫人である。しかし、身体は明らかに衰えているのに、活力と体力は恐ろしいほど溢れ、肉体を突き通すほどの輝きを放っていた。悪意が全身から満ち溢れ、想像し難いほどの邪念という泡に包まれていた。細く横目で見る目から邪悪な念が迸《ほとばし》り、悪魔のような口から笑い声が出てきた。顔全体を密かなぞっとするような喜びが覆っていた。両手を膝の上でぎゅっと握りしめていたが、内に秘めた名状し難い歓喜に震えているように見えた。そのとき、左下の隅に書かれた署名が目に入った。これを描いた画家は誰なのだろうかと思って、もっと近寄って見てみると、「ジュリア・ストーン作ジュリア・ストーン」という文字が読み取れた。

軽いノックの音がして、ジョン・クリントンが部屋に入ってきた。

「他に要るものはないかな」

「要らないものまである」といって、私は絵を指さした。

ジョンは笑い声をあげた。

「人相の悪い老婦人だ。それに自分で描いたんだ、これを。それにしても、自惚《うぬぼ》れるにもほどがあるよな」

「でも、見れば判るだろう？　人間の顔じゃない。魔女の顔だ。悪魔の顔だ」

ジョンは少し近寄って絵を見つめた。

「ああ、楽しい絵じゃないな。枕元に置くようなものとはいえない。こんなのがすぐ側にあったら、悪い夢を見るに決まっている。もし、お望みなら、外しておこう」

「お願いだ、外してくれ」

ジョンはベルを鳴らして召使いを呼ぶと、一緒に絵を降ろし、部屋の外に運んで絵を壁に向けるように床の上に置いた。

「やれやれ、老婦人にしては重いな」といって、ジョンは額の汗を拭った。「何か企んでいるんじゃないか」

絵があまりにも重いのに私も驚いていた。返事をしようとしたときに、自分の手を見ると、血がついていた。かなりの量で、掌がすっかり血だらけだった。

「どこかで切ってしまったようだ」

ジョンが、少し驚いたような声を上げた。

「あ、僕もだ」

すぐに召使いがハンカチを差し出したので、それを使ってジョンは手を拭った。ハンカチに血がついているのが見えた。

ジョンと私は塔の部屋に戻って、血を洗い流した。ジョンも私も、切ったような跡も引っ掻いたような跡もまったく見つからなかった。このことを確かめたあとは、私たちは二人とも、これについては二度と触れないよう暗黙の諒解をしたように思った。私の場合は、自分にとって考えたくないようなことが心にぼんやりと浮かんできたのだった。たんなる憶測に過ぎないのだが、ジョンの心にも同じことが浮かんでいると判ったような気がした。

部屋の空気は暑く、息苦しかった。予想していた嵐はまだやって来ていなくて、夕食後にはさらに息苦しくなったので、ジョン・クリントンと私と他の何人かは、先刻お茶の時間にいた芝生に接する小道に出ていた。夜はすっかり暗くなって、星の煌めきも月の光も空で逆巻く雲の厚みを抜けてくることはなかった。そこに留まる人数は次第に減り、女たちは寝室へ、男たちは喫煙室かビリヤード室へと散っていった。十一時になる頃には、私を招待してくれたジョンと私の二人だけになっていた。ジョンは、その晩ずっと考えていたであろうことを二人だけになるとすぐに話し始めた。

「絵を降ろすのを手伝った男も手に血がついていたのに気づいたか。ついさっき、手を切ったのかと訊いてみたら、そうかも知れないといったんだが、傷痕なんかぜんぜん見つからなかった。血は一体どこから出てきたんだ」

そんなことを考えるつもりはないと自分にいい聞かせることで、私は実際考えないことに成功していた。特に就寝時には絶対に思い出したくないことだった。

「判らない。あのジュリア・ストーン夫人の絵が枕元にさえなければ、どうでもいいんだ」

ジョンが立ち上がった。

「しかし、変だな。おい、変なことがもう一つありそうだぞ」

私たちが話しているときに、ジョンが飼っているアイリッシュ・テリアが家から出てきた。私たちの後ろにあるホールへ入るドアは開いていた。輝く光の長方形が、芝生を越えて鉄の門の向こうの草地に明かりを投げ掛けていた。側に胡桃の木のある、あの鉄の門である。犬が全身の毛を逆立てているのが見えた。怒りと恐怖で毛を逆立てているのだ。歯を剥き出しにし、まるで何かに跳びかかろうとしているような様子で、ひとり唸り声をあげていた。犬は、自分の主人にも私にも一向に気づく様子もなく、ただ頑なに緊張して芝生の上を鉄の門へと歩いていった。そこで、一瞬立ち止まると、鉄の棒の間から外を覗きながら唸り続けていた。すると突然、勇気が消失してしまったようだった。長く一声吠えると、恐怖に身を縮めるような変な様子を見せながら、館の方へと小走りに戻っていった。

「あいつは、一日に五、六回もあんなことをするんだ。何か怖くて嫌なものが見えている」

門のところまで歩いて行って、向こう側を眺めてみた。外の草地で何かが動いていた。やがて、私の耳には何だかすぐには判別できない音が聞こえてきた。そのとき、それが何だか判った。猫が咽喉を鳴らす声だ。燐寸を擦ると、その咽喉を鳴らしているものが見えた。大きな青いペルシャ猫だった。門の外をただぐるぐると小さな円を描いて歩いていた。足を高くあげて、うっとりとした様子で、尾を幟のように高く掲げていた。目はきらきらと輝いて、ときおり、頭を下げて草の匂いをくんくんと嗅いでいた。

笑ってしまった。

「その謎も解決されたようだ。ここの大きな猫がワルプルギスの夜をひとりで楽しんでいる」

「ああ、そいつはダリウスだ。ダリウスは昼間の半分と夜のすべてをそこで過ごす。でも、それでは犬の謎を解決したことにはならないぞ。トビーと猫は大の仲良しだからな。猫の謎は振り出しに戻った。猫のやつ、そんなところで何をしているんだろう。ダリウスは何が嬉しいんだ。トビーはあんなに怖がっていたのに」

その瞬間、夢の中で門の向こうを覗いたときに、ちょうどいま猫がいるところに見えた恐ろしいものが鮮明に頭に浮かんだ。あの禍々しい言葉が刻まれた白い墓石である。私が何もいう間もなく、雨が降り出した。まるで樽の栓を捻ったかのように、突然、激しく。それと同時に、あの大きな猫が門の格子の間に体を捩じ込んで通り抜けると、芝生の上を跳んで家の中へと走り込んで雨を逃れた。その後も、戸口に座って、熱心に闇の中を覗き込んでいた。ジョンがドアを閉めようとして猫を中へ押し込むと、猫は前脚でジョンを打ったり叩いたりした。

ジュリア・ストーンの肖像画を外の廊下に出すと、塔の部屋に対してまったく警戒する気持もなくなり、私は身体が重くとても眠くなっていたのでベッドに入った。手に血がついた妙なできごとにも、猫と犬の行動にもすっかり関心がなくなっていた。明かりを消す前に最後に目にしたものは、前に肖像画をかけていたベッドの脇の空っぽのスペースである。そこだけは壁紙の本来の色である暗赤色だったのだ。それ以外のところでは壁紙はすっかり色褪せていたのだが。そうして私は蠟燭の火を吹き消し、たちまち眠りに就いた。

目が覚めたのも、それと同じくらい一瞬でだった。次の瞬間にベッドの上に身を起こしたときには、何か明るい光が自分の顔を照らしたという強い印象が残っていた。その頃にはもう完全な闇の中だったが。自分がどこにいるかははっきり判っていた。何度も夢に見た恐ろしい部屋だ。しかし、そのときのような頭の中に侵入してくる凍りつくほどの恐怖に襲われたことは、眠っていたときには一度もなかった。そのとき館の真上で雷鳴が轟いた。ということは、おそらく稲妻の光で目が覚めただけだったのだろうが、だからといってそれで早鐘を打つような私の心臓に安心がもたらされるわけでもなかった。私が知っている何かが、この部屋に一緒にいる。本能的に右手を伸ばして、それを押しのけようとした。すると、壁の近くにあった手がすぐ側に掛かっていた絵の額縁の縁にぶつかったのである。

私はベッドから飛び出した。傍らにある小テーブルをひっくり返し、自分の時計、蠟燭、燐寸《マッチ》が床に散らばるのが聞こえた。しかし、一瞬、明かりをつける必要がなくなった。目も眩むような稲妻が雲から煌めき、ベッドの横の壁にストーン夫人の肖像画が掛かっているのを見せてくれたからだ。すぐに部屋は暗闇に戻った。だが、そのときの稲妻の光で見えていたものがもう一つあった。すなわち、ベッドの足元から身を乗り出すようにして私を見つめていた人の姿である。身体にぴったりとした白い服を纏《まと》っていたが、そこには土の汚れや染みがあった。その顔は肖像画と同じだった。

頭上では、雷が光り轟いていた。雷が止むと、死んだような静寂が訪れ、すぐそばでさらさらという衣擦れの音が聞こえた。それが少しずつ近寄って来た。そして、何よりも怖かったのは、腐敗と腐爛の臭気に気づいたことだった。そして、首の横に手が置かれるのを感じた。耳のすぐそばで、早くて激しく息をする音が聞こえた。こうして肌で、鼻で、目で、耳でそれを感知できてもなおこれがこの地上のものではなく、何か人の身体から抜け出してきて、自ら実体化する力を持つ存在であることが判った。そのとき、すでによく知っている声がこういった。

「お前が塔の部屋に来ることは判っていたよ。ずいぶん、長いこと待っていた。やっと来たねえ。今夜は御馳走だ。そのうち、一緒に御馳走を味わうようになるんだ」

そして、激しい息遣いが近づいてきた。息が首にかかるのを感じた。

恐怖のあまり、一瞬麻痺してしまったようだったが、自己保全本能が恐怖に取って代わった。両腕で目茶苦茶に殴りかかり、同時に足で蹴りつけると、動物のような小さな金切り声がして、何か柔らかいものが横にどさりと落ちる音が聞こえた。その床の上にあるものに足をとられてつまずきながら数歩前に進んで、幸運にもドアの取っ手を見つけることができた。次の瞬間、部屋から階段の踊り場に転げだした。ドアが背後で閉まるばんという音が聞こえた。ほとんど同時に、下の方でドアが開く音が聞こえて、ジョン・クリントンが蠟燭を手に、階段を上がってきた。

「どうしたんだ？　すぐ下で寝ていたんだが、物音がして――どうしたんだ、肩に血がついているぞ」

後で話してくれたところによると、私はそこでゆらゆらと左右に揺れながら立っていた。紙のように白い顔をして、肩には血塗れの手を置いたかのような跡があった。

私は指さしながら、いった。「中にいるんだ。彼女がね。肖像画も中に戻っていた。僕たちが外したところに掛かっているんだ」

その言葉にジョンは笑った。「何だ、悪い夢を見ただけなんじゃないか」

そういって私を押しのけるとドアを開けた。私はただ横に立って、それをとめることもできず、身動きすることさえできず、恐怖で呆然としているだけだった。

「うわ、ひどい臭《にお》いだな」

その後は黙り込んでいた。ドアの背後に入り込んで私の視界から消えた。次の瞬間、彼は戻ってきた。私と同じように顔面蒼白になって、すぐにドアを閉めた。

「ああ、肖像画があった。床の上には――泥の跡が残っていた。土に埋葬された死人が来た跡のように。出よう、すぐにここを出よう」

どうやって塔を降りたのか、ほとんど覚えていない。身体よりも魂の震えと吐き気に襲われた。そして、一度ならずジョンに足を階段に乗せてもらわなければならなかった。その間もときおり彼も恐怖と不安の眼差しを階段の上に向けるのだった。ようやく下の階にあるジョンの化粧室に入ると、私は今ここに書いたことを彼に話した。


そのあとのことは簡単にまとめよう。もしウェスト・フォーレイの教会で八年ほど前に起こった不可解なできごとを思いだした読者の方々なら、すでにあれが何だったのか想像できているかも知れない。それは、自殺したある女性の遺体を三回埋葬しようとしたという事件だった。三回とも数日のうちに再び地面から突き出したようになっているのが見つかったのである。その三回の後に、その件が話題にならないようにと亡骸《なきがら》を教会の墓地とは別のところに埋葬することにした。その場所は、この女性が住んでいた館の庭にある鉄の門のすぐ外だった。彼女は、その館にある塔の一番上にある部屋で自殺したのだ。名前は、ジュリア・ストーンだった。

その後、亡骸を密かに掘り起こしてみると、棺は血でいっぱいだったという。

The Room in the Tower（訳・中野善夫）

アブドゥル・アリの墓

ルクソールは、赴いた経験のある人ならたいてい頷いてくれると思うのだが、極めて魅力的な土地であり、旅行者を惹きつけてやまない多くの呼び物を持っている。すなわちビリヤード室を完備した素晴らしいホテル、神々が遊ぶにふさわしい庭園、多くの滞在客、少なくとも週に一度は開かれる観光船上でのダンスパーティー、ウズラ狩り、アヴィリオン（テニソンの詩『国王牧歌』に出てくる島）さながらの気候、そして考古学に興味のある人を魅了してやまない多くの素晴らしき太古の遺跡。だがなかには、数こそ少ないが、ルクソールの魅力は眠り姫のように、それらすべてが消えたときにこそ目を覚ますのであり、それこそが正論だとほとんど熱狂的に信じている人々がいる。つまりホテルは空になり、ビリヤードの採点係がカイロへ〝長期休暇〟へ出かけ、さんざん仲間を殺された側のウズラと殺した側の観光客が北方へ移り、テーベの平原ダナは一面焼き網さながらになるため、たとえデル・エル・バハリ神殿のテラスにハトシェプスト女王その人が姿を現すとしても、昼のあいだにそこを進もうなどという者はいなくなる。だがその狂信的な少数派というのが、ほかの点では尊敬に値する人々だったりするもので、ひょっとすると彼らの見方が正しいのではないかという疑いがきざし、私は自分の目で確かめてみたくなった。こうして二年前、あと数日で六月がはじまるというときに、まだそこにいた私は、見事なまでの改宗者となっていた。

大量の煙草と長い夏の日が、南国の夏の魅力の分析に力を貸してくれた。ウエストン――最も早い時期からの少数精鋭派の一人――と私は、かなり長いことそれについて話し合った。二人とも、主成分については、化学者でさえも困惑するしかない未知の何かであり、突き止める必要があるとは思いながらも保留にしていたが、それ以外にも視覚と聴覚に働きかける薬物はいくつも見つかり、私たちはそれらが全体に寄与しているという点で同意していた。そのうちのいくつかは追記しておく。

夜明け前の暖かな闇の中で目を覚ますと、ベッドにとどまっていたいという欲望は、覚醒とともに振り払われる。

動かぬ大気の中、私たちは馬を連れ、静かにナイルを渡りはじめる。馬たちも我々と同じく鼻をひくつかせ、信じがたいほど甘やかな香りを嗅ぐ。夜明けの香りは、何度嗅いでも魅力を減じることがない。

そのごくごく短い瞬間、日の出の直前の時間がもたらす感覚は無限であり、灰色に覆われていた河が、突然闇から放たれ、緑がかった青銅色の布のごとくに変わる。

化学反応でするすると色が変じるときのように、薔薇色の暁《あかつき》が空を東から西へと染めていく。日光はじきに西方の山々の頂をとらえ、そこから光る液体のように流れ落ちていく。

かすかな動きとささやきが世界を揺さぶる。そよ風が吹き、雲雀《ひばり》が飛翔しながら歌い、船乗りが「ヤラー、ヤラー」と声を上げ、馬が頭を持ち上げる。

続いて、馬に乗る。

続いて、宿に戻り、朝食を楽しむ。

続いて、何もやることのない時間が来る。

日没とともに、不毛な大地の暖かな香りが濃厚に漂う砂漠へと馬で出かける。それは完《まった》き無の香りであるがために、無二の香りでもある。

熱帯の夜の灼熱。

駱駝《らくだ》の乳。

農　夫《ファッラーヒーン》とのおしゃべり。彼らはこれ以上ないくらいに魅力的で罪のない人々なのだが、観光客がそばにいるとチップをもらうことで頭がいっぱいになってしまう。

そして最後には、これから取り上げるような、奇妙な体験の可能性が待っている。


この事件のはじまりとなる出来事は四日前に起こった。村の最長老だったアブドゥル・アリが突然亡くなったのだ。彼は長寿をまっとうし、富にも恵まれた。いくらかの誇張を疑う人はいたものの、親類はアブドゥルが、貯め込んだ英ポンドと同じだけ生きたと口をそろえ、その数字というのは百なのだった。はっきりした数字だし、嘘だと言うには綺麗過ぎる数でもあったから、死んでから二十四時間と立たないうちに、これが間違いのない話として定まった。だが親類にとっては、死別を敬虔に受け入れようという気持ちが、すぐに空虚な失望に変わることとなった。英ポンドはおろか、現金に比べると価値の落ちる小切手の一枚も見つからなかったからだ。小切手は、観光シーズン以外のルクソールではさほどあてにならない賢者の石だが、だとしても条件さえ整えば金を生むことは間違いないのだ。百年を生きたアブドゥル・アリは死に、一世紀分の――まるで年金さながらの――ソブリン金貨も彼とともに死んだ。父からの相続を見込まれ、一種名誉階級のような立場を楽しんでいた息子のモハメッドは、喪主であることを考慮しても、故人に対する心からの哀悼を表現するには多過ぎる量の土を投げた。

アブドゥルは残念ながら、いわゆる尊敬に値する人物ではなかった。裕福な暮らしと長寿を楽しみながらも、人々の敬意を勝ち得ることはできなかった。手に入るときにはいつでもワインを飲み、恥ずべきことに、食欲がわけばラマダーンの最中にさえ食事をした。邪眼を持っていたとも言われ、悪名高きアクメトに最期を看取らせた。アクメトは黒魔術を操るだけでなく、死んで間もない遺体を盗むという極めてあさましい罪を犯していると噂されていた。なにしろエジプトでは、進歩的で学識ある階級が古代の王や神官の遺体を奪い合うことは認められている反面、同時代の遺体を盗むのは犬畜生の仕業とみなされているからだ。モハメッドは激しく土を放る手を止めると、もっと自然に、爪を噛むことで悔しさを表しながら、アクメトのやつが父の金の秘密を突き止めているはずだと、確信のある口調で言った。だがアクメトの顔は、自分となんらかのやりとりを切実に求めた患者が偉大なる静けさの中に入っていくときにも、ほかの人々と同様、無表情なままだった。そんなわけで、アクメトの人物を評価するだけで満足した人々の心の中では、じつは金のありかを知っているのではないかという疑いが、結局、最も重要な秘密はつかみ損ねたのかもしれないという、半信半疑のあきらめに道をゆずることになった。

こうしてアブドゥルは死んで埋葬され、弔いの食事が振る舞われた。我々は、普通ならば六月の午後五時にはまず食べない量の焼き肉を頬張った。ウエストンと私は夕食をとる必要がなくなったので、砂漠をひとっ走りしてから部屋に戻り、アブドゥルの息子のモハメッドと、一番年下の孫のフセインと話をした。フセインは二十そこその若者で、私たちの従者として部屋の片付けや料理をしてくれていた。二人は消え失せた金について悲痛な口調で語り、墓に執着があるらしきアクメトの醜聞を聞かせてくれた。二人ともコーヒーを飲み、煙草を吸った。フセインは使用人ではあるものの、その日は我々のほうが、彼の父親に客としてもてなしを受けていたからだ。二人が帰った直後にマクモウトが現れた。

マクモウトは、はっきりとはわからないが、おそらくは十二歳だと言う。料理の手伝い、馬番、庭師として働いているのだが、千里眼のような、かなり強い超能力を持っている。心霊現象研究協会（心霊現象の真相について、科学的な究明を目的とする団体）の会員であるウエストンは、霊媒のブラント夫人のペテンを暴くという悲劇も体験しており、どうせ読心術だろうと言いながらも、マクモウトの言動の多くを記録しているうちに、次第に興味を引かれていった。私に言わせれば、アブドゥルの葬儀のあとに起こったことは、単なる読心術などではとても説明がつかない。マクモウトの力については、〝白魔術〟という、広範に用いられる言葉を当てはめるか、でなければさらに広範に〝偶然の技〟だとでもいうほかない。なにしろこの二つの言葉を使えば、この世で起こる不可解な現象がどんなものでも説明できてしまう。マクモウトは白魔術の力を解き放つのに、インクミラーの名で知られる単純な方法を使った。具体的には次の通りだ。

まずは少量の黒インクをマクモウトの手のひらに垂らす。ただしその当時、文具をカイロから運んでくる郵便船が砂州にはまってインクが希少になっていたので、直径三センチほどに切り取った黒い油布で試してみたところ、完全に代用品として使えることが判明した。マクモウトはこれを見つめる。五分から十分ほどたったとき、突然、猿に似た賢そうな顔が打たれたようになり、見開いた両目を布に据え、全身の筋肉を固くこわばせたまま、自分の目に見えているものについて、なんとも興味深い話をはじめるのだ。どんな体勢を取っているにせよ、手のひらからインクを落とすか布を払うまで、髪の毛一筋ほども動かない。それからマクモウトは顔を上げ、「ハラス」と言う。アラビア語で、終わり、という意味だ。

二人目の使用人としてマクモウトを雇ってから二週間しかたっていなかったが、私たちのところに来た最初の夜、彼は仕事を終えると、二階に来てこう言った。「白魔術を見せてあげるから、インクをちょうだい」それから、ロンドンにある私の家の玄関ホールの様子を説明しはじめた。ドアの前には二頭の馬がいて、男と女が一人ずつ出てくると、馬にパンを与えてから乗ったと言う。いかにもありそうなことだったので、私は母親に六月十二日の（イギリス時間で）午後五時半に何をしていたかをたずねる手紙を書き、次の郵便で送った。エジプトにおけるその時刻にマクモウトが語ったところによると、貴婦人《シット》が部屋で紅茶を飲んでいたそうで、部屋の様子まで詳細に描写してみせた。私はじりじりする思いで返事を待った。この件に関して、ウエストンの解釈はこうだ。つまり、私の心には知人に関する映像があるのだが、それは自分でさえ気づいていないレベル――ウエストンの言葉を借りると、無意識下に存在しており――私は言葉を使わずにして、催眠状態のマクモウトに情報を与えているのだという。私のほうの解釈は、どんな説明もありえないというものだった。なぜならマクモウトが言った時刻に、兄が表に出て馬に乗ると考える理由などどこにもなかったからだ（ただし、マクモウトの見たビジョンがぴったりその時刻のものだと判明すればではあるが）。その結果、私は心を開いて、何もかも信じるつもりになった。だがマクモウトが最後にその力を見せたとき、それを表するウエストンの口調は穏やかでも科学的でもなかったし、それをきっかけに、心霊現象研究協会の会員になるよう私を熱心に促すのもぴたりとやめた。私はもはや、根拠のない迷信を信じる時代遅れの人間に過ぎないというわけだ。

マクモウトは、同族の人間のいるところでは能力を使おうとしない。万が一催眠状態にあるときに、黒魔術を操る男、あるいはマクモウトの使っている白魔術を察知できる人間が同じ部屋にいると、その男は黒魔術の精を使い、白魔術の精を殺すことができるのだという。黒魔術のほうが力は強く、二つの力は敵対しているからだ。白魔術の精というのは、様々な場面で助けてくれる強力な友だちであるらしく――マクモウトはすでに、私には想像もできない形で精との絆を結んでいたから――できるだけ長くその精を失わずにいたいと、強く願っていたのだ。だが、我々イギリス人の前であれば、黒魔術を知っているはずがないので使っても安全なのだと言う。マクモウトは死者と話すことのできる黒魔術の精、つまり彼の言葉を借りれば〝空と大地、夜と昼の間《はざま》にあるもの〟を一度だけカルナックの道で見たことがあるという。そいつは見ればすぐにわかる、とマクモウトは言った。ここいらの人間よりも肌の色が薄くて、長い牙が口の両端から突き出し、目ときたら白目ばっかりで、馬の目にも負けないくらいデカいんだ。

マクモウトが部屋の隅にくつろいだ格好でうずくまると、私は小さく切った黒い油布を渡した。マクモウトが催眠状態に入って何かを見はじめるまでに数分はかかるはずだったから、私は涼を求めてバルコニーに出た。それまでに体験したなかでも一番暑い夜で、日が沈んでから三時間がたっていたが、温度計は華氏百度（摂氏三十七・七度）に近いところを差していた。見上げると、本来なら濃紺のビロードのように見えるはずの空は灰色のベールをかけたかのようで、気まぐれな南風が吹き、あの堪え難い砂嵐のハムシンが三日ほど猛威を奮いそうな気配を漂わせていた。左手の道を少し行ったところに小さなカフェがあり、その前に光が見え、小さなツチボタルのように明滅しているのは、アラブ人たちが闇の中に座って水ギセルを楽しんでいる証拠だ。店の中からは、踊り子の手に握られた真鍮のカスタネットが鋭く正確にリズムを刻むのが聞こえ、それに合わせて、アラブ人がこよなく愛し西欧人が毛嫌いする、弦と管の音楽がうなる。東のほうの空は色がもっと薄くて明るい。月が昇ろうとしている。そうしてみるみるうちに、巨大な赤い円盤の縁が砂漠の縁を切り裂きはじめた。その瞬間、おもしろいほどのタイミングで、カフェの外にいたアラブ人の男が見事な声で詠唱しはじめた。

「ああ、満月よ、汝に憧れ、眠ることさえできぬ。
メッカの上なる、はるかかなたの玉座から、
ああ、愛しき月よ、どうかするりと下りてきてはくれぬか」

そこでマクモウトの単調な声が聞こえてきたので、私はすぐに中へ戻った。

接触によって素早い反応が引き出せることが実験の結果わかりかけていたこともあり、ウエストンは何か巧みな以心伝心が行なわれているのだという意見を強めていたが、正直、私はまったく同意できなかった。私が部屋に戻ると、窓際のテーブルで書き物をしていたウエストンが顔を上げた。

「彼の手を取ってみてくれ」ウエストンは言った。「いまのところ、支離滅裂なことをつぶやいている」

「それについてはどう説明するんだい？」

「マイヤーズに言わせると、こういうのは寝言に近いそうなんだ。何か墓について話している。そこに方向性を与えて、筋の通る話になるか見てみよう。こいつはじつに敏感だし、私よりも君に反応する。おそらく、アブドゥルの葬式が墓を連想させたんだろうよ！」

私はハッとした。

「静かに！」私は言った。「彼の言葉を聴こうじゃないか」

マクモウトは軽く頭をのけぞらせ、黒い布を握っている手を顔の上のほうに持ち上げていた。口調こそいつものようにゆっくりだが、甲高い、スタッカートを刻むような声は、明らかにそれまでと違っていた。

「墓の片側に」マクモウトが甲高い声で言った。「タマリスクの木がある。緑の虫たちが、そこで幻想曲を奏でている。墓のもう片側には、土の壁がある。ほかにもたくさん墓はあるけれど、それはみんな眠っている。ただその墓だけが起きていて、土がじっとり湿っている」

「やはりな」ウエストンが言った。「アブドゥルの墓のことだ」

「砂漠には赤い月がかかっている」マクモウトが続けた。「いまのいまだ。ハムシンが吹き、砂がどっさりやってくる。まだ低いところにあるせいで、月に砂ぼこりがかかって赤い」

「まだ外からの刺激に反応しているようだ」ウエストンが言った。「じつに興味深い。つねってみてくれ」

私はつねった。だがマクモウトは、まったく反応を示さなかった。

「通りの一番奥にある家の、戸口に男が立っている。ああ！　ああ！」マクモウトがいきなり叫んだ。「あいつは黒魔術を知っている。こっちに来させないで。家から出てくる」マクモウトが悲鳴を上げた。「来る——いや、こっちじゃなくて月のほうに、墓のほうに向かった。あいつには、死者を起こす黒魔術の精がついている。恐ろしいようなナイフと鋤を持っている。顔は見えない。黒魔術が邪魔をして見えない」

ウエストンも私と一緒に立ち上がり、マクモウトの言葉を聞き漏らすまいとした。

「あそこに行ってみよう」ウエストンは言った。「こいつの力を確かめるチャンスでもある。もう少し聴いてみよう」

「歩いている、歩いている、歩いている」マクモウトが甲高い声で言った。「どんどん月と墓のほうに歩いている。月はもう砂漠にはかかっていない。少しだけ高いところに昇っている」

私は窓の外を指差した。

「少なくとも、その点は正確だ」私は言った。

ウエストンがマクモウトの手から布切れを取ると、言葉は止まった。マクモウトはすぐに伸びをし、目をこすった。

「ハラス」マクモウトが言った。

「ああ、おしまいだ」

「おれ、またイギリスにいる女の人の話でもしたのかい？」マクモウトが言った。

「え、ああ、そうとも」私は言った。「ありがとう、マクモウト。白魔術の精は、今夜、じつによくやってくれた。もう寝るといい」

マクモウトがおとなしく部屋を出ていくと、ウエストンがドアを閉めた。

「急がないと」ウエストンが言った。「これは確かめに行く価値がある。とはいえ、ここまで不気味でなかったらとは思うがね。なにしろ、マクモウトは埋葬の場にはいなかったはずなのに、墓の描写はじつに正確だった。どう思う？」

「白魔術がマクモウトに、黒魔術を操る何者かが、アブドゥルの墓に向かったことを教えようとしたんだと思うね。おそらく、その何者かは墓を暴くつもりなんだ」私はきっぱりした口調で言った。

「向こうに行ったらどうすればいいだろう？」ウエストンが言った。

「黒魔術の働きを見守るのさ。正直、私は怖じ気づいているがね。君だってそうだ」

「黒魔術などというものはない」ウエストンが言った。「そうそう、黒魔術の精なら私にもついている。そのオレンジをくれ」

ウエストンは手早く皮をむくと、そこから五シリング硬貨大の丸を二つ、白い面を見せるようにして牙状に二つ切り取った。それから丸いほうを両目に、牙は口の両端に当てた。

「黒魔術の精かい?」私は言った。

「まさしく」

ウエストンは黒いバーヌース(アラブ人が着るゆったりしたフード付きのマント)を取ると、それで体を包んだ。明るいランプの光の中でも、その姿は充分に恐ろしげだった。

「私は黒魔術など信じない」ウエストンは言った。「だが、みんなは信じている。だから何か――まずいことが起こりかけているのなら、反対にそいつをはめてやろうじゃないか。行こう。君はだれだと思った? その、つまり――マクモウトのビジョンに思いを重ねていたとき、だれを思い浮かべた?」

「アクメトのことのように思えた」

ウエストンは、科学的な見地からとても信じられないと言いたげに笑いながら、私と一緒に出発した。

月は、マクモウトが言ったように、地平線を離れたばかりだった。そして昇っていくにつれ、遠くに見える大火《たいか》のようにくすんだ赤だったのが、黄褐色へと薄まった。暑い南風が、もはや断続的に吹くのではなく、着実に勢いを増しつつあり、厚く砂を舞わせている。肌を焦がすようなひどい熱気があたりを包み、右手にある人気のないホテルの庭では、ヤシの頭が前へ後ろへと揺すぶられ、乾いた葉が激しく音を立てている。墓地は村のはずれにあるのだが、泥壁に挟まれている汚れた道を進むあいだも、まるで閉じた釜戸の前にでもいるような暑い風が吹きつけてきた。時折ヒュー、ピューっと、つむじ風が打ちのめすように叩きつけ、砂を巻き上げながら二十ヤードも道を走り、浜辺に押し寄せる波のように、道を挟むどちらかの壁にぶつかって砕けたり、家に激しく衝突しては砂の雨を降らせる。周りに遮るものがなくなると、ひどい熱気と突風がまともに襲いかかってきて、風は食いしばる歯の隙き間からも吹き込んだ。その夏初めてのハムシンだった。私は一瞬、観光客やウズラやビリヤードの採点係たちと一緒に北に行っていればよかったのだと思った。なにしろハムシンは骨から髄を抜き、体を吸い取り紙さながらにしてしまう。道ですれ違う人など一人もなく、聞こえるのは風の音と、気の触れた犬が吠える声だけだ。

墓地は高い土壁に囲まれていた。私たちはほんのしばらくその壁の影に避難し、今後の動きについて話し合った。タマリスクの木立が、目的の墓のある墓地の中央近くまで続いている。壁の外側を進み、墓に近づいたところで壁を乗り越えるようにすれば、激しい風の助けもあり、もしだれかがいたとしても気づかれることなく墓に近づけるはずだ。そう決めると、風が弱まったときを狙って、早速計画を行動に移した。その一瞬の静寂の中から鋤が土を掘り返す音、そして頭のすぐ上の砂混じりの空からは死肉を食らう鷹の叫び声が聞こえ、私は突然、差し迫った恐怖を感じてゾッとした。

二分もすると私たちは、アブドゥルが埋められているタマリスクの木陰に忍び寄っていた。木に住み着いている大きな緑の虫がやみくもに飛び回り、鎧のような翼を広げてうなりながら、一、二度私の顔に突っ込んできた。墓まで二十ヤードほどのところで立ち止まり、タマリスクの陰からあたりを慎重にうかがうと、男の姿が見えた。新しい墓を掘り返し、すでに腰まで穴の中にいる。私の後ろにいたウエストンが、何かあったときに備えて黒魔術の精の格好になっていたため、私は振り返ったとたん、いきなりその本物を彷彿とさせる姿を目のあたりにすることになった。神経が細いほうではないものの、思わず胸のなかで悲鳴を上げていた。だが思いやりにかけた鉄面皮な彼は笑い声を押し殺しただけで、目の部分をはずして手に持つと、声には出さずに、木立の密なあたりに行こうと合図した。そこからだと、墓までは十二ヤードと離れていなかった。

私たちは待った。恐らく十分くらいだったと思う。いまはアクメトだとはっきり確認できる男が、ひたすら不敬な仕事に励んでいた。真っ裸で、労働の露に濡れた茶色の肌が月光に輝いている。時折、抑制のきいた異様な口ぶりで独り言をつぶやき、一度か二度、息をつくために動きを止めた。それからしばらくは両手で土をわきにどかしていたが、終わるとそばに置いてあった服を探り、そこから一本の縄を手に取って墓の中に跳び降りた。だがすぐに縄の両端を握ってまた姿を現したかと思うと、墓をまたいで立ち、縄を強く引いた。すると、棺の片側が地表に顔を出した。アクメトは蓋の一部を砕いて方向を確かめると、棺を垂直に起こし、その上部をナイフで引き剥がした。棺の中からは、蓋に寄りかかるような格好で、赤ん坊のように白い布にくるまれ、小さくしなびたアブドゥルの遺体がこちらを見ていた。

ウエストン扮する黒魔術の精に姿を見せるよう合図をしかけたとき、ふと、マクモウトの口にした「あいつには、死者を起こす黒魔術の精がついている」という言葉が頭をよぎった。とたんに、嫌悪と恐怖を冷ややかな無感覚に凍らせてしまう、圧倒的な好奇心が私を飲み込んだ。

「待て」私はウエストンにささやいた。「あいつは黒魔術を使うはずだ」

また、風がしばしおさまるとともに静寂が落ち、責めるような鷹の声が頭上から聞こえた。さっきより近い。おまけに一羽ではないようだ。

そのあいだにアクメトは、死体から顔の覆いと包帯をはずしていた。包帯は死んだ直後に顎を閉じる目的で巻かれ、アラブの葬儀では、そのままの姿で埋葬される。包帯がほどかれた瞬間、私たちのいる場所からでも、遺体の顎の落ちるのが見えた。吹きつける風がぞっとするような死臭を運んできたが、すでに死後六十時間がたっているにもかかわらず、遺体の体はまだ固まっていないようだった。それでもまだ、この汚らわしい墓荒らしが次に何をするつもりなのか、それを知りたいという焼けつくような激しい好奇心が、私の胸を圧倒していた。アクメトは、遺体の口がぶざまに開いていることに気づいていないのか、とにかくそれを無視し、月明かりの下できびきびと動きはじめた。

そばに置いてあった服のポケットから、なにやら二つ、小さな黒い物体を取り出した。あれもいまでは、安全なナイルの底に沈んでいる。だがそのとき、アクメトはその二つの物体を素早くこすり合わせた。次第に、不気味な白っぽい黄色の光がおこり、アクメトの両手のひらから、燐光性の炎がゆらゆら立ちのぼった。その黒い立方体の一つを死体の口に、もう一つを自分の口に入れると、まるでダンスでもするかのように、死体を腕の中に引き寄せた。それから、洞穴のような死体の口に自分の口を押し当て、長々と息を吹き込んだ。ふいに、驚きと、おそらくは恐怖とでハッと息を飲んで体を引き、何かを決めかねているかのように立ち尽くした。死体の口の中に置かれた立方体が、ただそこにあるだけでなく、しっかりと上下の歯で噛み締められていたからだ。逡巡の一瞬ののち、アクメトは素早く自分の服のほうにあとずさり、そのそばに置かれていた、棺の蓋をはずすのに使ったナイフをつかんだ。その手を背中のうしろに回すと、もう片方の手を死体の口のほうに動かし、明らかにかなりの力を使って立方体を取り去ってから、こう言った。

「アブドゥル。おれは友だちだ。金のありかを教えてくれれば、モハメッドに渡すことをここに誓う」

確かに一瞬、死体の唇が動き、傷ついた鳥の翼のようにまぶたがピクつくのが見えた。けれどその恐ろしい光景に、私は口元まで出かかっていた悲鳴をそれ以上押さえておくことができなかった。アクメトが振り返った。次の瞬間、黒魔術の精が完璧な姿で木立ちの影から現れ、アクメトの前に立った。卑劣な男は一瞬凍りつき、それから震える膝で逃げ出そうとしたが、あとずさりして自分の開いた墓穴に落ちた。

ウエストンは怒った顔で私を振り返り、鬼神の目と牙をはずした。

「何もかも台無しにしやがって」ウエストンは叫んだ。「それこそとてつもないことが起こりかけて……」ウエストンの目が、死んだアブドゥルを見つめた。その目は棺の中で開いていた。それから死体が揺らぎ、よろめき、前に傾き、顔から地面に倒れた。だがそこに倒れていたのは一瞬だけで、認められる外的な要因など何もなかったにもかかわらずゆっくりと仰向けになり、空を見上げる格好になった。顔は土に覆われていたが、その土には新しい血が混じっていた。爪が、体に巻かれた布に食い込んでいる。その布の下には、例によって死んだときの服をまとっている。アラブ人は、故人の体を清めることをしない。その服は大きく裂けており、右肩がむき出しになっていた。

ウエストンは何かを口にしようとしてあきらめた。それから、「警察に知らせに行ってくる」と言った。「もし君がここに残って、アクメトが穴から逃げ出さないように見張っていてくれるのならだが」

だが私はきっぱり断った。それから死体を鷹から守るために棺で覆うと、アクメトがその夜使った縄でもって彼を縛り、ルクソールへと引っ張っていった。

翌朝、モハメッドが会いにきた。

「アクメトのやつが、金のありかを知っていると思っていたんだ」モハメッドは得意そうに言った。

「どこにあったんだい？」

「肩に、小さな財布がくくりつけてあった。犬のやつが、早速噛み切ろうとしやがって。これさ――」モハメッドが財布をポケットから取り出した。「例の英ポンドがそっくりおさまっている。全部五ポンド札でね。二十枚だ」

私たちの結論は、それとは少し違っていた。あのウエストンでさえ、アクメトが故人の口から宝物の秘密を聞き出そうとしていたのであり、そのあとでもう一度殺し、墓に埋めるつもりだったと思うと認めた。だがこれは、あくまで推測に過ぎない。
もう一つだけ、私たちの興味を引くものが残っていた。現場から拾ってきた二つの黒い立方体には、どうやら奇妙な性質があることがわかったのだ。私はこの二つの物体を、ある晩、マクモウトの手に握らせた。そのときマクモウトは、彼の持つ〝以心伝心〟の力をわれわれの前で披露していたのだが、いきなり悲鳴を上げ、黒魔術の精が来ると叫んだ。確信こそなかったものの、私はその二つの物体は、ナイルの底に沈めたほうが安全だと思った。ウエストンは軽く不平を唱え、本当は大英博物館に寄贈したかったのにと言ったが、私としては、それもあくまで後知恵だと思っている。

At Abdul Ali's Grave（訳・圷香織）

光の間《はざま》で

その日は日の出から雪が一向にやまないまま、ぼんやりした白い光が少しずつ暗くなり、また日が沈もうとしていた。だが、私がしばしばクリスマスを過ごし、今年も滞在させてもらっているエヴァラード・チャンドラーの屋敷は愉快で居心地がよく、楽しみごとがいくらでもあり、時のたつのが驚くほど早く感じられた。朝食と昼食のあいだには、内輪でビリヤードの勝ち抜き戦が行なわれ、それに参加しない人はバドミントン・カップ（赤ワインに炭酸水と砂糖を加えた飲み物）を飲んだり朝刊を読んだりしていた。そのあとはお茶の時間まで、大半の人が屋敷中を使ったかくれんぼに参加したのだが、ビリヤード室だけは静かに過ごしたい人の聖域としてとっておかれた。とはいえ、そこに避難した人はほとんどいない。クリスマスの魔法がなんらかのまじないによって、私たちを子どもに戻していたのだと思う。角の向こうからものすごい悲鳴と共に何かが飛びかかってくるのではないかと、薄暗い廊下を、恐怖に体をこわばらせ、不安に震えながら忍び足で行ったり来たりした。心身ともに快く疲れた私たちは、お茶を飲もうと再び広間に集まった。羽目板と影に囲まれた部屋が、大きく口を開けた暖炉の火に照らし出されている。暖炉の中では、いい具合に混ざった泥炭と丸太が燃え、炎がひらめき、また明るさを取り戻しては、壁に光を投げかけている。それから自然と怪談をする流れになり、電気が消された。これで一同は部屋の隅に潜むものを自由に想像し、語り手を変えながら、血、骨、髑髏、鎧、悲鳴の話を競い合うことができるというわけだ。私が語り終え、どうやらこれまでのところ自分の話が一番怖かったようだと自己満足にひたっていたところで、まだ話を披露していなかったエヴァラードの番になった。エヴァラードは私の真向かいに座り、暖炉の炎に全身を照らされていたが、秋のあいだずっと患っていた病《やまい》のせいで顔が青ざめ、弱々しく見えた。とはいえその午後には、屋敷の暗闇をだれにも負けないほど大胆に、積極的に歩き回っていたのだ。だがいまその表情を見て、私はいくらかぎょっとした。

「いや、僕は気が乗らない」エヴァラードが言った。「化け物がらみの道具立てときたら、もうすっかり手垢がついているじゃないか。悲鳴やら骸骨やらの話を聞くと、慣れ親しんだ場所にでも戻ってきたような気がするし、少なくとも、シーツの下に頭を隠すことはできるわけだ」

「おっと、だが、シーツは私の骸骨が持っていってしまったはずだぞ」私が自分を守るように言った。

「たしかに。だが、そんなことどうだっていいさ。なにしろ、この部屋にはもう、血や皮膚や、そのほかのおどろおどろしいものにまみれた骸骨が、すでに七つか八つは登場している。そう、子どものころに見た悪夢こそが本物の恐怖だよ。それはなんといっても、とらえどころがないからなんだ。何を恐れているのかがはっきりしないところにこそ、本物の恐怖が宿るのさ。さて、ある人間がその恐怖を思い出したとする――」

チャンドラー夫人がさっと立ち上がった。

「あら、エヴァラード」夫人は言った。「あのことなら、あなたはもう、思い出したくないはずよ。一度で充分なはずだわ」

これにはそそられた。みんなが話してくれと声を合わせた。どうやら本物の恐怖体験らしいのだから、聞き逃すのはあまりにも惜しい。

エヴァラードは笑った。「ああ、君、僕だって、二度と思い出したくはないさ」そう妻にこたえてから、今度は私たちに向かって言った。「だが本当にその――そう、おそらくは悪夢なんだろう、つまりこれからする話は、じつに漠然としていて、すっきりしないことこのうえない。道具立てもなし。みなさんにとっては取るに足らないことで、何を怯えることがあるのかと不思議に思われるかもしれない。だが僕は、それこそ頭がおかしくなるほど怯えてしまった。その理由というのが、わけのわからない何かを目にし、何かを聞いたからなんだが、それは単なる石の落ちる音だったかもしれないんだ」

「とにかく、その落ちた石について話してみてくれたまえ」私が言った。

炎を囲むように作られていた円陣に、なにやら動揺が走った。単なる体の動きだけではない。まるで――これはあくまで私の感想に過ぎないのだが――それまでの子どもにかえったような、些細なことでふざけたり、かくれんぼに夢中になっていたときのはしゃいだ気分が突然消えてしまったかのような。だが――少なくとも私にとっては――今度こそ、本当のかくれんぼがはじまったような気分だった。本物の恐怖、いや、本物とまでは言えなくとも、現実の衣を着た分だけ信憑性のある恐怖が、私たちに飛びかかろうと黒い四隅に潜んでいる。チャンドラー夫人が腰を下ろしながら、「ああ、エヴァラード、そんな話をしたら興奮するんじゃなくって？」と言ったことが、ますます一同の興奮をあおった。部屋は相変わらず怪しげな暗がりに包まれており、時折暖炉から炎が跳ねては光を壁に投げかけ、四隅には想像力をかき立てる闇がたっぷりと落ちている。おまけに、煌々と燃えていた丸太のひとつから火が消えるとともに、これまで明るいところに座っていたエヴァラードの姿が暗がりに飲まれてしまった。エヴァラードは低い椅子に深く腰掛け、語りはじめた。姿は見えないまま、ゆっくり、はっきりと語る声だけが聞こえてくる。

「昨年の十二月二十四日」エヴァラードは言った。「僕たちはいつものように、この屋敷でクリスマスを祝っていた。エイミーと僕。あなたがたのなかの何人かも、やはり一緒にいたはずだ。少なくとも、三人か四人のかたは」

私もその一人だったが、ほかの人たちと同様、黙っていた。名乗りを求められているようには思えなかったからだ。エヴァラードのほうでも、そのまま先を続けた。

「そのときもいらしたかたは、時節柄のわりにとても暖かかったことを覚えていると思う。僕たちは芝の上でクロッケーをした。クロッケーにはいくらか寒かったものの、それでもやったんだ、とでも言いたかったわけでね」

エヴァラードが一同のほうに顔を向けて言った。

「僕たちは、クロッケーのハーフゲームで勝ち抜き戦をやった。ちょうど今日、ビリヤードを楽しんだような具合に。そのときの外は、今日の、朝食後のビリヤード室と同じくらいには暖かかった。とはいえ今年の場合、外にはすでに一メートルくらい雪が積もっていそうだが。いや、もっとかもしれない。静かに」

風が突然、煙突の中でヒュウッと音を立て、炎がパッとひらめいた。窓にも雪が吹き寄せた。「静かに」エヴァラードが繰り返し、一同は窓に降る雪のやさしい音に耳をそばだてた。たくさんの小人が、そっと歩いているような音がする。執拗に、大勢で、約束の場所を目指している。何百もの小さな足が外に集まり、窓ガラスがそれを阻んでいるかのようだ。そして八つの骸骨のうち、少なくとも四つか五つが、そちらに顔を向け、窓の外に目をやった。どの窓も小さく、鉛色の仕切りが入っている。仕切りにはいくらか雪が積もっているだけで、とくに見るべきものもない。「秋

「そう、去年のクリスマスイブはとても暖かく、天気がよかった」エヴァラードがつづけた。「秋のあいだには霜もなく、一輪のダリアが、大胆にもまだ花を咲かせていた。僕はそれを見ながら、あの花は正気を失くしたのに違いないと思っていた」

エヴァラードは言葉を切った。

「そして、僕自身も当時は正気を失っていたのだろうかと、いまだに不思議な次第でね」

言葉を挟む人はいなかった。みんな、話に魅入られたようになっていた。それはかくれんぼや、さびしく降る雪と、よく調和していた。チャンドラー夫人はまた座っていたが、椅子の中で体を動かす音が聞こえた。五分前までの陽気な気分は消えていた。くだらないお遊びに笑いながら嵩じていた私たちは、いまや深刻なお遊びと真剣に向き合っていた。

「僕は、参加せずにただ見ていた」エヴァラードが私に声をかけた。「妻が、君とクロッケーのハー

フゲームを楽しんでいた。そのときにふと、それほど暖かくはないのかもしれないと思った。なにしろ出し抜けに体が震えだしたんだ。震えながら顔を上げた。すると、クロッケーをしているはずの君と妻の姿がまったく見えないんだ。見えたのは、君と妻には何の関係もないもので——少なくとも、そうであって欲しいと思っている」

釣り針がかかり、狩人が鹿を仕留め、語り手が聞き手を捕えた。魚が鉤竿で引き上げられ、鹿が撃たれるように、私たちも完全につかまっていた。話が終わるまで、もう逃げることなどできはしない。

「クロッケー用の芝地についてては、みなさんもご存じのはず」エヴァラードが言った。「四方を花壇に囲まれていて、その向こうには煉瓦の壁がある。その壁に、門が一つだけついているのを覚えているだろうか。僕はその芝地に目を走らせた。少なくともその一瞬はまだ芝地だったからで、それがどんどん縮んでいき、壁が芝地をふさぐようにしながら集まってきた。それとともに壁は高くなっていき、あたりが暗くなりはじめ、光が空から吸われ、すっかり暗くなり、門の向こうからのちらちらした光しか見えなくなった。

先ほども言ったように、ダリアが一輪咲いていた。恐ろしい闇と困惑に襲われながらそれを思い出し、ダリアを必死に探した。なんでもいい、覚えのあるものにしがみつこうとしたんだ。だがそれはもう、ダリアではなくなっていた。赤い花びらだったものは、何か、ほのかな灯火《ともしび》のようなものに変わっていた。その瞬間に幻覚が完成した。僕は芝生に座ってクロッケーを見ているのではなく、天井の低い閉ざされた空間にいた。牛小屋のようでもあるが、丸いんだ。座っているというのに、壁と壁のあいだに渡された垂木が頭のすぐそばまで迫っている。真っ暗に近かったが、ほのかな明かりが、向かいにある扉から差し込んでいる。扉の外には通路があり、外に出られるようだった。だが、この嫌らしい場所にはほとんど空気が入ってこない。説明のしようもないほど息苦しく、不快なんだ。まるで長年、人間を見せ物にするために使われ、その間《かん》、掃除をしたことも、風で清められたこともないかのようでね。だがその息苦しさも、魂を脅かす恐怖と比べればなんでもなかった。そこには、罪や、唾棄すべき何かを思わせる嫌らしいものが染みついており、そこにいたものがなんであれ、男女の別なく人間とは思われず、野獣に近い生き物ではないかというような気がした。おまけに、年月の重みのようなものが感じられた。遠い太古の昔に、無理やり連れてこられたような気分だった」

　エヴァラードが言葉を切った。暖炉で火が躍ったかと思うと、また弱まった。だがその明かりで、みんなの顔がエヴァラードに向けられ、すべての目が、息詰まるほどの期待をたたえているのがわかった。私にしても同じような気持ちで、どんな展開になるのか、身の縮むような恐怖の中で待っていた。

「何度も言うようだが」エヴァラードが続けた。「季節はずれのダリアが咲いていて、それがいまではぼんやりした灯火に変わっていた。僕は目を引きつけられた。そこに、最初は気づかなかったある形が見えた。おそらくは目が暗がりに慣れたのか、でなければ火が明るさを増したのだろう。人が何人かいるようだった。けれど、とても小さいんだ。なにしろそのうちの一人が、ぞっとするようなキーキーいう音とともに立ち上がったとき、頭から天井まで、まだ数インチの余裕があったからね。膝まで届くシャツのようなものを着ていたが、腕はむき出しで、毛がびっしり生えている。それから小人たちの身振りとキーキーいう音が大きくなって、こちらを指差しているので、僕のことを話しているのだとわかった。そこで突然、さらなる恐怖に突き落とされた。手足がピクリとも動かないんだ。まさに、悪夢の中の無力さだった。指を上げることも、首を動かすこともできない。恐怖に凍りつきながらも叫ぼうとしたが、小さな声の一つさえ出すことはできなかった。

それからふいに、夢の突然さで、前触れもなく、すべてが消え、また芝の上に戻っていた。妻は先ほどの格好で狙いをつけたまま、球を打ってさえいない。それなのに僕の顔は汗に濡れ、全身ガタガタ震えていた。

うっかり眠りに落ちて、短い悪夢を見ただけだと思われるかもしれない。実際、そうなのかもしれない。だがその前もあとも、眠気はまったく感じていなかった。まるでだれかが僕の前に本を掲げ、さっとそのページを開いてから、また閉じてしまったような感じだった」

だれかがいきなり椅子から立ち上がって私をギクリとさせてから、電気をつけた。正直、明るくなってほっとした。

エヴァラードが笑った。

「なんだかハムレットにでもなった気分だな」エヴァラードが言った。「罪を犯した叔父を前に、芝居をかけるあのシーンだ。続けてもいいだろうか？」

だれもこたえなかったので、エヴァラードは続けた。

「そう、とにかく、夢でなく、幻覚だったということにしておこう。どちらにしろ、僕はそれに悩まされることになった。何か月ものあいだ頭から離れようとせず、意識の暗がりに潜み、ときには静かに眠っているが、ときには眠りの中で呼び覚まされた。根拠のない不安に駆られているだけだと、いくら自分に言い聞かせても駄目なんだ。何かが僕の魂に忍び込んで、恐怖の種を植えつけてしまったかのようでね。何週間がたつうちにはその種から芽が出て、もはや自分に対しても、あのビジョンが、瞬間的な神経障害の産物とは言えなくなっていた。健康に支障をきたすほどではなかった。眠ることも食べることも、それなりにはできていたと思う。だがそれまで、朝はゆっくりと、快いまどろみを経てから目覚めていたのが、乱暴なまでの突然さで、絶望の深淵に突き落とされるような具合に起きる日々が続いた。食べたり飲んだりしている最中にも、しばしば手を止めては、こんなことをする意味があるんだろうかという思いに駆られるようになった。

そうこうするうちに、僕は二人の人物に、自分の悩みを打ち明けた。人に話すことが助けになるかもしれないと思ったし、消化不良やなんらかの神経障害が原因だとは思えなかったが、医師による処方薬を飲むことで単純によくなるかもしれないと、かすかな期待を持っていた。具体的に言うと、まず、妻に話した。妻は笑った。かかりつけの医者に話すと、医者も笑い、僕の健康状態は良過ぎるくらいだと請け合った。だが同時に、そのような幻覚は単なる想像の産物であり、追い払うには転地がいいと勧めた。それから僕の直接的な質問にこたえ、医者としての名誉にかけて、僕が正気を失うことはありえないと言い切った。

そこで、いつものようにロンドンに出かけた。あのクリスマスイブの一瞬を思い出させるようなものは何もなかったが、その記憶はやはり消えることがなく、頭にこびりつき、睡眠中や目覚めの夢として消えていくどころか、日に日に鮮やかさを増し、腐食性の酸のように胸を焼き、そこに巣食った。そこで、ロンドンからスコットランドに移った。

そのグレン・カランという、サザランドの小さな森で過ごしたのは昨年が初めてだった。とにかく辺鄙な場所で自然にあふれ、狩りをするには素晴らしい土地でね。海からも遠くはなく、案内人からは、山歩きをするときには必ずコンパスを持っていくようにと注意されていた。海からの霧があっという間に押し寄せ、それにつかまったら最後、霧が晴れるまで、おそらくは何時間も待たされることになるからだ。というわけで、最初のころは常にコンパスを携帯していた。が、みなさんもご存じのとおり、せっかくの用心が役に立たないようなことが続くと、だんだん脇が甘くなる。数週間がたったときには、天候がずっと穏やかだったこともあり、自然とコンパスを屋敷に忘れることが多くなった。

その日は、ほとんど行ったことのない場所に足を運んだ。森のはずれにある台地で、端は下の湖へと非常な急勾配で落ちている。もう片側は斜面が緩く、湖から流れる川のほうに下りられる。山荘はそこからさらに六マイルほど下った場所にあった。風のせいで、僕たちは湖から上がる険しいほうの崖を登るしかなくなった――少なくとも案内人はそう言った。僕は案内人と言い争った。なにしろ、楽なほうのルートを使ったところで、鹿がこちらの匂いを嗅ぎつけるとは思えなかった。だが案内人は意見を変えなかった。そもそも、そのために案内人がいるわけだから、最終的には僕が折れた。ひどい登りだった。大きな岩のあいだに深い穴があったり、それがまたヒースの茂みに覆われていたりで、足を折りたくないのであれば、一歩ごとに目を光らせ、杖で確かめながら進まねばならない。おまけにヒースの茂みには、誇張ではなしに毒蛇がうようよいる。少なくとも十匹かそこらは見たが、蛇なんか、いくらいたところでなんの足しにもならない。とにかく、二時間ほどで上に着いてみると、道の選択を完全に誤ったのがわかった。鹿たちが最後に見たあたりにいたのであれば、こちらの匂いをはっきりと嗅ぎつけてしまったようなのだ。もう一度まわりを確かめてみて、やはりそうだとわかった。鹿はどこかへ移動してしまっていた。案内人は風が変わったせいだとか、見え透いたくだらない言い訳をした。そこで僕は不思議になった。いったい、本当の理由はなんなのだろう——なぜなら、もっと楽なほうのルートを通りたくなかった理由が絶対にあるはずなのだから。だがこの失敗が、僕たちからツキを奪うことはなかった。一時間ほどしたところで鹿の群れを見つけ、二時ごろには大きな鹿を一頭仕留めることができた。それからヒースの上で昼食をとり、一仕事したあとの煙草を太陽の下で楽しんだ。そのあいだに背に鹿を積んだポニーは、山荘に向けて歩きはじめた。

午前中は非常に暖かで、海のほうからいくらか風が吹いていた。海は何マイルか先にあり、ぼんやりした青い空の下で煌めいていた。ひどい登りに苦労したあとだというのに、妙に穏やかな気分で、僕は何度か、あの恐怖がまだそこにあるのかどうか、自分の胸を探ってみた。けれど、ほとんど見つからない。クリスマス以来、あれほど恐怖から解放されたのは初めてだった。心身ともに、なんともいえない安らぎに包まれたまま青空の下に横たわり、渦を巻きながらゆっくり消えていく煙草の煙を見つめていた。だが、いつまでもくつろいでいるわけにはいかなかった。案内人のサンディーがやってきて、もう出発しようとせき立てたからだ。サンディーは、天気が変わりはじめていると言った。風がまた変わったから、できるだけ早くこの台地を離れ、帰り道に戻りたい。どうやら、海霧がやってきそうだと。

『なにしろ、霧の中、あそこを下りるのは大変だ』サンディーはそう言って、前に登ってきた険しい斜面のほうにうなずいて見せた。

僕は驚いて彼を見つめた。右手には川へと下りるなだらかな坂があるのだ。今朝方苦労した、あのゴツゴツした険しい斜面を下りる必要なんてどこにもない。そこで僕は、やはりあの道を行きたくない秘密の理由があるのだと確信した。だがとにかく今度こそサンディーの言う通りで、海から霧が近づいていた。僕はコンパスがないかとポケットを探ったが、持ってくるのを忘れたことに気づいた。

それから、そんな余裕はないのに、おかしなやりとりで貴重な時間を無駄にすることになった。僕が常識的なほうの道を下りようと主張すると、サンディーが、崖のほうがいいルートであるとなんとか僕を言いくるめようとしたのだ。とうとう僕は緩やかな坂へと先に立って進み、これ以上とやかく言わずについてくるように言った。なにより苛ついたのは、サンディーが崖のほうがいい理由として、まったく愚にもつかないようなことを言い立てたことだ。あなたが進もうとしている道には苔だらけの場所がある、と言う。どう考えても嘘だった。なにしろ、その夏は素晴らしい好天続きだったのだから。さらには、そちらは時間がかかると言った。これも嘘だった。

それから、蝮《まむし》がたくさん出るとも言った。だが、何を言っても一向に効き目がないことを悟ると、とうとうあきらめ、黙ってうしろをついてきた。

波のしぶきのような霧が谷間から上がってきたときには、まだ半分も下りていなかった。それから三分もすると雲のような厚い霧に包まれ、十ヤード先も見えなくなった。やはり、午前中に苦労したあの危険な崖を選ばなくてよかったというわけだ。方向感覚にはかなりの自信を持っていたので、僕は先に立って進みながら、まもなく川沿いの道にたどりつけるはずだと思っていた。なによりも開放感に胸が高揚していた。クリスマス以来、あんな喜びを味わうのは初めてで、それこそ休日を家で過ごす少年のような気分だった。だが、霧はどんどん濃くなっていく。ほんとうに雨雲かと思うほどで、大変な濃度なんだ。その次の一時間で、あとにも先にも、こんなに濡れたことはないと思うほどぐっしょり濡れた。湿気が肌に、寒気が骨の髄にまで沁み入っていた。相変わらず、目指している道の気配はない。うしろからは、ブツブツ言いながら案内人がついてくる。だがその文句も聞こえなくなった。そしてすぐうしろをピタリと、まるで何かを恐れてでもいるかのようについてくるのが感じられた。

この世には、不愉快な連れというのはいくらでもいる。たとえば山道を、酔いどれや、頭のおかしな男と歩くのはごめんこうむりたい。だがそれ以上に困るのが、恐怖につかれた男だ。なぜって、恐怖は伝染するからさ。僕はいつの間にか、自分も怯えているのではと心配になりはじめた。それが恐怖になるのはあっという間だ。ほかにも、僕たちをまごつかせる要素があった。いったんは平らになっていた地面が、また上りはじめていたんだ。道をひどく間違いでもしないかぎりは、下り続けるはずだった。おまけに十月のことで、すでに暗くなりはじめていた。それでも日没後にはすぐ満月が出ることを思い出し、少しだけほっとした。一気にぐっと冷え込んだかと思うと、雨ではなく、雪がしんしんと降りはじめた。

非常にまずい状況だった。けれどしばらくすると事態が改善した。左手の遠くのほうから、ふと、川の激しい水音がきこえてきたんだ。ほんとうなら川は前方を流れているはずで、おそらく一マイル近く道をそれてしまっていたが、それでもここ一時間、やみくもにさまよっていたことを考えると大分ましだ。僕は進路を左手に取り、川を目指して進んだ。だが百ヤードと行かないうちに、うしろからくぐもった叫び声がきこえた。サンディーの体が、恐怖につかれたように跳び上がり、霧の中に消えた。僕は彼を呼んだが、返事はなかった。逃げる足に蹴られた石の音が聞こえてくるだけだ。サンディーが怯えていた理由こそわからなかったけれど、彼がいなくなると、その感染力もまた消えた。僕は、陽気といってもいいような心持ちで歩き続けた。そこへいきなり、文字通りの闇が落ちてきた。気づくと、半ばよろめくようにして、険しい草の斜面を登っていた。

その数分前から風が吹きはじめ、雪が極端に強くなっていた。だがこの風が霧を晴らしてくれれば、あとは月夜を歩いて帰るだけだと思うと慰められた。だが僕は斜面の途中で足を止めた。二つのことに気づいたからだ。一つめは、目の前の闇があまりにも濃密であること。二つ目は、何かわからないが、自分を雪から守っているものがあることだ。そのやさしく寄り添ってくる雪よけの力を借りて、十ヤードほどを登った。そう、僕はやさしいと感じたんだ。

斜面の上に、十二フィートほどの壁があった。近づいて見ると、突き当たったところに穴というか、ドアのようなものがあった。その向こうからかすかな光がもれている。なんだろうと思いながら、そのドアを押し、身をかがめた。なにしろ、通路はとても天井が低かったんだ。通路は向こうまで、数ヤードの距離があった。とたんに空が明るくなった。風のせいなのか霧が晴れ、月は流れて行く雲の裾に隠れて見えなかったが、それでも充分な明かりを落としてくれていた。

僕は環状の閉ざされた空間にいた。四フィートほどの壁から天井が張り出し、足元には床に敷かれていたらしい砕けた石が転がっている。それから同時に、二つのことが起こった。

まずは、それまでの九か月間、僕を悩ましていた恐怖が蘇った。なにしろ、あの庭で見たビジョンが現実のものになっていたんだ。同時に、小さな男の人影が忍び寄っていた。背丈が三フィート半ほどしかない。少なくとも、僕の目はそう言っていた。そして耳は男が石につまずく音を聞き、鼻はものすごい悪臭を嗅ぎ分け、魂は、これは死に向かう病だと告げていた。叫ぼうとしたが声が出ない。動こうとしても動けない。その生き物がにじり寄ってくる。

それから、僕を縛りつけていた恐怖がかえって僕を突き動かし、次の瞬間、唇を割るようにして叫び声が出たかと思うと、転がるように通路を走っていた。草の生えた斜面に飛び出すと、二度とあんなふうには走りたくないと思うような勢いで走り続けた。方角など考えもしなかった。とにかく、あの場所から離れたい一心だった。運が味方をしてくれて、しばらくすると川沿いの道に出た。それから一時間もすると、山荘に着くことができた。

翌日、僕は風邪をひき、六週間ほど肺炎で寝込んだことはみなさんもご存じのとおりだ。

これで話はおしまいなんだが、なんとでも説明はつけられるだろう。芝の上で居眠りをし、そのときのことを気の滅入る状態の中で思い出したのだろうとか、太古のピクト人の城に迷い込み、僕と同じように雨宿りしていた羊か山羊に出会ったのだとかね。ああ、なんとでも好きなように考えてくれてかまわない。だが偶然にしては奇妙な一致だし、千里眼を信じるような人なら、この話に一例を見てくれるかもしれない」

「それで終わりかい？」私が言った。

「ああ。話し過ぎたくらいだ。着替えのベルも鳴ったようだから」

Between the Lights（訳・圷香織）

霊柩馬車

私は友のヒュー・グレンジャーと、田舎に二日ほど滞在し、戻ってきたばかりだった。その田舎の屋敷には、人を襲うのが好きな恐ろしい幽霊が出るという不吉な評判があった。おまけに、それがいかにもといった建物なのだ。ジャコビアン様式で、オーク材の羽目板張りで、長く暗い廊下と、高い丸天井の部屋。非常に辺鄙な場所にあって、四方を森に囲まれており、陰鬱な松の木々が、闇の中でつぶやき、ささやく。おまけに滞在中を通して、耳を聾するような豪雨と南西からの強風が続き、昼も夜も、煙突からはウゥー、ヒューと不気味な音が聞こえ、平安を乱された霊魂が木立の下に集まってささやき合い、招くように窓をコツコツトントン叩く音がする。そのような、まさにオカルト現象にはうってつけの状況にもかかわらず、書き記すに値する出来事は皆目起こらなかった。付け加えておくと、私の心理状態も心霊現象を待ち受けており、何かを見たり聞いたりする準備ができているどころか、勝手に作り出してもおかしくない状態だった。なにしろ、正直に告白すると、あの屋敷にいるあいだ情けないまでに恐れおののき、夜は二日とも、不安に震え、暗闇を恐れ、蠟燭の灯火《ともしび》の中に何かが見えるのではと怯えていた。

ヒュー・グレンジャーは、街に戻った日の夜、私と夕食を共にしたのだが、食後の語らいのなかで、自然とこの心惹かれる話題が取り上げられることになった。

「それにしても、どうして君が幽霊なんぞを見たがるのかがさっぱりわからないね」ヒューが言った。「あの屋敷では怯え上がって、歯はカタカタ鳴らすし、目なんか飛び出しそうになっていたじゃないか。それとも、恐怖を感じるのが好きなのかい?」

ヒューは知的な男なのだが、いくつかの事柄に関しては妙に鈍感なところがある。この件についてもそうだった。

「おいおい、もちろん、私は恐怖を感じるのが好きなのさ」私は言った。「ぞっとして、ぞっとしたあげくに、もっとぞっとしたいんだ。恐怖というのは、何より人の心を奪う芳醇な感情だ。恐怖を覚えたとき、人はほかのすべてを忘れてしまう」

「ふむ。だが二人とも何も見なかったということは」と、ヒューは言った。「僕の常日頃信じていたことが確認されたというわけだ」

「で、君は何を信じていると?」

「その手の超常現象が、主観的なものではなく客観的なものであり、知覚するのに、心の状態や周りの環境はまったく関係ないということさ。あのオスバートン邸ときたらどうだ。長年、幽霊屋敷だと噂されてきたし、そのために必要な道具立てもそろっている。それから君だ。すっかり震え上がって、何かが見えるのではと、周りを見ることはもちろん、蠟燭をつけることさえ恐れていたじゃないか! つまり、もしも幽霊が主観的なものだとすれば、現れるにふさわしき場所にふさわしき人間がいたわけだ」

ヒューは立ち上がり、煙草に火をつけた。私は彼を見ているうちに——ヒューは身の六フィート、横幅も同じくらいある——思わず、やり返したくなった。なにしろヒューはかつて、理由こそ私の知るかぎりではだれにも明かしていなかったはずだが、壊れて震える神経の塊のように成り果てた時期があったのだ。奇妙なことに、このとき初めて、彼はその理由を自ら語りはじめた。

「君なら、僕のような人間は、あんな場所に出かけても意味がないというかもしれない」ヒューは言った。「僕は確かに、あのような場所にはふさわしくない人間だからな。けれど、それは間違っている。なにしろ君ときたら、期待と不安で胸をふくらませているわりに、一度たりとも幽霊を見たことはない。だが僕はある。君から見れば、この世でもっとも見るはずのない人間だがね。そして、いまでこそ充分に復調したが、そのせいで僕の神経はズタズタになってしまったんだ」

ヒューはまた椅子に座った。

「僕が壊れたことは覚えているはずだ」ヒューは言った。「そして、充分に心の安定を取り戻したと思えるいま、君には話しておきたくなった。これまでは不可能だったんだ。だれにも話すことなどできなかった。とはいえ、この話には恐れるべきことなど何もない。僕が見たのは、これ以上ないくらい、友好的で役に立つ幽霊だったのだから。だがそれは物陰から現れた。人生を取り巻く夜と謎の中から、忽然と現れたようにしか見えなかった」

「まずは簡単に、幽霊を見るのがどういうことかについて、僕の意見を話しておきたいと思う」ヒューは続けた。「それには、たとえを使うのが一番わかりやすい。君なり、僕なり、世界中の人間の目の前に、ごくごく小さな穴の開いたボール紙があると思ってくれたまえ。このボール紙は絶え間なく位置をずらし、回転し、動き続けている。ボール紙の裏側には、また別の、独自の法則を持ったボール紙があり、同じように絶え間ないが、また別の動きに支配されている。そちらにもまた、別の穴が開いている。その二つの穴、片方はわれわれが常に見ているやつで、もう片方は霊的な次元にあるわけだが、この二つの穴が偶然に重なったときにのみ、われわれはその穴を通して、霊的な世界の物事を見たり聞いたりできるようになる。たいていの人は、一度も穴が重なることのないまま人生を終える。だが人が死を迎えるときにその穴は重なり、そのまま固定されるのだ。僕は、人とはそうやって〝他界する〟ものだと思っている。

ところで生まれながらに、この穴が普通より大きく、しょっちゅう向こう側が見えてしまう人というのがいる。千里眼の人や、霊媒といった人々だ。だがこと僕に関していえば、千里眼でもないし、霊能力もまったくない。そのせいで、かなり前から、自分には幽霊など見えるはずがないと決め込んでいる種類の人間だった。つまり、僕のごくごく小さな穴が、反対側の穴と重なる可能性などほとんどなかったはずなんだ。にもかかわらず、重なったのさ。そして、それが僕をおかしくさせてしまった」

そういった話は前にも聞いたことがあったし、ヒューはそれこそ目に浮かぶように説明してくれたが、とても信じられるものではなく、現実味もなかった。そうかもしれないが、やはり、違うかもしれない。

「君の幽霊に、その説以上の独創性があればいいんだがね」私は肝心の話を促すつもりで言った。

「ああ、あると思う。君が自分で判断してくれたまえ」

私は石炭を足し、火を突ついた。これはいつも思うことだが、ヒューは話をするのが非常にうまい。ドラマを盛り込むという、語り手には描かせないセンスに恵まれている。実際、仕事にしてはどうかと勧めたことさえあるくらいだ。世の常で、みんながくさくさしているようなことは多いわけで、そのような折、ピカデリー・サーカスにある噴水のそばにでも座って、アラビア式に、通りかかった人に話を聴かせてはチップをもらうのだ。たいていの人は、長い話を厭う。だが少数派とはいえ冗長な体験談を非常に好む人間もいて、私などもその一人である。なにしろヒューは、語り手としては理想的だ。彼の御説やたとえ話に興味はないが、それが現実の体験、確かに起こった話となると、いっそ長いほうがありがたい。

「なら、話してくれまえ。ゆっくり頼むよ」私は言った。「簡潔さは、機知のきいた話にこそ欠かせないが、物語には向かない。いつ、どこで、どんなふうに起こったのか詳しく聴かせてもらいたいし、さらには君が昼に食べたものや、夕食をとった場所まで――」

ヒューが話しはじめた。

「六月の二十四日だった。ほんの十八か月前だ」ヒューが言った。「君も覚えているとは思うが、僕は自分のフラットを手放し、君と一週間を過ごすために田舎から出てきた。そして、ここで一緒に夕食をとった――」

私は口を挟まずにはいられなかった。

「この家で幽霊を見たとでもいうつもりか?」私は言った。「こんな近代的な通りにある、小さな四角い箱のような家で?」

「あれが見えたとき、僕はこの家にいたんだよ」

私は黙ったまま、自分の体を抱き締めた。

「僕たちは二人きり、グレイム通りにあるこの家で食事をした」ヒューが言った。「夕食のあと、僕はあるパーティーに出かけたが、君は一人で家に残った。夕食の際、君の使用人が控えていなかったので、僕がどうしたのかと聞くと、君は病気だと言った。それから妙に突然、話を変えたように思えた。鍵は出かけるときに預かっていたし、パーティーから戻ってみると、君はすでに寝に行ったあとだった。だが、何通か僕宛の手紙が届いており、返事を書く必要があった。そこでそれを書いてしまうと、家の向かいにある円柱型の郵便ポストに出しに行った。つまり、部屋に戻ったときには、だいぶ遅い時間になっていたと思うんだ。

君は僕に、四階の、通りを見下ろせる部屋をあてがってくれた。おそらく、いつもは君が使っている部屋なんじゃないかな。じつに暑い夜で、パーティーに出かけたときには月が出ていたが、帰るころには空が雲に覆われており、夜明け前には雷を伴う大雨が降るのではという気配があった。僕はやたら眠たくて体が重く、ベッドに入るまで、ブラインドに落ちる窓枠の影に気づかなかった。窓が片側しか開いていなかったんだ。だが、わざわざベッドから出て開けに行くまでもないように思われた。妙な息苦しさと不快感を覚えながらも、僕は眠りに落ちた。

目を覚ましたのが何時だったのかはわからない。けれど、まだ夜が明けていなかったことは確かで、あのような常ならぬ静けさを感じたことは、あとにも先にもない。通りからは、人の足音も、轍の音も聞こえてこない。生活の音楽に、弱音器《ミュート》でもつけたような具合なんだ。とにかく、寝る前は体が重く、眠くてたまらなかったし、まだ夜明け前で、寝たといってもせいぜい一、二時間のはずだ。それなのに、どういうわけかすっかり疲れが取れ、頭もすっきりしており、寝る前にはあれほど億劫に思えたベッドから出て窓を開けるという作業がなんでもなく思えたので、ブラインドを引き、窓を大きく開け、窓辺に立つと、むさぼるように空気を吸った。表には陰鬱な気がはっきり感じられ、君も知ってのとおり、僕の気分は天気に左右されることなどまずないというのに、そのときは妙に身の毛のよだつような感じに襲われたんだ。その理由を分析しようとしたが、うまくいかなかった。その前日は気持ちのいい陽気だったし、僕は、その日も好天になるものと期待していた。にもかかわらず、なんともいいようのない不安感に圧倒されてしまったんだ。さらには、夜明け前の静けさのなかで、ひどい孤独感にまで襲われた。

それから突然、そう遠くはない場所から、何か、乗り物が近づいてくるような音が聞こえてきた。並み足でゆっくりと進む、二頭の馬の蹄の音だ。馬車はまだ見えないが、確かに通りを近づいてくる。だがこの生活を示す物音にも、先ほど話した恐ろしいまでの孤独感が弱まることはなかった。それどころか、その理由はなんともぼんやりと形容しがたいのだが、こちらにやってくるものが、自分の感じている陰鬱さに関係しているような気がしてきた。

それから、乗り物が見えた。最初はなんだかはっきりわからなかった。まずは二頭の黒い馬と、その長い尾が見えた。馬は黒い骨組みでできた、ガラスの箱のようなものを引いていた。葬儀用の馬車だった。中は空だ。

馬車は、通りのこちら側を近づいてきた。そして、この家の前でとまった。

それから僕は、打たれたようにこう思ったんだ。夕食の席で君は、使用人が病気だと言っていた。そしてどうやら、それについてはあまり触れたくないようだった。そこで僕は思った。間違いない。使用人は死んだんだ。そして、君には僕に知られたくないなんらかの理由があり、夜のあいだに遺体を家から運び出そうとしているのに違いない。正直に言うが、そんな思いが僕の心を瞬時に横切り、それがどれほどありそうもない話かなど考えてもみなかった。だが、そこで次の出来事が起こったんだ。

僕は相変わらず窓から身を乗り出していて、ほんの一瞬とはいえ不思議に思ったことを覚えている。こんなに何もかもが——それも、僕の見つめている一点だけが——はっきり見えるのは奇妙だとね。もちろん雲のうしろには月があったけれど、霊柩馬車や、馬の細かい点まで確認できるのが気になった。一人御者がいるだけで、通りには人っ子ひとりいない。僕はそれから、御者を見つめた。すると、その服の細かいところまでがはっきり見えるんだ。ただしずっと高いところから見下ろしていたので、顔を見ることはできなかった。御者は灰色のズボンと茶色のブーツを履き、黒いコートのボタンを上まですっかりとめ、麦わら帽子をかぶっていた。肩にかけたストラップの先には、小さなバッグがぶら下がっている。その姿はまさに——なあ、僕の説明を聴いて、その姿から君は何を連想した?」

「うん——バスの車掌だな」私は即座にこたえた。

「そのとおりさ。そしてそう思っているうちに、向こうが僕を見上げた。ほっそりした長い顔でね。左の頬にホクロがあって、そこから黒い毛が一本生えている。それが全部、まるで昼日中、ほんの一ヤードのところに立っているかのようにはっきり見て取れる。こうやって話すと長くなるが、ほんの一瞬のことで——そのときは、霊柩馬車の御者が、まったくそれらしい格好をしていないことを奇妙に思う時間もなかった。

それから、男が帽子に手を当てて僕に挨拶をし、肩の上に親指を突き上げたんだ。

そして『残りはあと一席ですよ、だんな』と言った。

どこかおぞましい、下品で浅薄な印象を受けた僕は、とっさに窓から頭を引き、ブラインドを下ろした。それからなぜだかはわからないが電気をつけ、時間を確認したんだ。時計の針は十一時半を差していた。

そのとき初めて、自分が見たものに対する疑いの心が芽生えた。電気を消すと、ベッドに戻り、考えはじめた。二人で夕食をとり、僕はパーティーに出かけ、戻ってから手紙を書き、ベッドに入って眠った。だとすれば、十一時半のわけがあるか？……でなければ……そもそも、十一時半というのはなんなんだ？

それから、もっと簡単な説明がハッと頭に浮かんだ。きっと時計が止まっているんだ。だが違った。カチカチと時を刻む音が聞こえていたからだ。

また、動きのない静けさが落ちた。階段からくぐもった足音、重たい荷をゆっくりと運ぶ小さな足音が聞こえてくるのを、いまかいまかと持ち受けた。だが家の中は静まり返っていた。表も完全な静寂に包まれたままだったから、霊柩馬車は玄関の前に止まっているはずだった。一分、また一分と時が過ぎていく。そしてとうとう、部屋の中の光が変わっていることに気づき、夜が明けようとしているのがわかった。けれど、夜のうちに運び出されるはずの遺体が屋敷に残ったまま、霊柩車も外に止まったままで、夜が明けるなどありえるだろうか。

それから僕は、もう一度ベッドを出ると、身のすくむような強い恐怖に怯えながら窓に近づき、ブラインドを開いた。みるみる夜明けが近づいていた。通りは銀を思わせる透明な朝の光に照らし出されている。だがそこに、霊柩馬車の姿はなかった。

もう一度、時計を調べた。四時十五分を回ったところだった。だが誓ってもいいが、十一時半だったことを確認した時点から、三十分とはたっていなかったんだ。

それから、奇妙な二重の感覚に襲われた。まるで現在と、また別の時間に、同時に生きているかのようでね。六月二十五日の夜明けの通りには、当然ながらだれもいなかった。だがしばらく前、霊柩馬車の御者に声をかけられたときには、十一時半だった。あの御者は何者で、どこの次元に属しているのだろう？　それからもう一度、僕が自分の時計の上に見た十一時半という時刻はなんだったのだろうか、と思った。

何もかも夢だったのだと自分に言い聞かせた。だが、本当にそう思っていたのかと聞かれれば、正直、否定せざるを得ない。

君の使用人は、朝食の席にも現れなかったし、その午後、僕が家を出るまで一度も姿を見せなかった。もし使用人の姿さえ確認できていたら、何もかも君に打ち明けるべきだったと思う。けれどそのときはまだ、僕の見たのが本物の霊柩馬車に乗る本物の御者で、こちらを見上げたぞっとするまでに陽気な顔も、場違いな無遠慮さで突き上げられた指も、すべて本物だったという可能性が残っていた。たとえば僕はいつの間にか深い眠りに落ち、そのあいだに遺体が運び出され、霊柩馬車と共に去っていたのかもしれない。だから、君には話さないことにしたんだ」

この話には、見事なまでに率直で、散文的なところがあった。なにしろこの家は、オーク材の羽目板をめぐらせたジャコビアン様式の屋敷でもなければ、枝垂れた松の森に囲まれているわけでもない。だがその、まるっきり適切な背景に欠けたところが、かえって話の印象を強めてもいた。それでもなお、疑いが私の胸をよぎった。

「すべては夢だったとか言わないでくれよ」私は言った。

「夢なのか、そうでないのか、僕にもよくわからない。ただ、自分でははっきり目覚めていたと思っている。どちらにしろ、そのあとに続く話が――また奇妙なんだ」

「僕はその午後、また街を出た」ヒューは続けた。「夢だったにしろ現実だったにしろ、それからは一瞬たりとも、その晩のことが頭から離れなくなった。満たされない映像として、胸に巣食ってしまったんだ。まるで、時計が打ったのを聞き、それが何時を告げるのかを待ち続けているような気分だった。

ちょうどその一か月後、僕はまたロンドンに戻った。ただし一日だけだ。十一時頃ヴィクトリアに着き、そこから地下鉄でスローン・スクエアに出た。君が家にいれば、昼を食わせてくれるんじゃないかと思ったんだ。焼けつくような暑い日で、キングス・ロードからグレイム通りまではバスで行くつもりだった。駅から出てみると、ちょうど通りの角にバスが一台とまっていたが、屋根のない二階席は明らかに満席で、一階にも席は残っていないように見えた。僕がバスに近づいたとき、車内で料金か何かを集めていた車掌がステップの上に出てきた。僕たちのあいだは数歩しか離れていなかった。車掌は灰色のズボン、茶色のブーツ、ボタンをとめた黒いコート、麦わら帽子という格好で、肩にかけたストラップからは切符に穴を開けるための道具がぶら下がっている。僕はその顔を見た。あの霊柩馬車の御者だった。左頬にはホクロがある。それから車掌が、親指を肩の上に突き上げた。

『残りはあと一席ですよ、だんな』車掌が言った。

僕は恐怖でパニックになり、両手を激しく振り回しながら叫んでいた。『いやだ、やめてくれ！』。僕がいたのは、そのときの時間ではなく、一か月前の時間だったんだ。夜明け前に、君の寝室の窓から身を乗り出したあのときの時間だ。そしてこのときもまた、僕の覗き穴が、霊界の覗き穴と重なったのがわかった。あのとき見た映像に欠けていた重要な何かが満たされつつあり、それは、日々の些細な出来事の持つ重要性を上回る力を持っていた。人間のほとんど知り得ない力が、目の前で働いていたんだ。僕は舗道に立ちつくし、激しくブルブルと震えていた。

向かいの角には郵便局があった。そしてバスが出発した瞬間、郵便局の窓にかかっていた時計が目に入った。何時だったかは、言うまでもないだろう。

おそらくもう推測はついているだろうから、残りは話すまでもないと思う。おととしの七月の末に、スローン・スクエアで起こった事故のことは覚えているはずだ。一台のバスが、とまっていたバンをよけようとして通りの真ん中のほうに出た。そこへ、大型の車が、恐ろしいまでの猛スピードで走ってきた。車はそのままの勢いで突っ込み、錐のようにバスに穴を開けてしまった」

ヒューが言葉を切った。

「これで、話はおしまいだ」

The Bus-Conductor（訳・圷香織）

猫

ロイヤル・アカデミーの、あの展覧会を覚えている人は多いはずだ。そう遠い昔の話ではなく、アリンガムの年とも呼ばれた。ディック・アリンガムは、まさしく一飛びで下積み連から頭角を現しただけではなく、一気に頂点まで昇りつめ、見事、現代の巨匠としての名声を獲得してしまったのだ。アリンガムの出品した三点の肖像画は、いずれ劣らぬ傑作であり、同じ視界の内にあるほかの作品から完膚なきまでに色を奪った。だが視界の外にあった絵にしろ、同様に無事ではなかった。なにしろその年には、アリンガムの三枚ばかりが取り沙汰され、ほかの絵にはだれも興味を示さなかったのだから。アリンガムの登場は、星散る夜に忽然と現れては空を大きく滑るまばゆい流星のごとくで、草ひとつ生えない岩丘の側面から突然噴き出した泉のように説明のつかないものでもあった。なかには、彼の守護妖精《フェアリー・ゴッドマザー》が、すっかり忘れていた名付け子のことを思い出し、杖をひと振りして、桁外れの才能を与えたのではないかと、本気で考えた人さえいるかもしれない。だが、アイルランドの人々が言うように、妖精は杖を左手に持っていたらしく、彼女の贈り物にはもうひとつの側面があった。でなければ今回もジム・マーウィックが正しいのだろうか。彼は研究論文でアリンガムの一件を取り上げ、〝神経中枢における不可解な障害〟のもたらした現象と結論づけている。

ディック・アリンガム当人はもちろん、守護妖精か、または不可解な障害によるものかはともかく、その能力を享受していた。ちなみに、上記したマーウィックの論文はディックの死後に書かれたものである。当時のマーウィックは、まだ売り出し中の、前途有望な若き医師に過ぎず、ディックはそんな友に対し、自分の才能がなぜ開花したのか、理由はまったくわからないと打ち明けていた。

「ただ、これだけはわかっている」と、ディックは言った。「この前の秋、僕は二か月のあいだひどい抑鬱状態に陥って、それこそ何度も頭が噴き飛びそうになった。毎日何時間もここに座り続け、何かが壊れて、自分の世界が終わりを遂げるのを待っていた。そう、それだけの理由があったことは、君も知っての通りだ」

ディックは言葉を切ると、かなりの量のウイスキーをグラスに注いで、そこにサイフォン瓶からソーダを加え、煙草に火をつけた。理由を詳しく説明してもらう必要はなかった。マーウィックは、ディックが婚約者に捨てられたことを知っていたからだ。女はディック・アリンガムより好条件の相手が現れたとたん、手のひらを返したように、冷たく婚約者を袖にした。新たに登場した男は、確かに容貌、称号、億万の金と、どこをとっても申し分のない相手であり、実際、アリンガム夫人になる予定だった現レディ・マディングリーは、自分のなした選択にすっかり満足していた。レディ・マディングリーは、絹のように艶めいたたおやかな金髪女だ。平安を乱すこの手の女が滅多には現れないことに、世の男性陣は感謝するべきだろう。彼女は人間というよりも、人に化けた、神々しくも残酷な猫を思わせた。

「いまさら理由に触れる必要はない」ディックは続けた。「だが先ほども言ったように、あの二か月間、僕は心の底から、いまのみじめな状態を終わらせてくれるものがあるすれば狂気だけだと信じていた。そんなある晩、ここにひとりきりで座っていると――当時の僕はいつもひとりきりだったからね――突然、頭の中で何かがプツリと切れたんだ。僕はたいして気にもとめずに、ようやく狂気が訪れたのだろうかと思った。でなければ（こちらのほうがより完璧だが）体内で、僕の命を決定的に奪う何事かが起こったのかもしれないと思った。だがそう考えながらも、自分がすでに、憂鬱も不幸も感じていないことに気づいていたんだ」

ディックが口元に笑みをたたえたまま回想にひたってしまったので、しびれを切らしたマーウィックは、話を待っている相手がいることを、わざわざ思い出させてやらねばならなかった。

「それで？」マーウィックは言った。

「それこそ、すっかりよくなってしまったのさ。あのとき以来、僕の不幸は消えた。それどころか、やたら幸せな気分でね。神の医者が降臨し、僕の脳を痛めつけていた汚い染みをぬぐい取ってくれたのではないかと本気で思っているくらいなんだ。ああ、あれはほんとうにひどい苦しみだった！　ところで、酒はどうだい？」

「いや、結構」マーウィックは言った。「だがそれと絵と、いったいどんな関係が？」

「大ありさ。なにしろ、自分がもはや不幸でないことに気づく間もなく、世界の見え方がまるで変わってしまったんだ。色彩が二倍は鮮やかに見えるし、形や輪郭もくっきりと感じられる。

これまでの世界はくすんでぼやけ、半分に落ちた光の中にあった。ところが光量が一気に上がってみると、そこには新しい空と大地があった。同時に、自分にはいま目にしているものを見たままに描く力があることを悟ったんだ。だから」ディックが締めくくった。「描いたのさ」

その話にどこか崇高なものを感じながら、マーウィックは笑った。

「そんなふうに知覚が目覚めるのであれば、私も同じ体験をしてみたいものだ」マーウィックは言った。「だが、頭の中で何かが切れたからといって、必ずしも同じ作用をもたらすとはかぎらないからな」

「そうとも。それに、その何かは、あのぞっとするような苦しみをある一定期間乗り越えないかぎりは訪れることがないのだと思う。たとえティツィアーノのように物が見えるようになると言われても、二度とあんな思いをするのはごめんだね」

「切れたときの感覚は?」マーウィックが言った。

ディックはしばらく考え込んだ。

「紐をかけた小包が届いたとき、切りたくてもナイフが見つからないことがあるだろ」ディックが言った。「そんなときは紐をピンと張ってから、火で焼き切ろうとするものだ。そう、あんな感じさ。痛みはまったくない。何かが少しずつ細くなり、最後にはそっと、ただ切れる。わかりやすい説明ではないかもしれないが、だいたいそんなところだ。つまりその紐は、僕の頭の中で二か月間燃え続けていたんだ」

ディックは振り返り、手紙や書類の散らかった書き物机から冠のしるしがついた封筒を見つけ出すと、小さく笑いながら手に取った。

「たいした女だよ、レディ・マディングリーは」ディックは言った。「まったくもって鉄面皮だ。彼女にかかれば、真鍮だって塗り漆喰のようにやわらかくなる。昨日、手紙を寄越してね。昨年僕が描きはじめた彼女の肖像画を仕上げてもらいたいんだとさ。値段はこちらの言い値でいいそうだ」

「だが、適当に逃げるつもりなんだろ」マーウィックが言った。「君が返事を出すとさえ思えない」

「いいや。出したさ。どうしてだい？　二千ポンドで早速取りかかると書いてやった。彼女は同意し、今晩、千ポンドの小切手を送って寄越した」

マーウィックは呆気に取られた顔でディックを見つめた。「気でも違ったのか？」

「そうではないことを祈るね。だが、そういう微妙な点については決して確実とは言えないものだ。君のような医者でさえ、狂気の本質を正確には把握していない」

マーウィックは立ち上がった。

「君にはそれが、どれほど危険かがわからないのか？」マーウィックは言った。「彼女に再会し、あの美しさを目の前にしながら一緒に時を過ごすなんて――今日の午後、彼女に会ったばかりなんだが、それこそ同じ人間だとは思えないほどで――そんなことをすれば、以前の暗い感情があっさり呼び覚まされるとは思わないのか？　危険過ぎる。あまりにも危険だ」

ディックはかぶりを振った。

「危険など微塵もない。いまの僕の中には、どこを探そうと、あの女に対する興味など見つからない。憎しみさえ感じない。憎しみがあれば、愛が再燃する可能性もあるだろう。ところが、彼女のことを考えたところで、どんな感情も芽生えないんだ。この並外れた心の穏やかさは報酬に値すると思うね。僕は、途方もないものに対しては敬意を覚えずにいられないたちなんだ」

ディックはグラスのウイスキーがなくなったとたんに、もういっぱい作った。

「四杯目だぞ」マーウィックが言った。

「そうだったかな？　いちいち数えたりはしないものでね。そんなくだらないことにこだわるのは浅ましいよ。ところでおもしろいことに、いまの僕は、アルコールを飲んでもほとんど酔うことがないんだ」

「なら、どうして飲む？」

「飲まないと、うっとりするような色彩の鮮やかさや輪郭のシャープさが少し弱まってしまうからさ」

「体に悪い」マーウィックが言うと、ディックは笑った。

「友よ、僕をよく見てくれたまえ」ディックが言った。「そのうえで君がもし、刺激物をやり過ぎているような兆候がひとつで見えると本心から言うのであれば、僕は酒などすっかりやめてみせよう」

ディックの健康状態に難癖をつけるのが困難であることは明らかだった。ディックは言葉を切ると、しばらく立ち尽くした。片手にグラス、もう片手にはウイスキーのボトルを持っており、そのボトルがシャツの身頃に黒々と映えている。どちらの手にも、まったく震えは見られない。

すっかり日焼けした顔は、むくんでもやつれてもいない。肉は引き締まり、肌にも透明感がある。目は澄み、まぶたにはたるみもシワもない。まさに壮健で堅牢な肉体の見本であり、なにかしらのスポーツ大会に向けてトレーニングでもしているかのようだ。しなやかな体は活力に満ち、動きは素早く正確であり、医者として病気の兆候を見分けるのに長けたマーウィックの目にも、酒飲みがつい見せるようないかなる傾向も、いまのディックにはまったくないと認めざるを得なかった。外見も態度も、そのようなものとは頑然と矛盾している。そのまなざしは、話をしている相手の目を真っ直ぐにとらえているし、どんな些細なものであれ、神経の不調を示す兆候は見られない。とはいえ、ディックは変わり者だ。今日ここで聞いた話も普通ではない。何週間ものの鬱状態、そのあとに突然訪れた脳内の変化。それが、濡れた布でシミを拭き取るかのように、過去の恋と、それがもたらした苦しみの記憶をぬぐい去ったという。かつてはありきたりの腕しかなかった彼が、いきなり画家として飛躍的な成長を遂げたことも普通ではない。だとすれば、この点でも同様に、何か異常なことが進行しているのかもしれないではないか。

「ああ、正直に言って、刺激物の取り過ぎを示す兆候はまったく見られない」マーウィックは言った。「だが、医者としては——別にしつこく言うつもりはないが——刺激物はいっさいやめて、一か月間安静にすべきだと思う」

「またどうして?」ディックが言った。

「理論的に言えば、それが最良の方法だからだ。君はショックを受けた。何週間ものあいだ、ひどく深刻でみじめな鬱状態にあり、その影響を受けている。そんなとき常識はこんなふうに言うのさ。『ショックのあとは、ゆっくり自分を取り戻していくべきだ』とね。ところが君ときたら、時も置かずに大車輪の勢いで制作活動を行なっている。君らしいと言えば君らしい。突然才能を開花させるなんて――まったく、駆け値なしのナンセンスだ」

「なにがナンセンスなんだ?」

「君がだよ。医者としては最悪の気分だね。なにしろ君ときたら、私の信じている見解にはまるで当てはまらないように見える。私としてはそれがなぜだかを説明しなければならないわけだが、現在のところでは不可能だ」

「その見解というのは?」ディックが言った。

「うん。第一には、ショックに対する治療のありかたについてだ。それから二番目には、人が何かまっとうな仕事をしたいと思う場合、食事と酒の量は節制し、たっぷり眠る必要があるというものだ。ところで、君の睡眠時間は?」

ディックは考え込んだ。

「ええっと、ベッドに入るのはたいてい三時頃だ。寝ているのは、大体四時間くらいだと思う」

「さらにはウイスキーを浴びるほど飲み、ストラスプールの鴨のようにドカ食いし、それにもかかわらず、明日にでもレースに出て走れるような様子をしている。だったらほうっておくといい。少なくとも、私はそうするとしよう。だがおそらく、君はどこかで壊れるぞ。そうなったら私としては満足だがね。たとえそうでなくても、やはり君の状態は興味深いが」

じつのところ、マーウィックにとっては興味深いどころではなかった。その夜帰宅すると、棚をあさり、ほこりをかぶった本を一冊見つけて〝ショック〟にあてられた章を開いた。本は、神経系統に関する不可解な症例や異常な状態を扱ったものだった。マーウィックは職業柄、とくに珍奇な症例を研究していたので、この本はすでに何度か読んでいた。なかでも次の文章には以前から興味を覚えていたものの、その夜はなおさら注意を引かれた。

『神経系統というものは、第一級の研究者でさえまったく予想のつかないような働きかたをすることがある。よく知られ、また裏付けもされている事例としては、〝火事だ〟という叫び声を耳にしたとたん、麻痺患者がベッドから跳び上がるというようなケースだ。また次のような症例も知られている。大きなショックは、倦怠を伴う激しい欝状態を引き起こしたのち、異常な活動期をもたらし、それ以前にはないように見えた、あるいは平均的なレベルでしか存在していなかった力を新たに働かせるようになる。それは異常に感覚の立った状態であり、睡眠や休息に対する欲求が著しく低下するため、より多くの食事や酒といった刺激物が必要になる。またこの非常にまれな、ショックの後遺症とも呼べる状態に落ちた患者は、遅かれ早かれ、完全なる神経の破綻を起こす。しかし、それがいつになるのかを予測することは不可能である。だが消化機能が突然衰え、精神錯乱が前触れもなく起こり、あるいは完全に正気を失うこととなる――』

だが何週間かがたち、七月の太陽がロンドンを熱気で揺らめかせるようになっても、ディック・アリンガムは相変わらず忙しく働き、才気にあふれ、異彩を放っていた。その姿をひそかに見守っていたマーウィックは、目下のところ完全に煙に巻かれた状態にあった。刺激物の取り過ぎを示す兆候が一つでも現れたらいっさいやめてみせると言ったディックの言葉を当てにしていたのだが、ちらともそんな気配は見つからない。すでにレディ・マディングリーが、何度かディックのところへポーズを取りに来ていたが、その点についても、危険過ぎるというマーウィックの主張は完全に外れていた。なぜなら奇妙なことに、二人はすっかり仲の良い友だちになってしまったのだから。ディックの言うとおり、彼の中にあった彼女に対する感情は死に果てており、かつて情熱的に愛した女性というよりは、静物でも描いているような態度だった。

七月中旬の午前中に、レディ・マディングリーがディックのアトリエに来てポーズを取っていたときのことだ。いつもは静かに描き続けるディックが、筆の端をかじり、まずはキャンバスに、次いでモデルに向かって顔をしかめた。それからふいに、苛立った小さな叫び声を上げた。

「そっくりだ」ディックが言った。「それなのに君じゃない。全然違う！　どうしても賛美歌を聴いているような表情になってしまう。シャープが四つもついた、オルガン弾きがマフィンでも食べたあとに作曲しそうな賛美歌をね。そんなのは、まったくもって君らしくない！」

レディ・マディングリーは笑った。

「あなたはとても上手なんだから、絵になんだって描き込めるはずでしょ？」彼女は言った。

「そうとも」

「私が自分らしさを宿しているところはどこ？」

ディックはため息をついた。

「もちろん目だ」ディックは言った。「その目にすべてが詰まっている。それこそが君の特徴と言ってもいい。君はある種の先祖返りだ。遠い昔に、二人でそんな話をしたのを覚えていないか？君はすべてを目の中に宿した、野蛮な生き物のようなものだと」

「あらあら。きっとあなたって人は、犬には吠えられ、猫には引っ掻かれるだけなんでしょうね」

「もっと便利な方法があるはずなのに、人間ならば口や顎などを使うところで、君や動物は、それができずに目だけを使う。犬の場合、喜び、期待、飢え、やっかみ、失望――それがすべて目に現れる。それに比べれば口の動きなんかお粗末なものだし、猫にいたってはその傾向がもっと強い」

「あなたにはしょっちゅう、君は猫科だと言われたわ」レディ・マディングリーは、一ミリたりとも落ち着きを失わずに言った。

「そうそう、そうとも」ディックが言った。「猫の目を調べれば、この絵に欠けているものがわかるかもしれない。いいヒントをありがとう」

ディックはパレットを置くと、ボトル、氷、サイフォン瓶の並んだサイドテーブルに近づいた。

「まるでサハラ砂漠にでもいるような午前中だが、何か一杯どうだい？」

「いいえ、結構よ。最後はいつにしましょうか？　もう一度で終わると言っていたわよね」

ディックは自分用に酒を作った。

「ああ、僕はこの絵を持って田舎に行ってくる」ディックは言った。「前に話した背景を描き込んでくるつもりなんだ。うまく集中できれば三日で仕上げられるだろうし、でなければ一週間かそこらかかるだろう。ああ、その背景を思い浮かべただけで涎《よだれ》が出そうだよ。というわけで、来週の明日ではどうだろう？」

レディ・マディングリーは、金《きん》と宝石で飾られた小さなメモ帳にその日付を書き込んだ。

「それで、次にその絵を見るときには、私の目のところに、猫の目が描かれているのかしら？」

レディ・マディングリーは、キャンバスの前を横切りながら言った。

ディックは笑った。

「君は、その違いに気づきさえしないさ」ディックは言った。「僕の猫嫌いときたら、それこそおかしなくらいで――誇張ではなしに、猫を見ると気が遠くなるんだ。それなのに、君を見るといつだって猫を思い出したものさ」

「その難解そうな謎については、お友だちのマーウィック先生にでも尋ねてみることね」


いまのところ背景には、頭のあたりに、明るい紫と緑が曖昧にぼかされているだけだ。だがディックの口元には、何日かのちには目の前にあるはずの絵を思っただけで涎がにじんだ。細長いキャンバスに描かれた人物の背景には、緑のトレリスが描かれることになる。その上には、トレリスの木目が見えないほどの花。これ見よがしに咲き誇っている紫のクレマチス。ニスを塗ったような葉に、星のような花。彼女の上には、うっすらと青い空が一筋。そして足元には、灰色がかった緑の草がやはり一筋。だが背景の大部分は、菱形を描く緑と紫で大胆に埋め尽くされる。そのためにこそディックは、ゴダルミングの近くにある小さな別荘に赴いた。庭には、屋外用のアトリエがしつらえてある。部屋とシェルターの中間のような建物だ。北側は完全に外に向かって開け放たれ、そのすぐ外に緑のトレリスが立てられている。そこに星のような紫の花が咲き乱れているところは、まるで巨大な星座さながらだ。それを背景にすれば、淡い色調を持つ彼女独特の美しさがキャンバスの上で輝きを放つのは間違いない。その姿、大きなグレイの帽子ときらめくグレイのドレス、金色の髪、象牙のような白い肌、青、灰、緑と色を変える淡い瞳が、絵の中から飛び出して見えるはずだ。楽しみでしかたがなかった。なにしろ、人間にとって創造に勝る純粋な喜びなど、おそらくはないのだから。ゴダルミングに近づくにつれ、ディックの気分は高揚しはじめた。それもそのはず、ディックはいわば、自分の創造物を生きたものにしようとしていたのだ。これから描き加えられる紫のクレマチスの星、緑の葉、トレリスは、夕暮れ時にできる空の層が星々を宝石のごとく煌めかせるときのように、絵に命と輝きを与えるはずだった。ディックの意図ははっきりしていた。彼の手に成る星座——レディ・マディングリーの姿——を、空に浮かべるのだ。緑と紫の夜で包んでやれば、その星座は輝きわたることだろう。

庭は、古い煉瓦の壁で四方を囲まれている。ディックはその空間に独自の創造性を加えていた。その草地(とても〝芝地〟と呼ぶことはできない)は決して広くはないので、いまでは幅二十五フィート、奥行き三十フィート程度のアトリエが、かなりのスペースを占領している。アトリエの一面だけはしっかりした壁になっているが、南と東はトレリスの壁になっていて、そこにはつる植物が這い、内側には中東や東洋の細工物が掛けられている。夏のあいだは、絵を描いたり、だらだらしたり、外の空気に触れながらここで一日の大部分を過ごしたものだ。もともとは草が生えていたのだが、屋根の下でしなびてしまい、いまではペルシャ絨毯が敷かれている。書き物机、食卓、昔なじみの友のような愛読書が詰まった本棚、藤椅子が六脚。片隅は庭の手入れ用の道具にあてられおり、芝刈り機、水まき用のホース、植木鋏、鋤が立てかけられている。なにしろ植物というのは、鮮やかな色を引き出し、できるだけの成長をさせてやろうと思うと、それぞれの傾向に合わせて絶え間なくあれこれ段取りを組み、世話をしてやらねばならない。ディックは興奮しやすい人の常で、そこに安らぎを、感情の海に翻弄されている脳の避難所を見出していた。植物にもまた受容力があり、注がれる愛情にはじつに敏感だ。植物にかけた気配りは、決して無駄になることがない。一月ぶりにロンドンから戻ったディックは、花壇の一つひとつに驚きと喜びを覚えた。なかでも紫のクレマチスのたっぷりと豪奢な様子ときたら、惜しみなく手数をかけただけのかいは充分にあった。花の一つひとつが、絵の背景のモデルになって、感謝の気持ちを見せてくれることだろう。

その晩はとても暖かかったが、それでいて雷の前触れを思わせる蒸し暑さではなく、すっきりとすがすがしい夏の宵で、ディックは一人、日の名残をランプ代わりに食事をとった。空が少しずつビロードのような青へと色を落とすなか、ディックはまだコーヒーをゆっくり楽しみながら、北側の、家を隠している木立ちのほうを眺めた。木々のなかでも際立って優美かつ女性的なアカシアの木で、伸ばした枝に夏の衣をまとい、青々と葉をつけている。下には少し高くなった芝のテラスがあり、そのそばから愛する庭がはじまっている。スイートピーの茂みが比類なき香りを放ち、バラ園には、ピンクのバロネス・ロスチャイルドとラ・フランス、赤銅色のボーテ・アンコンスタント、リチャードソンが咲いていている。そしてディックのすぐそばにある緑のトレリスには、紫の花が泡立つようについている。

目ではほとんど確認できない見事な色の競演を無意識のうちにむさぼっていたとき、ディックはバラの中にひそむ黒い姿に目を奪われた。と、いきなり、二つの楕円がきらきらとディックのほうに光った。ディックは立ち上がったが、その動きにも、獣はひるんだ様子を見せなかった。猫は撫でてもらおうと背を丸め、尾を火掻き棒のように伸ばし、喉を鳴らしながら近づいてきた。猫がそばにいるとよくそうなるのだが、ディックはゾクリと気が遠くなるのを覚えながら、足を踏み鳴らし、手を叩いた。猫はサッとしっぽをひるがえした。一瞬、長い影のようなものが庭の壁に伸び、猫は消えた。だがその晩の甘い呪文は台無しになり、ディックは家の中に入った。

翌朝の空は澄みわたっていた。かすかに北風が吹き、ギリシアの島を照らすにふさわしい日の光が空を満たしていた。夢さえ見ずに（彼にしては）長く眠ったせいで、猫がもたらした不安はかき消えており、キャンバスをトレリスと紫のクレマチスに向けたディックの胸には恍惚が迫っていた。おまけに、まだ日没の魔力の中でしか見ていなかった庭は、まさに素晴らしい報賞であり、色彩に輝いていた。人生――この数か月ではじめてディックの胸に、ふとこんな思いが浮かんだ――レディ・マディングリーの姿を借りた人生はあまり慈悲深いものではなかったが、それでも植物と芸術に対する情熱に恵まれていながら満たされた人生をものにできないとしたら、その人は生きるのがあまりにも下手だと言わざるを得ないだろう。そこで朝食を済ませると、すっかり準備を整え、美に輝いているモデルを前に、ざっと花と葉のスケッチを取ってから絵の具をのせはじめた。

紫と緑、緑と紫が、これほどの馳走を目に与えた試しがあっただろうか？　ディックは食道楽さながらの貪欲さでのめり込んだ。おまけに、思った通りだった。筆で最初の色をのせたとたんに、ディックは自分が正しかったことを知った。神聖でかつ激しい色彩により、彼女が絵の中から浮かび上がってきた。頭上に描かれた淡い空の筋が彼女に視線を集めさせ、足元にある灰緑の草の帯が彼女の邪魔をしているために、本当にキャンバスから飛び出してきそうに見える。筆を動かす素早い手が、止まることも、はやることもないまま、ディックは作業に没頭し続けた。

とうとう息切れを感じて手を止めた。どこか遠く離れたところから、突然呼び戻されたような気分だった。食卓にはすでに使用人の手で昼食が準備されていたから、三時間ほどは描き続けていたはずなのだが、ディックには、午前中が瞬く間に過ぎ去ったかに思えた。進み具合は素晴らしく、ディックはしばらく絵に見入った。それからその目が、キャンバス上の輝かしさから、庭に広がる輝かしさに移った。するとスイートピーの花壇の手前、ディックからほんの二ヤードのところにとても大きな灰色の猫がいて、ディックを見つめていた。

猫を見るとたいていは気を失いそうになるディックなのだが、猫を見つめ、猫もこちらを見つめていながら、いつもの感覚が襲ってこないことに気がついた。おそらくは、閉じた部屋でなく、開放的な場所にいるせいだろう。だが昨晩は、この猫のせいで気が遠くなりかけた。ディックは、それ以上深く考えようとはしなかった。なつっこく好奇心の強そうな猫の目に、描きあぐねているレディ・マディングリーの目の表情を認め、そのことで頭がいっぱいになってしまったからだ。そこでゆっくりと、猫を驚かせるような性急な動きをしないようにしながら、置いたばかりのパレットに手を伸ばし、まだ描き込まれていなかったキャンバスの隅に、直感的な素早い筆の動きで、六つほど下絵を取った。それはまさにディックの求めていた通りで、燦々と注ぐ日差しの下にいるのにもかかわらず、猫の瞳は外からの光を反射するとともに、内からの光にくすぶっていた。これこそ、レディ・マディングリーの目だった。白の上に、うっすら色をのせて――。

五分ばかり、ディックは集中した手さばきで筆を動かし、白の上に薄く色をかぶせると、狙ったとおりの効果が出せただろうかと、じっくりスケッチを見つめた。それから、モデルを見事に果たしてくれた猫のほうに目を戻した。猫は消えていた。だがそもそも猫は嫌いだったし、すでに役目は果たしてくれていたので、とくに残念とも思わなかった。忽然と消えたので驚いただけのことだ。だがキャンバス上の遺産が消えるわけもなく、それはすでにディックのものであり、成果であった。この肖像画は、これまでにディックが描いたどんな絵をも、大きく引き離していた。本物の、生きた女が、瞳に魂を宿し、みなぎる夏の中に立っている。

視覚が研ぎ澄まされたまま一日が過ぎ、日没を迎えるころにはウイスキーのボトルが空になっていた。だがディックはこの夜、これまでとは異なる二つの感覚に気がついた。一つは肉体的、一つは精神的なものだったが、どちらもなじみのないものだった。一つ目は、今日はこれ以上酒を飲まないほうがいいという感覚だ。二つ目は、心を捧げた女に、汚れた手袋のようにあっさり捨てられた秋に見舞われた、あの拷問のような苦しみが心の奥で反響しているような感覚だった。どちらもはっきり感じられたわけではないのだが、やはり存在しているように思われた。

その晩は日中の輝かしさを裏切り、六時ごろには空に雲が広がりはじめ、すっきりした夏の日は、暑さだけを残して消え、嵐の怪しい気配に満ち満ちていた。大きな熱い粒がポツポツと落ちてきて、これは大雨になるなと思うと、ディックは濡れない場所にイーゼルを動かし、夕食の準備は家の中に頼むと指示を出した。作業をするときの常で、気が散るのを避け友だちなどは連れてきていなかったので、食事は一人でとった。夕食が済むと、一人の夜を楽しめるようにと整えられた居間に入った。使用人の手で準備された盆が置かれ、あとは寝床に入るまでだれにも邪魔される気遣いはない。表では嵐が近づきつつあり、雷の低い轟きが、いまはまだ遠くから、それでもやむことなく聞こえてくる。いつ上空にやってきて、火と音を爆発させてもおかしくはない。

ディックはしばらく本を読んでいたが、どこか上の空だった。昨秋の恐ろしい痛み、永遠に消えたと思っていた辛さが、突然、奇妙なまでの鋭さで蘇ってきた。それに頭が重たかった。おそらくは嵐のせいだろう。だがひょっとすると、酒のせいかもしれない。ディックはそう思いながらベッドに入り、眠りで動揺を吹き払ってしまおうと、本を閉じ、窓を閉めようと近づいた。けれど、その途中で足を止めた。窓の下に置かれたソファに、灰色の大きな猫が座っていた。黄色い瞳がぎらついている。口にはツグミの子どもをくわえていた。ツグミはまだ生きている。

ディックの中で恐怖が目覚めた。あのいやな、気の遠くなりそうな感覚に襲われ、獲物の苦しみを楽しんでいるらしき猫の姿に、嫌悪と同時に恐怖を覚えた。猫は、食欲を我慢してまで、獲物の苦しみを楽しんでいるのだ。なにより、猫と肖像画の目の相似が、いきなりすさまじい力でディックを打ちのめした。ディックは金縛りにあったかのように凍りついたが、次の瞬間には、押さえ切れなくなった震えに体を揺すぶられ、手に持っていたグラスを投げつけていた。それは外れた。猫はぞっとするような激しい敵意をこめてディックを見つめると、開いた窓からパッと飛び降りた。ディックは自分でもぎくりとするほどの音を立てて窓を閉め、ソファと床を調べた。猫が、ツグミを落としたのではないかと思ったのだ。翼のはためくかすかな音が、一度か二度、聞こえたような気もした。空耳だったのだろう。鳥を見つけることはできなかった。

すっかり心を乱され、言葉にならない思いが頭を渦巻いていたので、気を沈めようともう一杯だけ酒を飲むことにした。雷はおさまっていたが、雨が草の上に叩きつけている。そこに猫の鳴き声が混じった。長く引きずるような甲高い声ではなく、家に入れてくれとせがむ動物に特有の物哀しい声だ。ブラインドを下ろしたが、しばらくすると、外をのぞいて見たい衝動をおさえることができなくなった。窓枠に、あの大きな灰色の猫が座っていた。雨が降りしきっているというのに、こわい毛が、乾いているかのように逆立っている。猫はディックを見ると唾を吐き、怒ったようにガラスを引っ掻いてから消えた。

レディ・マディングリー——ああ、僕はどれほど彼女を愛していたことか！　そして、なんと手ひどく扱われたことか。ああ、彼女を取り戻したい！　あんな思いをしたというのに、また振り出しに戻るというのか？　あの悪夢が、再びはじまるというのか？　あの猫のせいだ。あの猫の目のせいだ。ディックのすべての欲望は、ぼんやりとした脳の中でぼやけてしまい、その状態は、再び目覚めた欲望と同様、不可解なものだった。もう何か月も、今日の量どころではない酒を飲み続けながらも、頭の冴え、強い自制心とともに夜を迎え、自分に訪れた自由を享受し、創造的な視覚のもたらす涼やかな喜びを味わっていた。けれどその夜、ディックはふらつき、あちこちにつかまりながら部屋を進んだ。

無彩色の夜明けがディックを起こした。ディックはすぐに起き上がり、まだ重たい眠気を感じながら、逆らうことのできない静かな命令に従った。嵐は完全に去り、明けの明星が淡い空に浮かんでいる。自分の部屋が妙になじみのないものに見え、自分の感覚でさえやはりそうで、何もかもがぼんやりと、自分と世界のあいだに障壁でもあるかのように感じられる。頭の中には、肖像画を完成させたいという欲望しかなかった。そのほかのすべては、成り行きにまかせればいいという気がした。この世を治めているのがどんな法にしろ、その法は、あの猫の犠牲になるべく一羽のツグミを選んだ。多くのなかから、たった一羽の生贄を選んだのだ。

二時間後、使用人が姿を現し、ディックが部屋にいないことに気がついた。気持ちのいい朝だったので、使用人は外のアトリエに朝食を運んだ。肖像画は、クレマチスのそばに置かれたイーゼルにセットされていたが、一面に奇妙な引っ掻き傷ができていた。激高した動物、あるいは人の爪でかきむしられたかのように。ディック・アリンガムもそこにいた。傷つけられたキャンバスの前に、静かに倒れていた。彼もまた、動物か人間かの爪に襲われており、喉が無残なまでに切り裂かれていた。だがその手は、爪や指までもが、ひどく絵の具で汚れていた。

The Cat（訳・圷香織）

芋虫

一、二ヶ月前に、イタリアの新聞にヴィラ・カスカーナが載っているのを見た。泊まったことがある邸宅だが、今は取り壊されて工場か何かを建てているのだという。ということは、もはや件の邸宅《ヴィラ》のある部屋で見たこと（あるいは、私が見たと思ったこと）を書いたり、そのあとの詳細について記すのを控える理由もなくなったというわけだ。そんなことが、あの体験を解明するような光明を投げ掛けてくれるものかどうかは、読者諸兄の判断にお任せすることにしよう。

このヴィラ・カスカーナはあらゆる点で完璧なまでに心地よい館だったのだが、それでも、もしも今でも取り壊されていなかったとしても、文字通りの意味でいうのだが、あの館を再訪したくなるほど私を誘うものはこの世に何一つない。というのは、あの館が間違いなく非常に恐ろしい幽霊に取り憑かれていると信じて疑わないからだ。幽霊というものは、結局のところ大して危害を与えないものだ。確かに怖いものかも知れないが、幽霊が訪ねてくるのに慣れてしまう人も多い。それどころか、情け深く親密になれる幽霊すらいるかも知れない。だが、ヴィラ・カスカーナに現れたものは情け容赦なかった。あれが少しでも違う姿で現れていたら、私だってアーサー・イングリスのように立ち直れなかっただろうと思うのだ。

その館は柊の樹に覆われた丘の上に建っていた。イタリアのリヴィエラにあるセストリ・ディ・レヴァンテにほど近いところにあって、魔法にかけられたような海の輝く青を見下ろしていた。館の背後には淡緑色の栗の樹が丘の斜面に生えて、丘の上ではその場所を松の樹々に譲っていた。その色は栗の樹とは対照的に黒々とし、丘の頂を覆っていた。庭には春の花々が豊かに生い茂って香りを放ち、木蓮《もくれん》や薔薇の芳香が海からの潮風に運ばれて、丸天井の涼しい部屋を清流のように流れていた。

建物の一階には広い柱廊《ロッジア》が、館の三方を囲むように走っていて、その上は二階の部屋が面したバルコニーになっていた。中央階段は広く、灰色の大理石でできた段をホールから上れば、二階の部屋の前を通る通路になる。そこには三部屋が面していて、二部屋は大きな居間、もう一部屋は一続きになった寝室だった。寝室のほうは使われていなかったが、二つの居間は利用されていた。そこから中央階段はさらに上へと続いていて、その階にも寝室がいくつかあった。私はその一つを使っていたのだ。一方、二階の廊下からは反対側に、別の数室に通じる小さな階段があって、そこに、先ほど私がいったアーサー・イングリスという芸術家が寝室とアトリエを借りていた。だから、館の最上階にある私の寝室の前の廊下からは、二階の通路とイングリスの部屋へ通じる階段の両方を見下ろせたのである。そして、私を迎えてくれたジム・スタンリー夫妻は、反対側の翼棟の部屋にいて、そちら側には使用人たちの居室もあった。

私が館に到着したのは、五月中旬の晴れた日の昼の、ちょうど食事が始まる時間だった。庭が花々の色と香りを放っていた。港から太陽の光に焼かれながら歩いてきた後に、反射する陽の光と熱から館の大理石の涼しさの中へと入ることほど嬉しいことはなかった。ただ、(読者の方々には私の言葉をただそのまま受け取っていただきたい。それ以上の特別の意味はないのだから)館に足を踏み入れた瞬間、何かよくないものを感じたのだった。この感覚は、実にぼんやりとしたものだったが強烈だったといっていいかも知れない。ホールのテーブルの上に私を待つ手紙を見つけたときに、何らかの説明がそこにあると感じたことを覚えている。私にとって何か悪い知らせがそこに記されているという確信を抱いた。ところが、手紙を開けてみると、そんな予感に対する説明などまったくなかった。手紙の差出人たちは、ことごとく私の幸運を願ってくれていた。あの胸騒ぎは勘違いだったと判っても、私の不安が消えることはなかった。ひんやりした香りの良い館には、何かよくないものがあった。

このことをうまく話すのは難しいのだが、普段私は寝つきのいい方でベッドに入って明かりを消すと同時に翌朝起きる時間になるような気がするほどなのに、ヴィラ・カスカーナに着いた最初の晩はまったく眠れなかったといったら説明になるだろうか。あるいは、眠っているときに、実に鮮やかで奇妙な夢(眠っているときに夢を見たと思ったものが本当に夢であったのであれば)を見たという事実が説明になるかも知れない。この奇妙というのはつまり、私が知っている限りで、それまでに一度も意識に入ってきたことのないような何かが、無理矢理入ってこようとしたという意味だ。だが、この不吉な予感だけでなく、その日、あの後で耳にした言葉や起こったできごとが、私がその晩に遭遇したと思ったことのきっかけとなったのかも知れないのだから、これから詳しく述べることにしよう。

あのときは昼食の後、スタンリー夫人と館の周りを歩いたのだが、そのときに二階の誰も使っていない寝室の話を聞いた。私たちが昼食を食べた部屋に対して扉が開いていた部屋だった。

「あの部屋は使わないままにしているのですよ。ジムと私には素敵な寝室と化粧室がもうあるのはご覧になったでしょう。反対の翼棟の方に。もし、あの部屋を私たち二人が使ったら、食堂を化粧室に改装しなくてはならないし、食事を一階でしなくてはならなくなるでしょう。でも、今のようにしておけばあそこで小さな一戸《フラット》になるし、アーサー・イングリスは反対側の廊下に一戸持っていますから。それに、あなたが以前、部屋は上の階の方であるほど嬉しいと仰っていたのを覚えていたんですよ。覚えていたなんて意外かしら」

このとき、私の心に漠然とした疑念、悪い予感があったのは確かだ。なぜスタンリー夫人がこんなことを説明したのかが判らなかった。説明することがこれ以上ないのだとしたら。だから、使われていない寝室についてもっと説明することがあったのではないかという気持ちが、しばらくの間、私の心に残っていた。

私の夢を呼び起こした第二の原因は、これかも知れない。

晩餐のときの会話に幽霊の話が少し出てきたのである。イングリスが確固たる口調で、そんな超自然的な存在を信じているような者は愚か者と呼ぶにも値しないという信念を表明した。すると、その話題はすぐに終わってしまった。私に思い出せる限りでは、そのあとで起こったことの原因になるような話もできごとも他にはなかった。

私たちは皆、少し早めに寝ることになった。私はといえば眠くてたまらず、欠伸をしながら自分の部屋まで上がったのだった。部屋が暑かったので、窓を大きく開け放つと、外から白い月の光が流れ込んできて、小夜鳴き鳥《ナイチンゲール》が何羽も囀る声が聞こえてきた。私は素早く服を脱いで、ベッドに入ったが、あんなに眠かったのにすっかり目が冴えてしまっていた。でも、目が覚めていることには何の不満もなかった。寝返りを打つこともなく、鳥の歌に耳を傾け、月の光を見つめることに完璧な幸せを感じていた。やがて眠ってしまったのか、そのあとで起こったことは夢だったのかも知れないと思っている。しばらく経って、小夜鳴き鳥も鳴き止んで、月も沈んでしまったのだと思った。そして、何か説明のつかない理由で、もしも一晩中眠らずに横になっているのなら本を読んだっていいのではないかと思ったときに、面白そうだと思っていた本を二階の食堂に置いてきてしまったことを思い出した。そこで、ベッドから出ると蠟燭に火を点し、階段を降りた。食堂に入ると、探している本がサイドテーブルの上にあるのが見えた。そのとき同時に、誰も使っていない寝室の扉が開いているのも見えた。明け方の光でも月の光でもない灰色の光が、その部屋から零れ出ていた。覗き込んで見ると、扉のちょうど向い側に四柱のベッドがあって、その天辺からタペストリーが垂れていた。そのとき、寝室の灰色の光はそのベッドから出ているのに気がついた。いや、ベッドの上にあるものからというべきか。というのは、ベッドが大きな芋虫たちに覆われていたからだ。一フィートか、それより長かったかも知れない。そいつらがベッドの上を這っていたのだ。その微かな光で、部屋の様子が見えていた。普通の芋虫の吸盤がついた足の代わりに、その芋虫の足は蟹のような鋏だった。その足で這い進んでいた。気持ち悪い虫の色は黄色がかった灰色で、不規則な膨らみや瘤《こぶ》に覆われていた。数百数千はいただろう。やつらはのたうち這い回りピラミッドのような形を作っていたのだから。ときどき、生々しいぼてっという音を立てて床の上に落ちるのもいた。床は固いコンクリートだったが、まるで柔らかいパテに鉤爪を立てるようにして這い進み、気味の悪い仲間たちのところへ戻ろうとベッドをよじ登っていくのだった。芋虫たちには、顔というものはないように見えたが、先端には口があって、横に開いて息をしていた。

そうやって見ていたそのとき、芋虫たちが不意に私の存在に気がついたように思えた。少なくとも、その口が一斉に私の方を向くと、次の瞬間にはベッドから床の上に柔らかなぼてっという音を立てて次々と落ちて、こっちに向かって這い進んできた。束の間、夢の中でよくあるように躰が麻痺していたが、次の瞬間、自分の部屋に向かって階段を駆け登っていた。裸足の足の裏に感じる大理石の階段の冷たさを今でも覚えている。自分の部屋に飛び込むと、ドアを叩きつけるように閉めた。そのとき、私は間違いなく目覚めていた。気がつくとベッドの側に立って恐怖の汗でびっしょりになっていた。叩きつけたドアの音が耳の中でまだ鳴り響いていた。普段ならただの悪夢で済んだかも知れないが、もしこのときもそうだったとしても、ベッドの上を這い回ったり床にぼてっと落ちる穢らわしい怪物を見たときの私の恐怖がそれでおさまったわけではなかった。たとえそれまで夢を見ていたのだとしても、すっかり目が覚めてもなお、夢の恐怖からまったく脱していなかった。それに、夢を見ていたようには思えなかったのだ。夜が明けるまで、座ったり立ったりして、横になる勇気もなく、微かな音や動きを感じるたびに、芋虫たちが近づいてくると怯えていた。あのセメントに食い込む鉤爪なら、こんな木製のドアなど子供騙しのようなものだろう。鋼鉄だって防ぎきれないのではないか。
しかし、甘美で気高い陽の光が戻って来て、恐怖は消えた。風の囁きはまた優しさを取り戻し、あれが何だったとしても名状しがたい恐怖はおさまって、もはや私を怯えさせることはなかった。夜が明けた。最初は色もなかったが、まず鳩羽鼠《はとばねずみ》色に、やがて次々と燃え上がる色のページェントとなって空一面に広がった。

あの館には、誰もが好きなときに好きなところで朝食をとっていいという素晴らしい決まりがあった。そのおかげで、朝食を自分の部屋のバルコニーで食べられたから、昼食時まで他の誰にも会わずにすんだ。昼まで手紙を書いたり、他の用事を片づけて過ごした。実は、昼食のときもかなり遅れて降りていったので、他の三人はもう食べ始めていた。私のナイフとフォークのあいだには小さなボール紙製の丸薬箱が置いてあって、私が腰を下ろすとイングリスが話しかけてきた。

「それを見てくれないか。君は博物学に関心があったはずだから。昨日の夜、ベッドカバーの上を這っているのを見つけたんだ。それが何だか判らなくてね」
丸薬箱を開ける前から、どんなものを目にすることになるのか予想していたような気がする。中には、小さな芋虫が入っていた。灰色がかった黄色で、環状の節に奇妙な突起や鉤爪がついていた。そいつは活発に箱の中をあっちへいったりこっちへいったり動き回っていた。その足は、私がそれまでに見たことのある芋虫の足とは異なっていて、蟹の鋏のような格好だった。そういったことを見てとると、私は素早く箱に蓋をした。

「いや、判らないね。でも、ずいぶん気持ちが悪いな。こいつをどうするつもりなんだ?」

「ああ、とっておこうかと思っている。糸を吐き始めたところなんだ。どんな蛾になるんだろうかと思ってね」とイングリスがいった。

私はまた蓋を開けてみた。あのせわしない動きは、確かに繭を作るための糸を出し始めたところだったのだ。イングリスがまたいった。

「おかしな足だろう。蟹の鋏のような形だ。蟹はラテン語で何といったかな。ああ、そうだ、Cancer《キャンサー》だ。これまで知られていない種だったら、命名してやろう。*Cancer inglisensis* てね」

そのとき私に頭の中で何かが閃いた。昨夜目撃したもの、あるいは夢見たものかも知れないが、瞬間的に結びついたのだ。彼の言葉の中にあった何かが私の頭の中に光を投げ掛けて、真夜中の私の恐怖の体験が彼がいったことと繋がった。その結果として、私は箱を摑むと、窓から外に芋虫もろとも放り投げた。部屋のすぐ外には砂利道があり、その先に噴水の吹き出し水盤があった。箱はその真ん中に落ちた。

イングリスが笑い声をあげた。

「超自然研究家は確固たる事実がお嫌いなんだな。可哀想な芋虫!」

会話はすぐに別の話題に移ってしまったのだが、この些細なできごとをあのとき口にされたままに記しておこうと思ったのは、ただ、超自然的な問題、すなわち芋虫という問題と関わり得ることを確かに余さず記録したと自分で納得できるようにするためである。だが、私が箱を噴水の中に投げ入れた瞬間は、頭に血が上っていて、ただいいわけをするならば、それはおそらく簡単なことで、箱の中に入っていたのがあの使われていない寝室のベッドの上で蠢いていたものをそのまま小さくした芋虫だったせいなのだ。あの怪物たちが肉と血を持つ姿に変容したということが、あるいは芋虫たちが何でできていようと、おそらくあの夜の恐怖を和らげてよさそうなものだが、実際はそんなことはなかった。使われていない寝室にあるベッドの上で這い集まってピラミッドを形作っていた芋虫たちがなおいっそう真実味を帯びただけのことだった。

昼食の後、私たちが一時間か二時間、庭の周りをぶらぶらしたり柱廊に腰を下ろしたりして、のんびりとした時間を過ごした後だから、あれは午後四時頃だったのだろうか、スタンリーと私が水浴びに向かおうとして丸薬箱を投げ入れた噴水の側を通る道を歩いていたときだった。水は浅く、透き通っていた。その底に、白い箱の残骸が見えた。水がボール紙をばらばらにしたのだろう。水に濡れた数切れの紙片になっていた。噴水の真ん中にはイタリア製のキューピッドの大理石像があって、腕の下にある葡萄酒の革袋から水を噴き出させていた。そのキューピッド像の足を這い登っていたのがあの芋虫だった。不思議で、とても信じられそうになかったが、閉じこめられたまま水に落ちても生き延びて水から上がる方へと進んできたのだろう。ちょうど手を伸ばせば届きそうなところで、繭を作ろうというのか、糸を吐きながらゆらゆらと躰を揺らしていた。

私がそうやって見ていたとき、昨夜の芋虫のように、そいつが私の方を向いたように思った。そして、身を囲みつつあった糸を破ってキューピッドの大理石像の脚を這い降りると、蛇のように水面をすいすいと泳ぎ始めたのだった。驚くほどの速さでこちらへ向かってきて（そもそも芋虫がこんなに泳げるということを私は初めて知った）、次の瞬間には水盤の縁を這い登っていた。ちょうどそのとき、イングリスがやって来た。

「おや、こいつはあの *Cancer inglisensis* じゃないか」芋虫の姿を見つけると、そういった。「ずいぶん急いでいるようだな」

私たちは並んで小道に立っていた。芋虫は私たちから一ヤードほどのところにまで来ると、止まって躰を揺らし始めた。まるでどちらに進もうか迷っているかのようだった。それから、心を決めたかのようにイングリスの靴を這いあがり始めた。

「こいつは僕のことがいちばん好きなようだ。だが、僕もこいつのことが好きかどうかは判らないぞ。水には溺れないだろうが、もしかしたら――」

イングリスは靴から芋虫を振り払うと砂利道の上で踏み潰した。

午後はずっと、間違いなく南から吹き上がってくる熱風《シロッコ》のせいで空気がどんどん重くなっていって、その夜はまた強い眠気に襲われてベッドに入った。うとうととしながらも、この館には何かよくないものがある、すぐ近くに危険なものがあるという意識は前にも増して強くなっていた。

でも、眠りはすぐに訪れた。そして、それからどれくらい経ったのかは判らず、起きていたのか夢を見ていたのかもはっきりしないが、すぐに起きなければならないと感じて起き上がったのだった。そうしないと、手遅れになってしまう。それから、(夢を見ていたにせよ眠っていたにせよ)横になったまま恐怖と戦いながら、熱風か何かのせいで神経をやられただけなのだと自分にいい聞かせると同時に、心の別の部分では、遅れれば遅れるほど刻一刻と危険は高まるのだとはっきりと気づいていた。とうとう、この後半の考えに逆らえなくなってズボンと上着を身に着けると、部屋を出て踊り場に立った。そのとき、すでに遅すぎたこと、今となっては何もかも遅すぎることを見てとった。

下に見える二階の廊下じゅうが這い回る芋虫の大群に覆われていたのだ。昨日見た寝室へと通じる居間の折り戸は今日は閉まっていた。だが、芋虫どもはその僅かな隙間に躰を押し込み、鍵穴から一匹また一匹と落ちていた。躰を紐のように細く引き延ばし、隙間を通り抜けるとまた瘤だらけの姿に戻るのだ。その中に、何匹か辺りを探るようにゆっくりとイングリスの部屋へ通じる階段へと進むものがいた。また別の芋虫たちは私の部屋へ向かう階段の最初の段を這い登っていた。だが、二階の廊下は一面、芋虫どもに完全に覆われている。逃げ道は断たれていた。それを見たときに私が襲われた凍るような恐怖を伝える言葉を私は知らない。

とうとう全体が動き始めた。イングリスの部屋へ向かう階段の芋虫の層が厚くなった。次第に、不気味な肉の潮のように通路を進んで、その先頭は、そいつらが灰色の躰から発する蒼白い燐光でよく見えたのだが、もうイングリスの部屋に届こうとしていた。何度も私は叫んで彼に警告しようとした。だが、自分の声が芋虫たちの注意を引いてしまって今度はこちらの階段を登り始めるのではないかという恐怖が頭から離れず、それでも、精一杯何とか叫ぼうとするのだが、私の喉から声はまったく出てこなかった。芋虫どもはドアにある蝶番の隙間を通り抜けて、寝室から出てきたときと同じように中へ入っていった。私はただその場に立ったまま、大声を出して彼に知らせてやろうという虚しい努力を続けていた。まだ間に合ううちに逃げろといおうと思っていたからだ。芋虫は一匹残らず部屋の中へ入っていった。その瞬間初めて、自分が裸足で立っている大理石の床の冷たさに気がついた。東の空で、ちょうど夜が明け始めたときだった。

それから六か月後、イングランドの田舎の邸宅でスタンリー夫人に会った。私たちはいろいろなことを話しながら散歩をしていたが、最後に夫人がこんなことをいった。

「そういえば、ひと月ほど前にアーサー・イングリスのことで怖い知らせを聞いてから、あなたに会うのは今日が初めてですね」

「私はそんな知らせ聞いてませんが」

「聞いてませんか。癌《キャンサー》だったんですよ。もう治る望みもなくて、手術も勧められていないそうなの。お医者様のお話では、もうすっかり全身に広がっているそうよ」

この六か月のあいだ、ヴィラ・カスカーナで見たあの夢(あるいは好きなように別の名前で呼んでくださって構わないが)のことを思い出さなかった日は一日たりともない。

「怖い話だと思いませんか。何となく、ふと考えてしまうことがあって、あの人はもしかすると――」

「あの館にいるときに始まったと?」

夫人は戸惑ったような驚きの表情を浮かべて私を見つめた。

「どうして、そう思うんですか。どうして判るんです?」

それから、こんな話をしてくれた。あの使われていない寝室はあの一年ほど前に末期癌患者がいた部屋だったのだ。夫人は助言を受け入れ、的確な指示に従って、いわれるとおりに誰もその部屋に寝泊まりさせることなく、部屋の隅々まで消毒し、そして漆喰もペンキも塗り替えたというのに——。


Catterpillars(訳・中野善夫)

チャールズ・リンクワースの懺悔《ざんげ》

ティーズデイル医師には、刑の執行される週に、一、二度その死刑囚を診る機会があったのだが、男は最後の望みを失くした人にしばしばあるように静かで、完全に運命を受け入れ、一刻ごとに近づいて来るその朝に対してなんらの恐怖も抱いていないかに見えた。死の苦しみは、上告の棄却を知らされた時点で消えたらしい。だがまだ望みが完全には消えていなかった日々、その哀れな男は、絶えず死の苦い毒を飲み続けていた。ティーズデイルは医師としてさまざまな人間を見てきたが、こうまで激しくがむしゃらに生にしがみつこうとした男も、動物的な生への執着によってのみ、この物質的な世界にしっかりつなぎとめられている男も見たことがなかった。そして、もはやどんな望みも残っていないことを知ったとき、その魂は、あやふやな状態で責めさいなまれる苦しみのくびきを離れ、避け得ない現実を無関心とともに受け入れたのだ。だがその変化があまりにも急激だったため、医師の目には、男が知らせの衝撃の甚大さに感情的な力を奪われただけで、麻痺した表の下では、以前と変わらぬ強靭さで物質的な世界につながっているのではないかという気がした。その最後通告がなされたとき男は気絶し、手当てのためにティーズデイルが呼ばれた。だがそれは一時的な失神に過ぎず、意識を取り戻したとき、男は自分に何が起こったのかをはっきりと覚えていた。

とにかく恐ろしい殺人事件だったため、人々は犯人に対してなんの同情も抱かなかった。死刑を宣告されたチャールズ・リンクワースは、シェフィールドにある小さな文房具屋の店主であり、妻と母親の三人で暮らしていた。その後者が、残虐な犯罪の犠牲となったのだ。動機は、母親が所有していた五百ポンドの金。裁判で明らかにされた事実によると、当時百ポンドの借金があったリンクワースは、妻が親戚のもとを訪ねて留守のあいだに母親を絞め殺し、遺体はその夜、家の小さな裏庭に埋めた。そして妻が戻ると、老いたほうのリンクワース夫人の不在については、もっともらしい説明をした。なにしろリンクワース親子はここ一、二年衝突が絶えず、言い争ってばかりいて、母親のほうが、いっそわたしはこの家を出て、毎週家計に加えている八シリングを払うのもやめ、年金保険を買うことにするからね、との脅し文句を口にすることが一度ならずあったのだ。そのときも、若いほうのリンクワース夫人が留守のあいだに、母と息子は家事に関する些細なことから激しい口論になり、その結果、母親は実際に銀行から金を引き出し、その翌日にはシェフィールドを発って、友だちのいるロンドンに行くことを決めた。それを告げられた夜、息子は母親を殺したのだ。

それから妻が戻るまでに取った行動は、じつに論理的で妥当なものだった。リンクワースは母親の持ち物をまとめると、駅まで運び、列車に乗せ、それが出発するのを見送った。その晩には、何人かの友人を夕食に招いて、母親が家を出たことを知らせた。残念そうな素振りも見せずに(友だちは親子の関係を知っていたはずなので、これも自然である)、母親とはうまくいっていなかったから、これで家庭に平和と安らぎが戻るだろうと言った。戻った妻にも同じ話を繰り返した。細かい点までそっくりそのままだったが、妻にだけは、母とはかなりひどい言い争いをしたので、落ち着き先の住所さえ教えてはもらえなかったと付け加えた。この点などもじつに賢明だったといえる。妻が、母に手紙を出すのを避けられるからだ。妻はその話を信じ込んだ。疑うべき理由などどこにもなかった。

しばらくのあいだ、リンクワースは落ち着いて抜け目なく立ち回った。犯罪者というものはたいていそういうものだ。だがある段階でそれを失うがために、多くの場合は発覚につながる。たとえばリンクワースは、慌てて借金を返すような真似をせず、若い男を下宿人に取って母親の部屋を貸し、店の手伝いを解雇し、ひとりで店を切り盛りしはじめた。節約している印象ができたところで、商売がかなり上向きになったと公言し、母親の部屋に置かれた鍵のかかった引き出しの中に見つけた小切手を換金するまでにひと月を待った。それから五十ポンドの小切手を二枚現金化し、借金を返した。

ここで彼は、落ち着きと抜け目なさを失った。一ポンドずつゆっくりと銀行の貯金を増やす忍耐を持つことができずに、五十ポンドの小切手四枚で、地元の銀行に預金口座を作ったのだ。さらには、見つからぬよう庭を深く掘って埋めた遺体の存在が不安になりはじめた。そこで安心したいがために、荷車一台分の石片を取り寄せると、夏の晩に下宿人の手を借りて、遺体を埋めた場所に石庭のようなものを作った。そこへ、この危険な一連の流れに火をつける偶然の出来事が起こった。キングス・クロス駅の遺失物預かり所で火事があり（そもそもそれ以前に、母親の持ち物を引き取っておくべきだったのだ)、ふたつの箱のうちのひとつが部分的に燃えた。弁償の義務がある鉄道会社は、母親の名前が書かれたリンネル製品と、シェフィールドの住所が書かれた手紙を一通見つけると、弁償に応じる準備があることを伝える、あくまでも事務的な書状を出した。これがリンクワース夫人宛になっていたため、リンクワースの妻が開封した。

いかにも無害な書状に見えたが、じつはこれがリンクワースの死刑執行礼状になった。なぜならリンクワースは、母はなんらかの事故に巻き込まれたのだろうと言うだけで、キングス・クロス駅にふたつの荷物が残っていた理由をまったく説明できなかったからだ。こうなると、母親の行方を追い、死んでいることがわかれば、母親が引き出した金を相続することもできるから警察にまかせるべきだ。少なくとも、妻と下宿人はそう主張したし、鉄道会社からの手紙がこの両人の前で開封されていたために、リンクワースとしては否やを唱えることもできなかった。そこからはイギリス独特の正義の装置が、音もなく動きはじめた。男たちがひっそりとスミス通りをうろつき、銀行を訪れ、上向いたとされる商売の内容を調べ、近所の家からすでにシダの生え茂っている石庭を観察した。そのあとに逮捕と裁判が続いた。短い裁判で、ある土曜の夜に判決が下された。大きな帽子をかぶった粋な女たちが裁判所に彩りを添えるなか、有罪を言い渡された筋骨たくましい若者に同情を覚えた人間など、ただのひとりもいなかった。聴衆の多くを占めていた年配の堅気な母親連は、その犯罪が母性に対する侮辱でもあったせいか、動かぬ証拠が次々と明らかにされていくのを力強く後押しするように耳をそばだてていた。裁判官がぶざまで滑稽な黒く小さな帽子を頭にのせ、神によって下された判決を口にしたとき、聴衆のあいだには興奮の小さなざわめきが起こった。

　リンクワースは残虐な行為のつけを払うことになった。事件の証拠を自分の耳で聞いた人であれば、リンクワースがその犯罪を、上告が棄却されたあとに見せた完全なる感情の欠如のもとに行なったことを確信したことだろう。罪人についた刑務所の教誨師が、懺悔《ざんげ》をさせようと手を尽くしたものの甲斐はなく、リンクワースは最後まで、抗議をするというでもなく、自分は無罪だと言い続けるだけだった。うららかな九月の朝、暖かな日差しが注ぐなか、小さくも恐ろしい行進が、刑務所の庭を横切っていった。その先にある小屋には死の道具が立てられており、そこで正義がなされると、ティーズデイル医師は速やかな死の訪れにほっとした。ティーズデイルは絞首台まで付き添って、ボルトが抜かれ、頭巾をかぶり両手を縛られたリンクワースが落ちるさまを見守ったのだ。いきなり重みが加わったせいで、ロープが鳴り、きしんだ。見下ろすと、吊るされた体が奇妙にひきつれていた。だがそれもほんの二秒でおさまり、処刑は申し分のない形で終了した。

　一時間後に検屍を行なった結果、ティーズデイルの見立て通りだったことがわかった。脊椎骨が首の部分で折れ、ほとんど即死だったはずだ。確認のためにいくらか切り開いたが、それも本来なら必要がないほどで、ティーズデイルとしては単に決まった手順を踏んだだけのことだ。だがその瞬間、故人の魂がかたわらにおり、まだ壊れた体に住まわっているような、なんともいえない、それでいて生々しい印象を受けた。だが、死んでいることには一点の疑いもない。しかも一時間前に。それから、なんでもないことのようでありながら、やはり奇妙な出来事が起こった。

看守の一人がやってきて、一時間前に使われた、死刑執行人のものになるはずの縄が、間違って死体安置所に来てはいないだろうかと言うのだ。縄はどこにも見当たらず、どこかへ消えてしまったかのようだった。ただし、なくなった物はそれだけだ。縄は死体安置所にも、絞首台にもなかった。いつの間に消えたものやら、じつに不可解なことであった。

ティーズデイルは独身で、働かずとも暮らしていける身の上だった。ベッドフォード・スクエアの、背の高い窓のある広々とした家に住んでおり、不器量だが素晴らしく腕のいい料理女と、その夫を使用人として雇っていた。働く必要はないのだが、犯罪心理を学ぶために、刑務所での仕事を引き受けているのだ。ほとんどの犯罪――すなわち、人間が自らを守るために定めた行動基準からの逸脱――は、脳の異常、あるいは窮乏の結果として行なわれる。たとえば窃盗犯の場合、ティーズデイルにしても頭の働きのせいとして許すつもりはないし、実際に何かが欲しくて盗むケースもしばしばなのだが、じつのところは、よくわかっていない脳の病気の結果であることのほうが多いのだ。その際立った事例については窃盗癖という名前までついているが、ティーズデイルはそれ以外にも、肉体的な必要に迫られた結果ではない事例が多くあるものと信じていた。とくに問題となる犯罪が暴力を含んでいる場合にはそうなので、ティーズデイルはその晩帰宅の道をたどりながら、今朝方処刑された犯罪者にも、その傾向があったのではないかと考えていた。犯罪が極悪非道であるわりに、リンクワースはそこまで金に困っていたわけでなく、その残虐さと不自然さが、ティーズデイルに、犯罪者よりも狂人を思わせたのである。リンクワースはもの静かで親切な人として知られており、良き夫で、近所付き合いも良かった。そんな彼がたった一つの犯罪をおかしたがために、世間からはじき出されることになったのだ。それは怪物的な犯罪であり、殺人者が正気であろうとなかろうと容認しうるものではない。この地球上には、そのような犯罪を行なう者など必要ない。それでもティーズデイルは、もしも故人が懺悔をしていたら、正義の執行がより意味のあるものになっていただろうにという気がしてならなかった。リンクワースが道徳的にいって有罪なのは間違いない。だが願わくば、生きる望みが消えた段階で、自分自身に有罪の宣告を下すべきだったと思った。

ティーズデイルはその晩、一人で食事をとった。夕食のあとは、ダイニングと続き部屋になっている書斎で過ごした。読書をする気にもならないまま、暖炉の向かいに置かれた大きな赤い椅子に腰を下ろし、思いの漂うままにまかせた。なにやら出し抜けに、その日の午前中、一時間前に死んだリンクワースの魂が死体安置所にいると感じたときのような、奇妙な印象が胸によみがえった。だが、何も初めてのことではない。とくに、突然死に立ち会った場合には、同じような確信を抱いたことがこれまでにもあった。だがこのときのように、はっきりと明白に感じたのは初めてだ。とはいえティーズデイルの見地から言うと、こういったことも、おそらくは極めて自然な心霊現象なのだ。魂――ティーズデイルはあの世の存在および、死後の魂の不滅を信じていた――にとってみれば、唐突に地上から消えることは受け入れがたく、また難しいことでもあり、しばらくのあいだ、そこにとどまっていようとすることはじつに自然だ。暇な時間を見つけては超常現象を熱心に研究しているティーズデイルは、熟練の進歩的な医者がたいていそうであるように、魂と肉体の境界がどれほど狭く、実体のなきものの物質にもたらす影響がどれほど大きいかをはっきり理解していた。だからこそ肉体を失った魂が、隔たれた有限の物質世界で生きている者と、直接接触ができると考えることにも抵抗がなかった。

確固とした配列で区分されつつあった思いが、ここでいきなり邪魔を受けた。すぐそばの机で電話が鳴り出したのだ。いつもの金属的な執拗さではなく、その音はじつに弱々しく、電流が充分でないのか、でなければ故障でもしているかのようだ。とはいえ、確かに鳴ってはいる。ティーズデイルは立ち上がると、フックから、送話器と一体化した新型の受話器をはずした。

「もしもし」ティーズデイルは言った。「どなたですか?」

ほとんど聞き取れない、不明瞭なささやき声が聞こえてきた。

「聞こえませんが」ティーズデイルは言った。

またささやいているのがわかったが、一向に聞き取れない。それから、そのささやきさえ消えてしまった。

ティーズデイルは立ったまま、三十秒ほど、また声が聞こえてくるのを待った。だがいつものように回線のはぜる音によってどこかの電話とつながっているのがわかるだけで、あとは静まり返っている。ティーズデイルは受話器を置くと、交換局に電話をかけ、自分の番号を告げた。

「たったいま、うちにかけてきた番号を教えてくれないか?」ティーズデイルはたずねた。

短い間があってから、交換手がその番号を告げた。ティーズデイルが働いている刑務所の番号だった。

「そこにつないでくれたまえ」

交換手は電話をつないだ。

「いま、そちらから電話をもらったのだが」ティーズデイルは言った。「ああ、医師のティーズデイルだ。用件はなんだろう？　聞き取れなかったものでね」

それから、はっきりと明瞭な声がこたえた。

「何かの間違いでしょう。電話なんぞかけてはいません」

「だが交換手が、そちらからの電話だと。三分前だ」

「交換手が間違ったんですな」

「妙だな。では、失礼。君はドレイコット看守だね？」

「ええ。では」

ティーズデイルは大きな肘掛け椅子に戻ったが、やはり読書をする気にはなれなかった。何を考えるでもなく、とりとめのない思いが頭に浮かぶにまかせたが、その思いはどこかへ行っては、また先ほどのおかしな電話の件に戻ってきた。間違い電話などしょっちゅうだし、交換手から間違った番号を教えられることにしてもそうだ。だがあの押し殺したような電話の音には何かがあったとしか思えず、聞き取れなかったささやき声を皮切りに、奇妙な連想が起こりはじめた。気づくと部屋を行ったり来たりしながら、思考を異様な草原に飛ばし、しきりと草を食ませていた。

「だが、そんなはずはない」ティーズデイルは、思わず声に出していた。

翌朝、いつも通り刑務所に行くと、またしても見えない何かがいるという奇妙な感覚に悩まされた。以前にも不思議な霊体験をしたことがあったので、自分が〝敏感〟であることはわかっていた。つまり、ある環境化において感受性が高くなり、我々の前にある目には見えない世界を垣間見ることができるのだ。その朝、ティーズデイルが感じたのは、前日の午前中に処刑された男の存在だった。だが局所的で、刑務所の小さな庭と、死刑囚監房のドアの前でもっとも強く感じられた。あまりにも強かったので、仮に男の姿が見えたとしても驚かなかっただろう。そのドアの前を過ぎて通路の突き当たりまで行くと、何かが見えるのではないかと思いながら振り返ってみた。同時に、そのあいだずっと、胸の深くに宿る恐怖にも気づいていた。目には見えない何かのせいで、妙な具合に心を乱されている。哀れな魂は何かを求めているのだという気がした。この印象が客観的な事実であり、現実との区別がつかなくなった想像上の幻ではないということには、ちらとの疑いも抱かなかった。リンクワースの魂は、確かにそこにいた。

ティーズデイルは診療室へ行き、二時間ほど忙しく働いた。だがそのあいだもずっと、あの目には見えない何かがそばにいた。だがその力は、故人と関係の深かった場所で感じたものよりは明らかに弱い。帰宅する前に、自分の見解を確かめるため、処刑小屋に入ってみた。そして次の瞬間、打たれたように青ざめた顔で出てくると、慌てて扉を閉めた。階段を上がったところの台に、頭巾をかぶり、両手を縛られた人影が立っていたのだ。輪郭はかすみ、ぼんやりとかろうじて見えただけだが、それでも、見えたことに違いはない。

ティーズデイルは肝が座っていたので、すぐに自分を取り戻し、一時的とはいえパニックに襲われたことを恥じた。顔面が蒼白になったのも、神経的な驚きによるもので、心が恐怖にとらわれたからではない。ただし、その心霊現象に深い興味を覚えたにもかかわらず、もう一度中に入るよう自分に命ずることはどうしてもできなかった。いや、むしろ命じはしたのだけれど、体がその指示に従うことを拒んだ。もし地上につなぎとめられた哀れな魂となんらかの交流を持つのであれば、どう考えてもある程度の距離は取ったほうがいい。これまでを見ていると、霊魂の活動範囲には制限がある。刑務所の庭、死刑囚監房、処刑小屋をさまよっており、診療室ではそれほど強く感じられなかった。それから、それ以外の場所がふと頭に浮かび、自分の執務室に戻ると、ドレイコットを呼んだ。昨晩、電話に出た看守だ。

「確認しておきたいのだが」ティーズデイルはたずねた。「昨日の夜、私が電話を入れる直前に、こちらからは間違いなくだれも電話をしていないんだね？」

看守の態度には、どこかためらいのようなものがあった。

「そんなことができたとは思えないんで」看守は言った。「なにしろあっしが、その三十分前から、電話のそばに座っていたんですから。だれかが電話に近づいたら、必ず見えるはずだ」

「だが、君はだれも見なかった」ティーズデイルは、少し言葉を強調した。

看守は明らかに落ち着きを失った。

「そう、だれも見なかった」看守も同じところを強調した。

ティーズデイルは視線を反らした。

「だがおそらく君は、だれかがいたという印象を受けたのではないかね？」あえてぞんざいに、そんなことはどうでもいいのだが、というような口調で言った。

看守が、何か口にしがたいことを胸に抱えているのは確かだった。

「その、先生がそう言われるんなら」看守は切り出した。「ですがこんな話をすると、寝ぼけていたか、夕飯に消化の悪いもんでも食ったんだろうと言われちまいそうで」

ティーズデイルは無造作な態度をやめた。

「そんなことはない。君にしたって、私が寝ぼけて電話の音を聞いたのだとは言わないだろうさ。しかもだ、ドレイコット、電話の鳴り方がいつもとは違っていたんだよ。電話はすぐそばにあったというのに、かろうじて聞こえる程度でね。受話器を耳に当てたときも、きこえてくるのはささやき声だけだった。ところが君と話したときには、じつにはっきり聞き取れた。私は、何かが――だれかが――電話の向こうにいたのだと信じている。ここにいた君も、だれも見なかったにもかかわらず、だれかがいたと感じている」

看守はうなずいた。

「あっしは決して神経が細いほうじゃないし」看守は言った。「想像力がたくましいわけでもない。だが、何かがいた。電話のそばを漂っていた。風じゃない。なにしろ暖かい晩で、そよとも風なんか吹いちゃいなかった。それでもあっしは、念のために窓を閉めたんだ。そいつはあの部屋にいたんですよ、先生。一時間かそこら、電話帳をかさこそ鳴らしたり、あっしのそばにいるときにはこっちの毛を逆立てたり。それがまた、やたらゾクリとするんだ」

ティーズデイルは看守の顔を見据えた。

「それで君は、昨日の午前中に行なわれたことを思い出したのかね?」ティーズデイルは唐突にたずねた。

看守はまたためらった。

「はい、先生」看守はようやくそう言った。「チャールズ・リンクワース死刑囚のことを思い出したんで」

ティーズデイルは安心させるようにうなずいた。

「それでいいんだ」ティーズデイルは言った。「ちなみに、今日は夜勤かね？」

「ええ。そうでなかったらいいんですがね」

「わかるよ。私としてもまったく同じ気持ちだからな。とにかく、それがなんであれ、私と連絡を取りたがっているようなのだ。ところで、昨晩、所内で騒ぎは起こらなかったか？」

「起こりましたよ。六人くらいの囚人が悪夢を見まして。叫ぶやらわめくやら、いつもは静かな連中なんですが。死刑のあった夜はときどきあるんで。あっしもそれは了解しているんだが、昨晩みたいなやつは初めてだ」

「なるほど。さて、その――君には見えない何かが、もし今晩も電話に近づこうとしたら、そのときは邪魔をしないようにしてくれ。おそらくは同じ時刻に来る。理由は説明できないが、そういうものなのだ。だから何かの必要でもないかぎり、電話のある部屋にはいないように。九時半から十時半まで、一時間やれば充分だろう。私は電話の反対側で待っている。もしかかってきた場合には、そいつとの話が終わった段階で君に電話を入れ、電話が――普通のやりかたでは――かけられていなかったことを確認するとしよう」

「それで、何も恐れるようなことはないんでしょうな、先生！」看守が言った。

ティーズデイルは、その日の午前中に味わった恐怖の一瞬を思い出したが、心から誠実にこう言った。

「何も恐れることはない」安心させるような口調だった。

その夜は夕食の約束があったのだが、ティーズデイルはそれを断り、九時半頃には一人で書斎に座っていた。肉体から切り離された魂の動きを司る法について何もわかっていない現状では、どうして霊の訪れに周期性があり、我々の世界の時間に合わせて定期的に現れるのかを説明することはできなかったが、亡霊が現れた事例を分析した結果、とくにその霊魂がひどく助けを求めている場合、つまり今回のケースのような場合には、昼なり夜なり、決まった時間に現れるということにティーズデイルは気づいていた。そしてまた、霊が自分の存在を見させ聞かせ感じさせる力も、死のしばらくあとが一番強いうえに、地上とのつながりが薄くなるにつれてどんどん弱まることが多く、最後には消えてしまうこともしばしばだ。だが今晩は、昨夜よりもはっきりした感覚があるだろうと思っていた。肉体から離れたばかりの霊魂というのは、蛹《さなぎ》からかえったばかりの蛾のように弱々しいものらしい——そこでいきなり電話が鳴った。昨晩ほど小さな音ではないが、やはりいつもの威圧的な音とは違っていた。

ティーズデイルはすぐに立ち上がり、受話器を耳に当てた。哀しみに満ちた泣き声が聞こえてきた。胸が張り裂けんばかりにしゃくり上げている。

ティーズデイルはなんともいいようのない冷たい恐怖を覚えながら、しばらくは口を開くのを待った。同時に、できるものならば助けてやりたいという思いに駆られていた。

「もしもし」とうとうそう口にしたとき、自分でも声の震えているのがわかった。「医師のティーズデイルだが。私に何をして欲しいんだ？　君はだれだ？」不要な質問だとは思いながらもそう言った。

ゆっくりと泣き声が静まり、まだ涙に途切れがちではあるが、こうささやく声が聞こえてきた。

「話したいんだ――話したい――話さなければ」

「よし。話してみたまえ。さあ」

「いや、あなたにではないんだ――私に会いに来ていた、もう一人のかた。あの人に言づてをお願いできないか？――あの人には、私を見たり聞いたりすることができないんだ」

「君はだれなんだ？」ティーズデイルが突然そう聞いた。

「チャールズ・リンクワース。あなたにはわかっていると思っていた。それはもうみじめで。刑務所を離れることはできないし――とても寒いんだ。あのもう一人を呼んでもらえるかい？」

「教誨師のことかい？」

「そう、教誨師。昨日、庭を一緒に横切りながら祈ってくれた。話をすることさえできれば、こんなにみじめな思いをしなくて済む」

ティーズデイルは一瞬ためらった。つまり、刑務所の教誨師であるドーキンズには、怪しげな話をしなければならないわけだ。なにしろ昨日死刑になった男と電話で話をしているというのだから。だがティーズデイルは電話の相手が故人であること、不幸な霊魂がみじめな状態におかれ、

〝話したがっている〟ことを真剣に信じていた。何を話したいのかは聞くまでもなかった。

「わかった。来るように頼んでみよう」ティーズデイルはとうとうそう言った。

「ありがとう、先生。恩に着るよ。きっと、来させることができるね？」

声が小さくなっている。

「明日の晩でないとだめなんだ。もう、そんなに長くはしゃべれない。見に行かなければならないんだ——ああ、神様、神様」

また激しくしゃくり上げたが、その声はどんどん弱まっている。恐怖の混じった興味に突き動かされ、ティーズデイルは口を開いた。

「何を見に行くんだ？」思わずそう叫んでいた。「君が何をしているのか教えてくれ。何が起こっている？」

「それは言えない。言ってはならないんだ」その声は、もうほとんど聞き取れなかった。「それはこの——」声が消えた。

ティーズデイルはしばらく待ったが、電話の回線がはぜる以外には、どんな音も聞こえてこなかった。受話器をフックに戻し、額が恐怖の脂汗に濡れていることに気づいた。耳が鳴り、鼓動が非常に早く弱くなっている。腰を下ろして自分を取り戻そうとした。だれかにひどいいたずらをしかけられているのではないだろうか。二度ほど、そう胸に問いかけてみた。だが、そんなはずがないことはわかっていた。自分はたしかに、恐ろしく取り返しのつかない罪を犯し、悔恨に苦しんでいる霊魂と話をしたのだ。妄想を疑う理由もない。なにしろチャールズ・リンクワースの魂と話をした場所は、ロンドンの陽気なざわめきに包まれたベッドフォード・スクエアの快適な自分の部屋なのだから。

だが、思いにふけっている暇はなかった（胸の中では魂が震えていたから、そうするつもりもなかった）。まずは刑務所に電話をかけた。

「ドレイコット看守か？」

こたえた男の声は、明らかに震えていた。

「はい。ティーズデイル先生ですか？」

「そうだ。何かあったかい？」

看守は二度ほど何かを言おうとして失敗した。三度目に、ようやく言葉を口にすることができた。

「ええ、先生。あいつがここにいました。電話のある部屋に入るのが見えたんでさ」

「おお！　話はしたのか？」

「まさか。汗をかきかき祈ってたんで。おまけに今晩も、六人くらいの男が眠りながらわめきましてね。だがそれもいまは静まりましたが。あいつは処刑小屋に戻ったんでしょうな」

「ああ。今夜はもう騒ぎが起こることもないと思う。ところで、ドーキンズ教誨師の住所を教えてくれたまえ」

住所を教えてもらうと、ティーズデイルは教誨師に、明日の夜、食事に来て欲しいと頼む手紙を書こうとした。しかし、例の電話がそばにあるためか、慣れ親しんだ机では書くことができなかった。そこで階段を上がり、友だちを呼んだとき以外には滅多に使わない居間に入った。神経を沈めると、ようやく手を自由に動かすことができるようになった。手紙には簡単に、明晩食事に来て欲しいのだが、その際、奇妙な話をするので相談に乗ってもらいたい、という旨だけ記した。「もしほかに予定があるとしても」手紙はこう締めくくった。「どうか、そちらは断っていただきたい。今晩私自身もそうしたのだが、でなければひどく後悔したはずなので」

その結果次の晩、ふたりはティーズデイルの家のダイニングで夕食をとった。あとは煙草とコーヒーという段階で、ティーズデイルがこう持ちかけた。

「これからする話を聞いても、どうか、私の頭がおかしくなったとは思わないで欲しいんだ」

ドーキンズが笑った。

「それはもう、はっきりと約束しよう」

「結構。昨日とおとといの夜、もう少し遅い時間なのだが、私は電話で、私たちが二日前に処刑を見守った男の霊魂と話をしたんだ。つまり、チャールズ・リンクワースと」

ドーキンズは笑わなかった。椅子をうしろに引き、困惑した顔になった。

「ティーズデイル」ドーキンズは言った。「どうか悪く取らないで欲しいのだが――君が今日私を呼んだのは、そんなろくでもない話をするためだったのかね？」

「ああ。だが、まだ半分も話してはいない。リンクワースから昨晩、あなたを連れてきて欲しいと頼まれた。何か話したいことがあるようなんだ。内容も想像がつく」

ドーキンズが立ち上がった。

「頼むから、これ以上何も言わないでくれたまえ」ドーキンズは言った。「死者が戻ることはない。どのような状況で霊魂が存在するのかについては、いまだ明らかにされていない。だとしても霊魂は、物質的な世界とはすべてのつながりを断っているはずなのだ」

「だが話はまだ終わっていない」ティーズデイルが言った。「おとといの夜に電話がかかってきたとき、その音はじつに弱々しく、聞こえてくるのもささやき声だけだった。すぐにどこからの電話かを確かめると、刑務所からだと言われてね。そこで刑務所にかけてみると、ドレイコット看守は、だれも電話などしていないと言う。しかしドレイコット自身も、何かの存在を感じていたんだ」

「どうせ酒でも飲んでいたのだろう」ドーキンズはピシャリと言った。

ティーズデイルは間を置いた。

「そのようなことを言うものではないな」ティーズデイルは言った。「ドレイコットはあの刑務所のなかでも、とくに真面目な男の一人だ。それに彼が酒を飲むと言うのなら、私はどうなると?」

ドーキンズがまた腰を下ろした。

「失言を許してくれたまえ。だがこんな話に付き合うことはできん。この手のことに関わるのは危険だ。だいたい、かつがれているのではないという保証がどこにある?」

「だれがそんなことを?」ティーズデイルは言った。「ほら、聞きたまえ!」

電話が突然鳴りはじめた。その音が、ティーズデイルにははっきりと聞こえた。

「聞こえないのかい?」ティーズデイルは言った。

「何がかね？」

「電話が鳴っている」

「聞こえんな」ドーキンズはむっとしながら言った。「電話など鳴ってはいない」

ティーズデイルは何も言わずに書斎へ入ると、電気をつけ、送受話器をはずした。

「もしもし？」声が震えた。「どなたですか？　ああ、ドーキンズは来ている。なんとか君と話をさせようとはしているんだ」

ティーズデイルは部屋に戻った。

「ドーキンズ」ティーズデイルは言った。「苦しめる魂が待っているんだ。どうか話を聞いてやってほしい。神の御名のもとに、あちらに行って話を聞いてやってくれたまえ」

ドーキンズはためらった。

「君がそう言うのなら」

ドーキンズは受話器を取り、耳に当てた。

「ドーキンズだが」

ドーキンズは待った。

「何も聞こえない」とうとうそう言った。「いや、何かが聞こえた。かすかな、ささやき声のようなものが」

「ああ、どうか、聴こうとしてみてくれたまえ！」ティーズデイルが言った。

ドーキンズはもう一度、耳をそばだてた。と、いきなり顔をしかめ、受話器を置いた。

「何かが――だれかが、『殺したんです。懺悔します。どうか許しを与えてください』と言っている。これはペテンだよ、ティーズデイル。君が心霊術にはまっているのを知っている何者かが、悪趣味ないたずらをしかけているのだ。とても信じることなどできん」

ティーズデイルが受話器を取り上げた。

「ティーズデイルだが」そう受話器に向かって言った。「ドーキンズに、間違いなく君だという印《しるし》を見せることはできないか？」

ティーズデイルは、また受話器を置いた。

「できると思うと言っている。待つしかないな」

その夜もとても暖かく、舗装された中庭に面した窓は開いていた。五分ほど、ふたりの男はじっと立ち尽くしたまま待っていたが、何も起こりはしなかった。それからドーキンズが言った。

「これが充分なこたえだと思うがな」

その言葉が終わらないうちに、異様に冷たい風が突然部屋に吹き込んできて、机の紙をカサコソ鳴らした。ティーズデイルが窓に近づいて閉めた。

「感じたかね？」ティーズデイルが言った。

「ああ、風がひと吹きした。冷たい風が」

閉め切った部屋の中で、もう一度風が起こった。

「感じたかね？」ティーズデイルが言った。

ドーキンズは、心臓がバクバクと喉にせり上がるのを覚えながらうなずいた。

「今宵のすべての危険から、どうかわれらを守りたまえ」ドーキンズは叫んだ。

「何かが来る！」ティーズデイルが言った。

その言葉とともに、何かがやってきた。二人の立っている場所から三ヤードと離れていない部屋の真ん中に、男が立っていた。頭が肩の上にガクリと垂れており、顔を見ることはできない。それから男が両手で頭を挟み、何か重たいもののように持ち上げ、二人をまともに見据えた。両眼と舌が突き出し、首には青黒い痣ができている。それから床が鋭くガタガタ鳴ったかと思うと、男の姿は消えていた。けれど床には、新しい縄が一本残っていた。

長いこと、二人とも口をきかなかった。ティーズデイルの顔からは汗が噴き出し、ドーキンズは白くなった唇で祈りを唱えていた。それからティーズデイルが、簡単ではなかったが、なんとか自分を取り戻し、縄を指差した。

「この縄は、処刑のあとに消えていたものだ」

それからまた、電話が鳴った。今度はドーキンズも、せき立てられる必要はなかった。すぐに電話に近づくと、ベルの音がやんだ。ドーキンズはしばらく黙って聞いていた。

「チャールズ・リンクワース」教誨師がとうとうそう言った。「神の前に立ち、そのお姿を見ながら、心から罪を悔いていると言えるか？」

ティーズデイルにはその返事こそ聞こえなかったが、ドーキンズが目を閉じるのがわかった。それから赦しの言葉を耳にして、ティーズデイルは跪いた。

最後に、また沈黙が落ちた。

「もう何も聞こえない」ドーキンズが言い、受話器を戻した。

やがて使用人が、何種類かのスピリッツと炭酸の入ったサイフォン瓶を載せた盆を手に入ってきた。ティーズデイルは、霊魂の現れた場所を見ないようにしながら指差した。

「その縄を持っていって燃やしてくれ、パーカー」

一瞬の沈黙があった。

「縄などどこにもございませんが」パーカーが言った。

The Confession of Charles Linkworth（訳・圷香織）

土煙

芝生に面した大きなフランス窓は開けはなされている。すでに夕食も終わり、八月の最後の週をコーム＝マーティン家ですごしていた客のうち二、三人が、テラスに出てのんびりと海の眺めを楽しんでいた。ちょうど昇ったばかりの大きな月が、海に低くかかり、水平線から浜にかけて、淡い金色の小道が伸びているかのように見える。さほど月に興味のないほかの客たちは、ブリッジやビリヤードを楽しむため、すでにどこかへ消えてしまったようだ。デザートのあとにはすぐコーヒーが出て、夕食が終わるころには、この館ではいつものことだが、朝食後のようなくつろいだ雰囲気になり、その場に残ったものも、どこかへ姿を消したものも、それぞれ好きなようにタバコやポートワインを楽しんだり、健康のためにどちらもひかえたりしていた。その夜、私とハリー・コーム＝マーティンがさっさと食堂にとりのこされてしまったのは、私たちがある自動車整備工場についての専門的な話に夢中になり、無理もないことだが、ほかの客たちを退屈させてしまったからだ。そこはハリーの行きつけの工場であり、買ったばかりのネイピア社製の六気筒エンジンの新車をほぼまかせる形で、さまざまな部分に手を入れてもらったのだという。かなり高価な車ではあったが、ためらいなく購入したハリーに、後悔の色はまったくなかった。それどころか、明日、ハンスタントンの近くにある友人の家で昼食をご馳走になるのに、この車でぜひいっしょに出かけようじゃないかと誘うのだ。当然のことながら、ハリーはこの新しい車にかなりの自信を持っているようで、距離もたったの八十マイル、警察の取り締まりもない道だから、さほど早く出発する必要もないという。

「奇妙なものだな、ああいう大きな車は」立ちあがりながら、ハリーはまた一般論にもどった。「この新車も、ただの機械とは思えないことがしょっちゅうあるんだ。まるで、ひとつの生きものを手に入れたような気がするんだよ。言ってみれば、馬銜《はみ》に正確に反応してくれるサラブレッドというところかな」

「サラブレッドらしく、気性も荒いのか?」

「いや、ありがたいことに、ごくおちついた気性だよ。めいっぱい飛ばしているときにスピードを落としても、それどころか停止させても、機嫌が悪くはならんのさ。ああいう大きな車は、えてしてそういう運転を嫌うものだがね。あまりしょっちゅうスピードを落とすと——そう、まさに文字どおり——すねてしまうんだよ」

ハリーは足を止め、記憶をたどった。「たとえば、ガイ・エルフィンストーンの車がそうだった。あれは、とんでもなく気性が荒いけだものだったよ。狂暴なうえに、凶悪でね」

「メーカーは?」

「アメデの二十五馬力だ。あそこの車はみんな気むずかしいな。華奢すぎて、骨格がしっかりしていないんだ——骨格の頑丈な車は、気性もおちつくものなんだが。何が凶悪かって、とにかくひよこやうさぎを轢きたがる車でね。まあ、あれは車の気質というより、ガイ自身の問題かもしれんな。やつは、そのつけを払うことになった――持っているすべてのものを、一切合切。君は、やつを知っていたかい？」

「いや。だが、名前は聞いたことがあるな。ああ、たしか、子どもを轢いた男じゃなかったか？」

「そのとおり。子どもを轢いて、そのまま自分の庭園の門に激突したんだ」

「本人も助からなかったんだな」

「ああ、即死だった。車も、くず鉄の山になったよ。これについては、村でささやかれている噂があってね。いかにも、君が喜びそうな話だ」

「幽霊話かい？」

「ああ、やつの車が幽霊になったという噂さ。なんとも現代的じゃないか？」

「そりゃ、ぜひ聞かせてほしいな」

「ああ、喜んで。やつの屋敷は、バーチャムという村の郊外にあった。ノリッジから十マイルほど離れたところだよ。そこには長い直線道路があって――やつが子どもを轢いた現場さ――さらに二百ヤードも走ると、ちょっと難しい角度に道が曲がっていてね。その先が、庭園の門に続いているんだ。それで、一、二ヵ月前、つまり事故からまもなくのこと、村で宿屋をやっているじいさんが、こんなことを言い出したんだ。その直線道路をすさまじい勢いで飛ばしてきた車があったが、何の音もしなかった。そして、庭園の門は閉めきってあるはずなのに、その先を曲がって姿を消した、まちがいない、とね。ほどなくして、今度は同じ場所にいた男が、自分の横を走りぬけていく車の音がしたと思うと、続いておそろしい悲鳴があがった、だが、車の姿も何も見えなかったと言うんだよ」

「悲鳴というのが怖いね」私は言った。

「ああ、なるほど、君はそう見るわけか！　それは車の警笛だろうと、私ははなから思いこんでいたよ。ガイは私と同じように、排気筒の上に号笛をつけていたんだが、やつの号笛は、まるで泣きさけんでいるかのような、なんとも身の毛のよだつ音でね、いつもぎょっとさせられたものだよ」

「なんだ、それだけの話かい？」私は尋ねた。「ひとりの老人が、音のしない車を見て、もうひとりが、目に見えない車の音を聞いたって？」

暖炉の火床に、ハリーはタバコの灰を落とした。「いや、まさか！　ほかにも五、六人が、いろいろなものを見たり、聞いたりしているんだよ。総合するに、かなり信憑性の高い話でね」

「となると、酒場でさんざん話題にのぼったあげく、あちこち尾ひれがついていそうだな」

「ともかく、いまじゃもう誰も、日が暮れてからそこには行かなくなったよ。おまけに、やつの屋敷の門番も、事故から一、二週間後には暇乞いをして、出ていってしまった。門番小屋のすぐ外で、ひっきりなしに車が止まって号笛を鳴らす音がして、夜じゅう様子を見に外に飛び出さなきゃならなかったらしい」

「外に飛び出して、何を見たんだ？」

「何も。本当に、何ひとつ変わったことはなかったそうだ。門番は気味が悪くなってしまって、安定した仕事を投げ出すにいたったというわけさ。門番がしょっちゅう門を見に出ているいっぽう、女房にはたえず子どもの悲鳴が聞こえてきて、うちの子どもたちはみんな無事かと、そのたびに確かめていたそうだ。そして、子どもたちは――」

「子どもたちは、どうだったんだ?」

「子どもたちは何度となく母親のところに来て、あの道を行ったり来たりしているのに、話しかけてもこない、いっしょに遊ぼうともしない、あの小さな女の子は誰なのと尋ねたそうだ」

「なるほど、ひどく入り組んだ話だな」私は考えこんだ。「いろんな人間が、ちがうものを見たり聞いたりしているわけか」

「そうなんだ。そこが、この話に信憑性があると思った所以《ゆえん》でね。私はもともと、幽霊などは信じないたちだ。だが、もしも幽霊が実在し、その子どもとガイの死が幽霊のうろつくきっかけを与えたとするならば、さまざまな人間がさまざまな現象に気づくというのは、ごく当然のなりゆきだと思うんだよ。君はどんな印象を受けた?」

実のところ、それは私にとって、思いもよらない意見だったことは確かだ。だが、考えれば考えるほど、筋が通っているように思えてくる。大半の人間は、霊界(生きている人間は、実はおびただしい霊にかこまれて暮らしているのだと、私は信じている)の存在を感じる超自然的な能力を持っているのに、それを封印して生きている。だからこそ、大半の人間は、幽霊を見ることも、その声を聞くこともないのだ。だとすると、残された少数の――超自然的な体験をしたことのある、またはこれから体験するかもしれない――人々というのは、すべての感覚を封印せずに使いこなしているのはその中でもごくひと握りとして、封印されていない目、つまり透視能力をそなえている人間と、封印されていない耳、つまり透聴能力をそなえている人間に分かれていると考えるのが自然ではないだろうか。

「ああ、私にも信憑性が高いように思えるな。よかったら、その場所に連れていってくれないか？」

「喜んで！　金曜まで滞在してくれるなら、木曜に連れていくよ。ほかの客はみんな木曜に帰るんでね、暗くなってから現地に着ける」

私はかぶりを振った。「残念だが、金曜まではいられないんだ。木曜にはここを出なくては。明日はどうなんだ？　ハンスタントンへ行く途中か、帰りに寄れないのかな？」

「それは無理だな。三十マイルは寄り道になる。それに、日が暮れてからバーチャムに立ち寄るとなると、ここに帰りつくのは真夜中すぎになってしまうだろう。ほかの客たちももてなさなくてはならないし――」

「そういうことか！　何かが見えたり聞こえたりするのは、いつも暗くなってからなんだね？」

私は尋ねた。「だとすると、おもしろみもだいぶ割り引かれるな。まるで、明かりをすべて消してから行う降霊会みたいじゃないか」

「だが、そもそも事故も夜に起きているんだよ」ハリーは答えた。「幽霊の法則は知らないが、そこは関係がありそうだと思うんだがね」

私はもうひとつ疑問を抱いてはいたが、ここでは尋ねたくなかった。その疑問を口に出さないまま、もっと情報を集めたかったのだ。

「私も自動車の法則は知らないからな。さっき君が言った、ガイ・エルフィンストーンの車が気性の荒い、ひねくれたけだもので、ひよこやうさぎを轢きたがるという話もよくわからない。だが、たしか、気性が荒いのは車ではなく、持ち主のほうだったかもしれないと、君は言いなおしたね。ガイはスピードを落とすのが嫌いだったのか？」

「しょっちゅう減速させられるときには、もう正気を失うほど腹を立てていたものさ。一度、車に乗せてもらったときのことはけっして忘れられないよ。百ヤード走るごとに、干し草を積んだ荷馬車やら、乳母車やらに邪魔されてね。あんなにいたたまれない思いをしたことはないよ、怒りに頭のねじが外れてしまった人間と、同じ車に乗りあわせているわけだからな。ようやく屋敷にたどりつき、門の中に車を乗り入れたと思ったら、やつの犬がご主人さまを迎えに走り出てきたんだ。やつは、一インチたりとも進路を変えようとはしなかった。それどころか——怒りに歯ぎしりしながら、犬に向かってまっすぐ車を走らせたんだ。それっきり、私は二度とやつの車には乗らなかったよ」

ハリーはふと口をつぐんだ。私の心に浮かんだ思いを読みとったにちがいない。「いや、そんなことを考えてはいけない——そんなことを——」

「ああ、もちろん、そんなことは考えないでおくさ」わたしは請けあった。

ハリー・コーム＝マーティンの屋敷は、サフォークの海辺に位置する。すぐ先の砂まじりの崖は、満ち足りることを知らない海に、執拗に蝕まれつづけていた。眼下の海には、数百ヤードにわたり、かつてのイングランドの第二の港が沈んでいる。昔のダニッチの町もいまやほとんどが崖崩れと海の浸食によって消えていき、壮大な七つの教会も、たったひとつが廃墟となって残っているにすぎない。いまも一フィートずつじわじわと崖が崩れつつあり、残されたひとつの教会をかこむ墓地すらも、半分以上が海に呑みこまれてしまった。ダンテの言葉どおり、かつてその慈しみぶかく揺るぎない大地で生を営んでいた人々の骨が、まるでグラスに差したストローのように、砂混じりの崖の断面から宙に突き出している。

その午後に目にしていた、こんなうらさびしい光景のせいか、それともハリーから聞かされた話のせいで、脳が何かおかしな方向に動きつつあるのか、あるいはのどかすぎて眠くなるノーフォークの湿地帯から、身を切るような風の吹きすさぶ土地に来たせいなのか、ベッドに入ったというのに、私はまったく眠れなかった。明かりを消した瞬間、頭の中の劇場の舞台を照らす脚光とガス灯のすべてがあかあかと輝きはじめ、脳がすっかり冴えわたってしまったのだ。数を百まで数えてみても、百から一まで逆にたどってみても、羊の群れを思いうかべ、生け垣の隙間を一頭ずつくぐり抜けさせて、見わけのつかない集団の数を数えようとしてみても、頭の中で三目並べをやってみても、テニスコート二面ぶんのスコアをつけてみても——そんな、一般に眠くなるとされるさまざまな方法は、どれも逆にどんどん目を冴えさせるばかりだった。効かないとわかってからも、こうした退屈な方法をえんえんとくりかえしていたのは、けっしてわずかな期待にすがりついていたからではない。ただ、こんな眠れぬ夜に、崖の断面から突き出した骨のことなど考えたくはなかったし、例の事件についても、あまり深く考えすぎないでおくと、ほんの数時間前にハリーと約束したばかりだったから、こんなときに頭の中であれこれとひねくりまわしたくもなかった。そんなわけで、私は何時間にもわたって闇の中に横たわったまま、眠気を呼びおこすさまざまな方法を試しつづけていたのだ。もしも、この単調なくりかえしをやめてしまったら、その瞬間、まるで押さえつけていたばねがはねかえるように、ぞっとするような怖ろしいことを考えはじめてしまうだろう。だから、まるでほかの声を耳に入れるまいと、大きな声で自分の心に言いきかせるかのように、そんな努力を重ねていたというわけだ。

だが、こんなふうに目をそらしつづけることもしだいに難しくなっていき、ふいに、頭がすべての単純作業を拒否してしまう。次の瞬間、私はずっと考えまいとしていたことを、熱心に、必死に考えていた。浸食された崖から突き出した骨のことではない。考えずにおくと、ハリーに約束したあのことについてだ。なぜハリーが考えるなと言ったのか、その理由がふいにひらめく。それはもちろん、ハリーは自分と同じ結論に、私がたどりつくのが怖かったからだ。

さて、私は現在にいたるまでずっと、〝幽霊が出る〟――特定の場所にしろ、特定の家にしろ、何にしろ――ということにまつわる謎は、けっして解明できないし、存在するかしないかを、満足できる程度まで証明することも不可能だと感じている。はるか古代から、エジプトの記録によっても確認できることだが、犯罪の現場にはしばしば犯人の幽霊が立ちもどると考えられてきた――おそらくは魂の安らぎを求めてのことだろうが、その望みはけっして満たされることはない。また、さらに不可解なことに、ときとして被害者の幽霊も現場に立ちもどる。これは、おそらくは神に犯人を告げたアベルの血の物語のように、復讐を求めてのことだろう。ハリーから聞かされた、音のない幻、あるいは姿の見えない音といった、村の酒場での噂話は、どれも吟味された証言ではないし、さして信頼がおけるものではない。だが、それでも私は、これらの噂話が（どれもささやかではあるが）何かしら真実を語っており、幽霊が出現した証言のひとつに数えられるべきではないかという気がしてならなかった。宿屋の老主人の話よりも、さらに私の注意を惹いたのは、門番の子どもたちが母親に尋ねたという問いだ。自分たちに話しかけようとも、いっしょに遊ぼうともしない子どもなどという話を、いったいどうして子どもたちが想像で作りあげたりするだろう？　もしかしたら、そんな不機嫌な子どもが実際にいたのかもしれない。そう――もしかしたら。だが、そうではないかもしれないのだ。こんな周縁の事柄から吟味しているうちに、私はいつしか、考えないとハリーに約束した問題について、真剣に考えはじめていた。言ってみれば、幽霊という事象そのものよりも、なぜそういう事象が起きうるにいたったかというほうに、興味が移ったというわけだ。荒っぽい運転だったというガイ・エルフィンストーンは、実際のところ、いったい何をしたのだろうか？　子どもの死は単なる事故であり、（そもそもガイがその車を自らの意志で動かしていたのだとして）当人の意志のおよばない不可抗力だったのだろうか？　それとも、あまりに何度も減速しなくてはならなかったこと、すっかり遅れてしまったことにいらだったあまり、停まろうと思えば停まれたにもかかわらず、うさぎやひよこを、それどころか自分の飼い犬までも轢いてしまったときのように、子どもをも轢いてしまったのだろうか。どちらにしても、その見下げはてた哀れな人でなしの心には、子どもを轢き殺し、そして自分も自宅の閉まった門に激突して死を迎えるまでのほんの一瞬、いったいどんな思いがよぎったことだろう。苦い、絶望にも似た悔恨だろうか？　いや、それはなさそうだ。後悔するような人物なら、子どもを轢いたと気づいた瞬間に車を停め、たとえとりかえしがつかないにしても、子どもを助けるためにできるだけのことはしようとしただろうから。だが、ガイは車を停めなかった。全速力でそのまま突っ走ったのだ。門に激突した車が、木っ端と鉄くずに変わりはてるほどに。そう、もう一度、確信をこめて言おう。そのむごたらしい事件が本当にただの事故だったなら、ガイは車を停めていたはずだ。だとすると、もっとも怖ろしい疑問が湧きあがってくる——ガイは子どもの生命を奪ってから、自分の死という運命に向かって突き進むほんの短い瞬間、自分のしたことを思い、悪魔のような歓喜に満たされていたのだろうか？　その問いは、あの崖ぎわの墓地の骨のように、夜の闇にただぬっと突き出すばかりだった。

ようやく私が眠りに落ちたのは、弱々しい曙光が窓のブラインドをちらちらと四角く照らしはじめてからだった。目がさめたときには、起こしにきた召使がてきぱきとブラインドを巻きあげ、八月の柔らかくのどかな日差しが部屋にあふれていた。開けはなした窓から流れこむ陽光と海風、花の香り、鳥のさえずりといったものすべてが、夜の闇に跳梁していた不気味な幻を追いはらい、気持ちを安定させてくれる。いまになって、真夜中のあの心騒ぐ数時間をふりかえらずにはいられないのは、無事に航海を終えた旅人が、海原をただよっていたときの大波や嵐をあらためて思い出すようなものだろうか。だが、そのときのめまいや胸のむかつき、生々しい不安などは、陸地に上がってしまえばすべて忘却の彼方に去ってしまうものだ。こうして安堵感を味わえたからこそ、問題の現場へは行かないと決めたことについて、私はあらためて考えなおしてみた。きょうのドライブは、ハリーも言っていたとおり、現場から三十マイルも離れたところを通りすぎるだけのことだ。明日はもう駅へ向かい、私はこの地を後にする。徹底して真実を追求したいと望む人間なら、どうしても時間の都合がつかず、不吉な闇のとばりが下りてからバーチャムを訪れる機会がないこと、村で噂になっているという、目に見えたり耳に聞こえたりする幽霊が、はたして実在するのかどうか確かめられないことを、心から悔やむにちがいない。だが、心の奥底を探ってみても、そんな後悔はかけらもなかった。バーチャムという地にまつわる逸話のせいで、私はひどい一夜をすごすはめとなってしまったのだ。そこを訪れてみたいと、昨日いったん考えたのは確かだが、いまや、そんな気はさらさらなくなってしまっていた。このうららかな日差しと海風のおかげか、あまり眠れずに目ざめた朝特有の倦怠感は、まったく感じずにすんでいる。体調もよかったし、生きていることが幸せでたまらない。そして、さっきも言ったとおり、バーチャムに行かないことにしてよかったと思わずにいられなかった。こんな好奇心は、満たさずにおくにかぎる。

十一時、屋敷の前に車が横づけされると、私たちはすぐに出発した。ハリーとそのいとこのモリソン夫人が、三人でもゆったりと坐れる後部座席に腰をおろし、私は——これは告白しても恥ではあるまい——期待と喜びに胸をふくらませ、助手席に陣どった。このころは、世の中に自動車というものが登場してまだ年も浅く、そこにはいまだロマンスと冒険の香りがただよっていたのだ。私もハリーと同じく、さほど自分で運転したいわけではない。運転というのは、なんというか、あまりにのめりこんでしまいすぎるのだ。いったん運転を始めると、こちらの注意力をすべて、車が握ってしまって離さない状態になる。ほんものの車好きの熱狂ぶりは、冷静に楽しんでいるのとはまたちがう。車への情熱は、音楽や数学への情熱と同じように、独特で、どこまでも個人的な好みなのだ——いっそ、才能といってもいいかもしれない。車にどれだけ乗っている人間であっても、単にある場所から別の場所へすばやく移動する手段として使っているだけで、情熱などまったく持ちあわせていないことはよくある。だが、それとは逆に、本人にはどうしようもない理由で、なかなか車に乗る機会のない人間であっても、車に対して燃えたぎる情熱を胸に秘めていることだってあるのだ。車への情熱を抱く人間にとっては、その情熱を分析しようとすればとうてい語りつくすことはできないし、そんなものを持ちあわせていない人間にとっては、どれだけ語りつくされたとしても、とうてい理解できないだろう。とはいえ、スピード、スピードの制御、そして何よりスピードの皮膚感覚とでもいうべきものが、その情熱の根幹と形作っていることは確かだ。スピードを快く感じるのは、たいていの人々におぼえがあるにちがいない。疾走する馬に乗ったり、静かな音をたてながらスケートでなめらかな氷を滑ったり、自転車のペダルをこがずに坂を走りおりたり。自分が動くわけでなくても、テニスのスマッシュや、ゴルフのドライバーショット、低い弾道でバウンダリーを越えるクリケットのヒットを見ているだけで、スピードは楽しめるものだ。だが、さっきも言ったとおり、そんなときにもスピードの皮膚感覚は必要となる。特急列車の機関車の前に坐れば、この肌感覚を体験できるかもしれないが、窓が閉じられ、隙間もすべてふさがれて、風の動きが感じられない客車では無理だろう。空気がはじけ、肌をかすめていくようなこの感覚に加え、ほんの小さなレバーによってとてつもない力が自由自在に使いこなせ、運転手が無造作に手を置いているだけのように見える小さなハンドルで、どちらでも行きたい方向へ進めることも知っておかなくてはならない。とうてい御しえないほどの強大な悪魔に、実は馬具がついていて、昨日ハリーが言っていたとおり、馬銜に正確に反応してくれるのだ。この悪魔は、つねに飢え渇いていて、けっして満たされることはない。ガソリンのスープを貪欲にすすっては、口の中で火に変える。雲を散り散りにし、塔をもゆるがす電気という力が、車にとってのスプーンだ。そのスプーンで食事をしては、まるで麻布の裂け目のように、みるみる先へ伸びる道を、ひたすら走りつづける。それでいて、この悪魔の、なんと素直で、なんと従順なことだろう！　馬銜にいくらか力を加えるだけで、あっという間に速度が倍になったり、ふっと空気に溶けこんでしまったりするし、手綱に触れるか触れないかのうちに、ツバメの飛ぶ速度から小径をぶらぶら歩くような速度に落とすこともできる。そうはいっても、この悪魔は、とにかく走るのが好きなのだ。それをよく理解している運転手は、進路をふさぐ誰彼に向かって、これからそこを走ると大声で車に告げさせる。そうすれば、速度を落とさずにすむからだ。ぶらぶらと歩いている人間に鳴らす警笛は、しわがれた陽気な声だが、それが聞こえないようなら、喉から絞り出す裏声で、一オクターブすっ飛ばす悲鳴のような号笛も鳴らし、かたわらをぼやけた緑の線となって通りすぎていく生け垣にこだまを響かせる。そうやって走っていくうちに、運転手はまるで深海に潜っているかのような、ロマンティックな孤独にひたることができるだろう。車上には、ドライブ用の服に身を固め、フードをかぶり、マスクをかけて、ともに空気のすばやい流れをさかのぼろうという仲間も同乗しているかもしれない。だが、運転手も同乗者も、走っている間は誰もがひとり孤独に包まれて、目の前の引き裂かれたリボンのような道だけを見つめ、自分を乗せる車を意識している。日中はまぶたを垂れ、暗くなるとかっと見ひらいて前方をぎらぎらとにらむ怪物の目、ふたつの耳のような左右の泥よけ。すらっと長い前のボンネットは頭蓋骨であり、その内部では、つねにガソリンが送りこまれ、燃えつづけている。二トンもの重さの車体が丘を駆けのぼり、谷を駆けおりられるのも、重力のように永久不変、重力の助けを借りていっそう威力を増す、まるで新たな法則のような、そのエネルギーのなせる技なのだ。

出発して一時間ほどは、私はこうした喜びのただなかにいた。どれほど言葉を費やしてその楽しさを語ろうとも、実際の体験と比べれば、よどんだ池ときらきら輝く渓流ほどのちがいがある。目の前には起伏の多い一本道が伸び、われらが怪物は静かに坂を下ったかと思うと、「はっはっ――はっはっ――はっはっ」と息をつきながら、速度をゆるめることなく、坂をぐいぐいと上っていった。怪物の声を担当する私は(当時の車は、警笛も号笛も運転席の左側にあり、助手席の人間が使いやすいようになっていた)百ヤード先でポニーが曳く荷車にのどかな警笛で呼びかけ、そんな普通の声では届かなかったり、無視されたりしたときには、けたたましい裏声の号笛を鳴らして、そんな役割を楽しんでいた。十字路にさしかかると、われらが怪物は、まるでこう言っているようだった。「ええ、ほら、見てくださいよ、私がどんなに従順か。両手をポケットに突っこんで、のんびり歩いているだけですよ」だが、近くの農家から、よちよちと勇ましく子犬が道に飛び出してくると、怪物はこう叫んだ。「この情けないちびめ！　さっさとお袋さんのところへ戻るんだな。さもないと、目にもの見せてやるぞ」さらに、その情けないちびが、脅しの意味をわからずにいると見てとると、速度をゆるめながら叫ぶ。「ウーッ！」そして、おびえた子犬がこそこそと生け垣に逃げこむのを見てくすくす笑い、またしても自分が起こした風の中を、ひゅーひゅーと音をたてながら走りぬけていくのだ。

だが、軍隊の力は足にありと言ったのは、たしかナポレオンだっただろうか。この怪物にも、その言葉はそのまま通用した。大きなバンという音が響き、三十秒後には車が停まってしまったのだ。怪物の右前足をのぞきこむと、お抱え運転手はこう告げた。「はい、旦那さま――タイヤのバーストです」

そんなわけで、バーストした靴は脱がされ、これまで一度も地面を踏んだことのない、新しい靴に替えられることになった。ジャッキで持ちあげられた怪物の右前足に靴をはかせ、まるで靴の紐を締めあげるように、ポンプで空気を入れる。きっちり二十五分間の作業だった。すると、怪物はまたスプーンで燃料をむさぼり、「走らせてくれ、さあ、走らせて！」とせがみはじめる。そこから十五マイルほどは、まっすぐで空いた道が続いた。私は時間を計ったが、その詳細な記録は、見のがしてくれた警察のために、ここでは伏せておこう。

だが、昼前の盛り上がりもそこまでだった。予定では、昼食に間に合う時間にハンスタントンに到着するはずだったのに、一時四十五分には、目的地の二十五マイル手前で、四度目のパンク修理を待つはめになったのだ。この四度目のパンクは、四分の三インチほどの火打ち石のかけらが原因だった――たしかにとがってはいたが、車の重さが約二トンあるのに対し、ほんの十分の一オンスほどの石ころにすぎない。身のほど知らずにも限度があるというものだ。仕方がないので、私たちは道沿いの宿屋で昼食をとりながら、これからどうすべきかを協議した。結論は、以下のとおりだ。

われらが怪物にはかせる靴は、これ以上は替えがない。なにしろ、右前足はすでに一度バーストし、パンクも一度している（つまり、新しい靴下が二枚、靴がひとつ必要だったわけだ）。いっぽう、さらにまずいことには、右後ろ足は二度バーストしているのだ（つまり、新しい靴下が二枚、靴がふたつ必要だった）。ハンスタントンには車の靴を売ってくれる店はないが、ここからほぼ同じ距離のキングズ・リンには、大きなよろず屋がある。

そのうえ、お抱え運転手によると、どうやら怪物のスプーン（つまり、イグニション）に何か不具合があるらしいのだが、原因がわからないのだという。そうなると、ここはもうハンスタントンに向かうのは諦めて（そもそも昼食が目的だったのに、それはもう間に合わないのだから）、必要なものが調達できるキングズ・リンに向かうのが賢明というものだろう。無事にたどりつけるよう、私たちは口の中で神に祈りを捧げた。

びゅーん、プップー、ブルブル！　最後の靴がぎりぎり持ちこたえ、スプーンが怪物の口に忙しく燃料を運んだ結果、私たちはどうにかキングズ・リンに滑りこんだ。帰りはまた別の道を走ることになるだろうと、私は漠然と考えてはいたが、顔にあたる風とスピードにすっかり魅了されていたために、道についてはは尋ねなかったし、とくに知りたいとも思っていなかった。このささやかな、しかし重要な事実は、ここにしっかりと記録しておかなくてはなるまい。つまり、キングズ・リンで修理を待っている間も、急ぎ帰途についたときも、バーチャムのことなど、私の頭には一度も浮かびはしなかったのだ。だから、それから見た幻も——もしも、あれが幻だったとしたなら——私の知るかぎり、けっして自己暗示などではなかった。車の修理のために予定の道を外れた、それだけのことだ。ハリーも、このあたりの道は知らないと言っていた。

これからは、その後に起きたことをできるだけありのままに書いていく。それでも、超自然の世界をかじりはじめたばかりの私にとって、これは好奇心をそそられる出来事だったのだ。

私たちは家々に囲まれたがらんとした広場を眺めながら、ホテルで茶を飲み、それからさらに長い間、われらが怪物が迎えにきてくれるのをひたすら待っていた。やがて、修理工場から〝車でお越しの紳士〟に電話がかかってきたが、ハリーはちょうどクリケットの国際大会の結果を見ようと地元の夕刊を買いに出てしまっていたので、私が受話器を受けとり、よく聞こえない機械に耳を押しつけた。だが、聞こえてきたのは、あまり嬉しい知らせではなかった。イグニションはたしかにひどく調子が悪く、あと一時間あれば、なんとか車を届けられる「かもしれない」という。そうなると、ここを六時半に出て、ダニッチまで七十八マイルを走らなくてはならない。

まもなく戻ってきたハリーに、私は修理工場からの報告を伝えた。すると、ハリーはこう答えた。

「そうなると、夕食にはかなり遅れるな。だったら、君の幽霊を見物しに出かけていればよかった」

さっきも言ったとおり、バーチャムのことなど、私の頭にはまったく浮かびもしなかった。たとえ浮かんでいたとしても、ハリーのこの答えは、私たちがバーチャムに寄るつもりはなかったことを示しているはずだ。

〝あと一時間〟は、結局一時間半に延びた。やがて、ようやくわれらが怪物がすっかり調子をとりもどし、警笛を鳴らしながら迎えにやってくると、私たちはすぐに乗りこんだ。

「飛ばしてくれ、ジャック」ハリーはお抱え運転手に指示した。「道は空いているはずだ。ライトはいますぐ点けたほうがいいな」

怪物はぎらぎらと目を光らせ、スピードをあげて走りはじめた。こんなにも慎重で、それでいて飛ばす車に、私はこれまで乗ったことがない。ジャックはけっして危険を冒さなかったし、危険につながりそうなことも徹底して避けていたが、道が空いていて、ほかに何も通っていないのを確認すると、全速力で怪物を走らせはじめた。怪物の目は、およそ五十ヤード前までを昼間とも見まごうばかりに明るく照らし、まるで妖精の国のように、夜の幻想の世界がひらける。道ばたから飛び出した野うさぎが、まるで車と競いあうようにすぐ前を百メートルほど走っていたが、やがてまた端へ寄り、私たちの乗っている巨大なけだものの泥よけを、ぎりぎりのところでかすめて逃げた。蛾があたりをぱたぱたと舞い、時おりライトにぶつかるのをやりすごしながら、私たちは何マイルも走りつづけた。やがて、車が最高速で走っていたとき、それは起きた。まさに、そうとしか考えられない――さして劇的な展開ではなかったが、私の真夜中の妄想が現実となったとしか説明のつかない出来事が。

先ほど説明したとおり、警笛と号笛は私の担当だった。車はまっすぐな下り坂を、これまでないほどの速度で飛ばしていた。傾斜もきつかったが、エンジンも回転していたからだ。そのとき、ふいに目の前に、濃い土煙が立ちのぼった。その瞬間、理屈ではなく、あれこれ考えることもなしに、それが何を意味するのかを悟る。何か、おそろしく速いもの（さもなければ、これほど大きな土煙はあがるまい）が、私たちと同じ方向に、目の前を走っているのだ。それが私たちに向かって走ってきているとしたら、まずはその車が見え、それから土煙に突っこむにちがいない。さらに、もしもそれが――たとえば、一頭立ての二輪馬車などで――ゆっくり進んでいたのなら、あんな大きな土煙は立たないだろう。だが、それはどう見ても、すぐ前をかなりの速度で走っている車だった。とはいえ、みるみる近づいてくるところを見ると、こちらの車ほどは速くはなさそうだ。土煙が目の前に広がり、あたりはふいに幕が下りたかのように暗くなった。

私はジャックに叫んだ。「速度を落とせ、ブレーキをかけるんだ」声がうわずる。「すぐ前に、何かいるぞ」

叫びながら警笛を引っつかみ、むやみやたらに鳴らす。甲高い号笛を右手で探るものの、そちらは見つからなかった。その瞬間、あらあらしい、ぞっとする悲鳴のような音があがった。まるで、私が号笛を鳴らしたかと思うほどだ。ジャックも号笛を手探りしていたらしく、お互いの指が触れあう。そして、私たちは土煙の中に突っこんだ。

私たちの車はみるみる速度を落とし、前に目をこらしながらじりじりと徐行で土煙の中を進んでいった。キングズ・リンを出たときから、私はゴーグルをしていなかったので、土ぼこりが目にひりひりとしみる。つまり、このあたりにだけ濃い霧がたゆたっていたわけではなく、本当の土煙だったのだ。土煙の中をじりじりと進むうち、ふいにハリーが後ろから手を伸ばし、私の肩に触れた。

「すぐ前に、何かが走っている。ほら！　あのテールライトが見えないか？」

実のところ、私には何も見えなかった。車はいまだ徐行しつつ、ついに土煙から抜け出した。目の前にはひとけのない広い道が伸び、両脇は生け垣に仕切られていて、左右に曲がる道はない。右側に一軒だけ門番小屋があり、門はしっかりと閉じられている。門番小屋の窓に、明かりは見えなかった。

そして、車が停まる。風はなく、生け垣の木々の葉もまったくそよいではいないし、道の土ぼこりも一粒として舞いあがってはいない。後ろをふりむくと、たしかにまだそこには土煙があがっていたが、門番小屋のそばの閉じられた門の前でぴたりと動かなくなり、それ以上は広がろうとしなかった。最後の百ヤードほどは、私たちはひたすら徐行していたから、こちらの車があげた土煙とは思えない。そのとき、ジャックが奇妙にしわがれた声で問いかけた。

「たしかに車がいたはずなんです。でも、どこに？」

私が答えられずにいると、後ろからハリーの声がした。一瞬、誰の声かわからないほど、その声は張りつめ、震えていた。

「君が号笛を鳴らしたのか？」ハリーは尋ねた。「だが、あれはうちの車の号笛の音じゃなかった。あの音は、まるで、まるで——」

「私は鳴らしていないんだ」

そして、私たちはまた車を発進させた。まもなく、道の両側にちらほらと家々の明かりが見えてくる。
「ここはどこなんだ？」私はジャックに尋ねた。
「バーチャムです」運転手は答えた。

The Dust-Cloud（訳・山田蘭）

ガヴォンの夜

スコットランド北部のサザランドには、ガヴォンという村がある。だが、ここが載っている地図となると、もっとも縮尺の大きな陸地測量図くらいのものだろう。どんな縮尺の地図であれ、荒地《ムーア》と海の間に位置する寒々とした岬に、重なりあうように建つわずかばかりの小さな家々など、記載してあるほうが驚きだ。たまたまここに住んでいる人間でないかぎり、とるに足りない場所だと思われるのも無理はない。ガヴォン川の右岸に、煙突もない吹きさらしの家が数軒よりあつまっているのがこの村だ。だが、ガヴォン川のほうは、ほかの土地に住む人間にとっても、はるかに重要な意味をもつ。網が仕掛けられていない河口から、まるまると太った鮭が川をさかのぼってくるからだ。六マイルほど内陸にあるガヴォン湖までの途中、深い淵《ふち》の先に、そのコーヒー色の水のたまった淵がある。川が荒れておらず、そこそこ釣果を期待できそうな日には、この淵の縁に、必ずといっていいほど釣り人たちが集まってくるのだ。昨年九月の最初の二週間、私がこの気持ちのいい水辺に釣り糸を垂らさない日はなかった。そして、私がこの山荘に滞在していた間は、九月十五日にいたるまで一日たりとも、この有名な《ピクト人の淵》から釣果なしに帰ってきたことはなかったのだ。だが、十五日以降、私は二度とここで釣りをしなくなった。その理由を、ここで話すこととしよう。

川のこのあたりは、数百ヤードにわたって速い流れが続いたあと、ふいに岩場を急角度に曲がって、勢いよくこの淵に流れこんでいる。淵の入口もかなり深いが、東側へ進むとさらに深くなっていて、ここから黒っぽい戻り水が、勢いよく淵の入口へ返っていく。釣りができるのは、西側の土手からだけだった。東側の戻り水の上には、断層運動によってせりあがった黒い玄武岩が、水面から六十フィート近い巨大な壁となってそそりたっているからだ。この岩はてっぺんがのこぎり状にとがり、両側はけわしく切り立っており、奇妙なほど薄っぺらい。中央にはてっぺんから二十フィートほどの長さに亀裂が走り、まるでアーチ窓のような、細長い穴があいていて、昼間にはここから陽光が射しこんだ。こんなにも高いうえ、てっぺんがするどくとがった岩に腰をおろし、釣り糸を垂れようというものはいない。だから、この淵で釣りをしようというものは、みな西側の土手に陣どるのだ。ちゃんとした毛針《フライ》さえあれば、西側の土手から、淵のどこにでも釣り糸を投げこむことができた。

西側の土手には、この淵の呼び名の由来となった、ピクト人の城の廃墟がある。斧で切り出した荒削りな石を、モルタルは使わずに、いかにも堂々たる大きさに積みあげたもので、その歴史の古さを思うと、かなり良好な状態で保存されているといっていい。円形の城で、内径は二十ヤードほど。一段が一フィートほどの石段を上がると、そこが正門で、反対側の川に面した方向には、やや小さな裏門がある。裏門の先には、かなり危険な傾斜の小径があり、そこを慎重かつ大胆に這いおりていくと、淵の入口のすぐ上に出るのだ。がっしりした壁の内側には、いまだ屋根の残っている控えの間があり、中に入ってみると、基礎の石の配置から、かつてはそこに部屋が三つあったことがわかる。中央のごく深い穴は、おそらくは井戸だったのだろう。川へ抜ける裏門のすぐ外に、人間の手によって作られた、幅二十フィートほどの水平の台があるのは、この上に何か大きな建造物を築くための基礎だったのだろうか。台の上には、石板や石材が散らばっている。

ガヴォンの村の最寄りの郵便局は、六マイルほど南西のブローラという町にある。町からは未舗装の小径が荒地を抜け、淵のすぐ上の急流に続いていた。水位が低いときなら、思いきり大股に石から石へ飛びうつっていけば、足を濡らさずに川を渡ることができる。そこから急な小径を上ると、玄武岩の北側に出て、やがて村にたどりつくのだ。だが、いい条件がそろっていても、この経路はかなり危なっかしく、冷静な判断力が必要となる。村からブローラへは、荒地を大きく回り道して、私の滞在していたガヴォン山荘のそばを通る道路もあった。このあたりの田舎では、何やらあやしげな理由から、あの淵とピクト人の城について不気味な噂がささやかれている。そのためか、一日の釣りを終えて宿に帰ろうというとき、釣りあげた魚という重い荷物があるにもかかわらず、案内の男が夕暮れに城のそばを通る近道を避け、遠回りする道を選ぶことが何度もあった。最初のときは、がっしりした体格に黄色いあごひげをした、いかにもヴァイキングの子孫らしいサンディという名の二十五歳の青年が、城のそばを通る道は〝苔だらけ〟だからという理由で回り道を選んだが、これはさすがにサンディ自身も、神を畏れる人間として、下手な嘘だということはわかっていたはずだ。後に、サンディはもっとざっくばらんに、あの《ピクト人の淵》のあたりは、日が暮れてからは〝不吉〟なのだと教えてくれた。いまでは、私もあのときのサンディの言葉に賛成したい気分になりつつある。最初に嘘をつかれたときには、神を畏れる人間は、きっと悪魔も怖いのだろうとしか思っていなかったのだが。

それは九月十四日の夕暮れ、私をここに招いてくれたヒュー・グレアムと、山荘の奥の森から歩いて帰ろうとしていたときのことだった。その日は例年に比べてかなり暑く、丘陵はふわふわした雲に覆われていた。先ほど話に出た案内人のサンディは、ポニーの手綱を引きながらのんびりと後ろをついてくる。日没後は《ピクト人の淵》の近くを通りたくないというサンディの話を、私がつれづれに話してきかせると、ヒューはじっと耳をかたむけながら、わずかに眉をひそめた。

「それはおかしいな」ヒューは口を開いた。「たしかに、あのあたりの場所については、いろいろあやしげな言い伝えがあるのは知っている。だが、サンディは去年、そんな言い伝えを笑う側だったんだ。あの場所の何がいけないのか、あいつに訊いてみたんだがね、地元のやつらのくだらない迷信話など、おれは気にしていないと言っていたんだよ。それなのに、いまやあいつもあの場所を避けているとはね」

「私を案内しているときに、五、六回はあったかな」

ヒューはしばし無言のままタバコをふかし、暗い色ながら香り高いヒースを音もなくまたぎこしながら歩いていった。

「哀れなやつだ」やがて、ようやくまた口を開く。「あの男をどうしたらいいのか、私にはわからんよ。どんどん役に立たなくなるばかりでね」

「酒か？」私は尋ねた。

「ああ、間接的にはな。だが、そもそも酒に溺れる原因があり、そのせいで、いまや酒よりも悪いものにのめりこみつつある」

「酒よりも悪いものというと、悪魔くらいしかなかろう」

「そのとおり。まさに、あいつはそっちに引きよせられているんだ。あそこにも、よく行くようだしな」

「いったい、どういうことなんだ?」

「いや、かなり不思議な話なんだがね」と、ヒュー。「私が道楽で地元の迷信や伝承を集めていることは、君も知っているだろう。そうしているうちに、いかにも奇妙なものに出くわしたんだ。まあ、ちょっとここで待とう」

しだいに深くなる夕闇の中、私とヒューはしばらくその場にたたずみ、ポニーが丘を上って私たちに追いついてくるのを待った。サンディは六フィートの身体をしなやかに動かし、ポニーの手綱を引きながら、急な斜面をこともなげに上ってくる。まるで、一日じゅう歩きまわったおかげで、ようやく眠っていた身体が目ざめたといわんばかりだ。

「今夜もマクファーソン夫人のところへ行くのかね?」ヒューは尋ねた。

「ええ。かわいそうなばあさんですからね」サンディは答えた。「もう年だし、ひとりだし」

「思いやりのある行いだな、サンディ」ヒューがそう声をかけると、私たちはまた歩きはじめた。

「何の話だ?」やがて、また後ろのポニーとの距離が開くのを待って、私は尋ねた。

「まあ、このへんの迷信なんだがね。その女は魔女だと思われているのさ。正直にうちあけると、私はこの話にひどく興味を持っているんだ。君が私に、魔女の存在を信じているかどうか、神に誓って真実を述べよと迫ったとする。私は『いや、信じてはいない』と答えるだろう。だが、もしも、自分がひょっとして魔女の存在を信じているのではと不安にならないか、神に誓って真実を述べよと言われたら、『ああ、そうだ』と答えざるをえない気がするんだ。それに、今月十五日――明日――は、《ガヴォンの夜》が来る」

「いったい、何のことなんだ？」私は尋ねた。「ガヴォンというのは？　そもそも、問題は何なのかな？」

「そうだな、ガヴォンは人の名だよ。たしか、聖人ではないが、この土地の名の由来となった英雄だ。問題は、まさしくサンディの抱えている問題でね。かなり長い話なんだ。まあ、山荘まではまだまだ歩くし、よかったら話してきかせよう」

歩きながら、私はその話に耳を傾けた。サンディは去年、インヴァネスで働いているガヴォン出身の娘と婚約したのだそうだ。今年の三月、サンディはふと思いたち、約束もなしにインヴァネスへ出かけていったのだという。娘の仕える女主人の屋敷に向かい、通りを歩いていると、当の娘にばったり出くわした。娘には男の連れがいて、歯切れのいい話しぶりからイングランド人であること、物腰から紳士であることが見てとれたそうだ。男はサンディに帽子をとって挨拶し、会えてよかったと言っていたし、そのカトリーンという娘といっしょに歩いていたからといって、とくに申し開きをする必要は感じていないようだった。これは、ごく自然な、よくありうることだ。インヴァネスのような町は、けっしてはめを外すことはないものの、都会の洗練を楽しめることが自慢だから、娘が男性とそぞろ歩くのもおかしくはない。そのときは、カトリーン自身も不意打ちを嬉しそうにしていたので、サンディも腹を立てはしなかった。だが、ガヴォンに戻ってきてから、疑惑がまるでカビのように心のうちにはびこりはじめた。その結果、ついに一ヵ月前に、苦心惨憺、インクのしみだらけの手紙を書きあげて、カトリーンに送ったのだという。村に戻ってきてくれ、すぐに結婚しよう、と。カトリーンはそれを見て、すぐにインヴァネスを発った。汽車でブローラに着いたのは確かだ。そこから、荷物は馬車に運んでもらうよう手配すると、自分は徒歩でガヴォンに向かった。荒地を歩き、ピクト人の城のすぐ北を通って急流を渡り、村へ向かう道だ。だが、ガヴォンにはたどりつかなかった。もうひとつ、見かけたものの話によると、その日の午後は暑かったのに、カトリーンは分厚い外套を着ていたそうだ。

山荘に帰りついたときには、丘の斜面を流れてきた陰鬱な霧に包まれて、窓の明かりもぼやけ、くぐもって見えた。

「話の続きは、またあとで」ヒューは締めくくった。「何の脚色もしていないのに、いかにも奇妙きわまりない話なんだ」

私の心の中では、さっさとベッドに入ろうという気持ちより、起きていようという気持ちのほうが、みるみるふくらみつつあった。泊まり客への心遣いから、それぞれの寝室に蠟燭を配っていたヒューが戻ってきたときには（ほかの客たちはみなあくびをし、喫煙室を出ていってしまっていた）長い一日をすごした後にもかかわらず、本当に嬉しかったものだ。ヒューのてきぱきした物腰を見れば、ベッドに向かうのはまだまだ先のようだったから。

「サンディの話を聞きたいな」私は促した。

「ああ、私もそのことを考えていたんだ」ヒューは答えた。「そう、カトリーン・ゴードンはブローラを出たが、この村にはたどりつかなかった。これはまちがいのない事実だ。さて、この話には続きがあるんだ。君は、湖のほとりの荒地をひとりで歩いていた女のことを憶えているかい？あれを見てみろと、たしか一度君に言った気がするんだが」

「ああ、憶えているよ。カトリーンじゃなかったがね。おそろしいほどの年寄りだったよ。鼻の下にも頬にもひげが生えて、ぶつぶつとひとりごとをつぶやいていたっけ。そう、ずっと地面を見つめていたな」

「そう、その女だ――カトリーンじゃない。カトリーンなんかであるもんか！　あれはまた別の――マクファーソン夫人という、魔女だと噂のある女だ。実は、サンディは毎晩そこに通っているんだよ。二キロ以上ある道のりを、夫人に会いにね。君もよく知ってのとおり、サンディはいわゆる北方の美青年だ。いったい、納得のいくどんな理由があるというんだろう？　まる一日たっぷり働いたあとで、はるばる丘陵に住むばあさんに会いに通うというんだぞ」

「たしかに、いかにも不自然だな」と、私。

「不自然か！　いや、たしかに不自然なんだ」

ヒューは椅子から立ちあがって部屋を横切り、窓の間に置かれた、いかにも古くさい書物の並んだ書棚に歩みよった。いちばん上の段から、モロッコ革の背表紙の本を抜きとる。

「サザランド州の迷信を集めたものだ」私に向かって、ヒューは本を差し出した。「百二十八ページを読んでみてくれ」

「九月十五日は、《悪魔の祭》とも呼ぶべき日とされてきた。この夜、闇の勢力の支配はすさまじく強固となり、夜間に戸外へ出て闇の助力をこいねがうもののために、全能の神の摂理を蹂躙するという。このとき、ほかの何ものにも増して力を得るのは魔女である。惚れ薬や恋の護符について相談してきた青年の心と愛情を、この夜、魔女は誘惑することができる。その年からはずっと、この日付の夜だけは、たとえ婚約していようと、結婚していようと、青年は魔女のものとなるのだ。だが、もしも青年が神の名を呼べば、聖霊の恩寵が下り、魔女の誘惑は力を失う。また、この夜、すべての魔女は、とてつもない冒瀆となるおそるべき魔術を行う力を得て、自ら生命を絶った死者をよみがえらせることができる」

「それから、次のページの最初の部分を読むんだ。いまの続きの段落は飛ばしてかまわない、この件とは関係ないのでね」

「この地方には」言われたとおり、私は次のページに進んだ。「ガヴォンと呼ばれる小さな村がある。真夜中になると、月光がとある隙間、すなわちガヴォン川の岸辺にある玄武岩の壁の裂け目を通り、ピクト人の城の、門のそばに立てた大きな石板に射しこむのだという。そこは、おそらくは古代の異教徒の祭壇だったと考えられている。祭壇に月光が降りそそぐとき、《ガヴォンの夜》に跳梁していた、不吉で邪悪な悪魔どもの力は頂点に達するという。そして、その祭壇で悪魔どもに助力を求めたものは、自らの魂にはてしない危険を招くのと引き替えに、すべての願いをかなえられるという迷信が、この地にはいまだに残っている」

その件についての記述は、ここで終わっていた。私は本を閉じた。

「それで?」ヒューに尋ねる。

「条件さえ整えば、二足す二は四になるというわけさ」

「四というのは、つまり――」

「つまり、こういうことだ。サンディは、魔女とされる女に何かを相談している。この地方の小作農なら、日が暮れてからはけっして前を横切ろうとしない相手にな。あの哀れな男は、何と引き替えにしてでも、カトリーンに何が起きたのかを知りたいと願っているんだよ。そうなると、明日の真夜中、《ピクト人の淵》のほとりを訪れるものがいると考えて、ほぼまちがいあるまい。そうそう、もうひとつ、おかしなことがあるんだ。昨日、釣りをしていたときに、ふと気づいたんだよ。川に面した城門の向かいに、誰かが大きな石板を立てたようなんだ。草の倒れた跡から察するに、斜面の下の瓦礫から引きずりあげたらしい」

「つまり、君はあの老婆が、カトリーンを生きかえらせようとしているというんだね? もしも、カトリーンが死んでいればの話だが」

「そういうことだ。私は、その現場を見にいくつもりだよ。君も来るといい」

翌日、私とヒューは、サンディではなく別の案内人を連れ、山荘から川へ釣りに出かけた。二匹ほど釣りあげてから、ピクト人の城の斜面で昼食をとる。ヒューの言っていたとおり、川に面した門のすぐ外には、あの石の台の上に、大きな石板が引きずりあげられ、手近な石に立てかけてあった。ちょうど、向こう岸の玄武岩を貫くアーチ窓の真向かいだ。真夜中にあの窓から射しこんだ月光は、きっとこの石板に注がれるにちがいない。そう、たしかにここは、何らかの魔術の舞台となるようだ。

石の台の下は、前にも説明したとおり、水面までかなりの急斜面となっている。丘陵に降った雨が流れこんだせいで、川の水位はかなり高く、灰色がかった泡が渦巻きながら、耳をつんざくような音をたてて淵に流れこんでいた。だが、向こう岸の切り立った岩壁の下は、静かな水面が黒く広がり、深みからゆったりと水が戻っているようだ。こちらの祭壇めいた台からは、また上りの斜面が続き、切り出した石材で作られた七段の階段が、門に向かって伸びている。門の両側には、四フィートほどの高さで、城の円形の壁が残っていた。壁の内側には、かつて存在した三つの部屋の仕切りの跡があり、そのいちばん手前の部屋に、今夜私たちは身を隠すことに決めた。そこにいれば、もしも魔女とサンディがあの祭壇でおちあうとしたら、どんな物音も私たちの耳に届くだろうし、安全に身を隠したまま、祭壇も、その下の淵も、壁の穴から観察することができる。山荘からこの隠れ場所へは、直線距離で十分ほどしかかからない。今夜は十二時十五分前に山荘を出て、川に面していないほうの門からピクト人の城に入れば、玄武岩のアーチ窓から月光が射しこむのを、川沿いの門の前の祭壇で待ちかまえているだろうふたりには、私たちの姿を見られることはないだろう。

ごく静かな、風のない夜だった。もうすぐ真夜中というころ、私たちがそっと山荘を出ると、東の空はすっきりと晴れわたっていた。西から広がりつつある黒い大きな雲は、もうすぐ天頂に届きそうだ。雲のはるか端のほうでは、時おりかすかに稲妻がひらめき、そこからかなり間があって、鈍い雷鳴が遠くでとどろく。だが、私はいまにも頭上で雷雨が吹き荒れるような気がしてならなかった。嵐がそんなに遠いとは信じられないほど、あたりの空気はぴりぴりと張りつめ、重くのしかかってきていたのだ。

とはいえ、東の空は依然として明るく晴れわたり、奇妙に分厚い西からの雲の周りも、星にふちどられている。東の空から紫がかった灰色の光が荒地に広がり、そろそろ月も昇ってくるようだ。実のところ、私は今夜の冒険も、あくびを連発して終わりになるものと決めこんでいたが、それでもこの嵐の気配に満ちた空気に、緊張が極限まで高まり、神経が過敏なまでにとぎすまされるのを意識せずにはいられなかった。

できるだけ音をたてずにすむよう、私たちはふたりともインド製のゴム底靴をはいていたため、淵に向かって下りていく間、聞こえるのはただ遠くの雷鳴と、自分たちのくぐもった足音だけだった。川から遠いほうの正門へ、息を殺して静かに階段を上っていき、壁の内側をぐるりとたどって、川に面した裏門からそっと外をのぞく。淵の向こう岸から巨岩の影が落ちていて、一瞬あたりはすっかり闇に包まれているかのように見えたが、しだいに目が慣れて、よりあつまったかと思うと、やがて線を描くように流れていく、川面の泡が見てとれるようになってきた。川の水位はいまだに高く、朝よりもさらに勢いよくうねっていて、耳を聾するほどの轟音があたりにこだましている。だが、向こう岸の岩壁の下だけは、泡さえも浮かぶことなく、ただ深い戻り水のたまりが黒く静かに広がっていた。そのとき、ふと目の前の闇の中で、黒い影が動いた。灰色の泡を背に、まず頭がのぞき、それから肩、やがて老婆の全身が、川の土手をこちらに上ってくる。続いて、男の影。新たに石板が立てられていた祭壇にたどりつき、並んで立ったふたりの姿が、白く泡立つ川面を背景に浮かびあがる。やはりそれを見ていたヒューは、注意を惹こうとしてか、私の腕に触れた。これまでのところ、ヒューの読みは正しかったようだ。あのがっしりした体格は、サンディにまちがいない。

ふいに、細い光の槍が薄闇をつらぬいた。私たちが見まもるなか、その細い光はみるみる太くなり、くっきりとした光線となって、向こう岸の玄武岩の窓から、私たちの下の土手に射しこむ。その光線はゆっくり、じわじわと左へ動き、やがて祭壇に立つふたつの黒い影の間に達した。ふたりの前に立てかけられた石板を、奇妙に青白い光が照らし出す。そのとき、どどろくような川の音を制して、ふいにおそろしい金切り声が響きわたった。叫びながら、老婆はまるで何か力あるものに呼びかけてでもいるように、両腕を天につきあげる。いったい何を叫んでいるのか、最初のうちは私にも聞きとれなかったが、何度も同じ言葉がくりかえされるうち、しだいにその意味が脳に届きはじめ、私は悪夢の中のように凍りついて動けないまま、けっして口に出せないほどおぞましい冒瀆を叫ぶ声に耳をかたむけているしかなかった。いったい何を耳にしたか、そのままをここに書きしるすことはできない。ただ、崇め、敬うためのありとあらゆる言葉を尽くして悪魔を呼びもとめるいっぽう、われわれが何よりも聖なるものとする神に対し、とうてい口にできない冒瀆や呪詛を連ねたとだけ述べておくとしよう。やがてその叫び声は、始まったときと同じように突然やみ、あたりにはまた、川の流れのとどろく音だけが響いていた。

そしてふたたび、ぞっとするような叫び声があがる。

「ゆえにカトリーン・ゴードンよ、わが主の、そして汝の主の名において、汝に命じよう。横たわりし場所から身を起こせ。身を——起こせ！」

またしても沈黙。そのとき、私のすぐ脇で、ふいにヒューがすすり泣くような音をたてて息を吸いこみ、震える指で玄武岩の壁の下の静かな黒い水面を示した。そちらに目を向けた瞬間、私もまた、それを見た。

岩のすぐ下の水中に、何か淡く光るものが現れるとともに、水面が波立ち、震えはじめる。最初、その光はごく小さくぼんやりとしていたが、やがてじわじわと大きくなりながら、水面に浮かびあがってきた。光っている部分は、ついには一平方ヤードほどにまで広がっただろうか。そのとき、ふいに水面が割れ、頭が、そう、娘の頭が、青白い顔の周りに長い髪をゆらゆらさせて、流れの上に突き出した。その目は固く閉じられ、口もとは、まるで眠っているかのようにゆるんでいる。水面のさざなみが、まるで首周りのフリルのようだ。娘の身体はみるみるうちに川の上に浮かびあがり、まるで光を発しながら、中空に立っているかのように見えた。あごが胸につくほどうつむき、両手は固く組みあわされている。上に浮かびあがるだけでなく、こちらに近づいてきてもいるようだ。娘の身体はいまや淵の中ほどの上空にあり、水かさを増した流れに逆らうように、音もなくこちらに向かっている。

そのとき、苦痛に満ちた、喉を締めつけられているかのような男の声があたりに響いた。

「カトリーン！　カトリーン！　ああ、神よ、神よ！」

サンディは急な土手を大股に二歩で駆けおりると、勢いよく渦巻く流れに身を投げた。一瞬、その両腕が天に向かって突きあげられたのがわかったが、次の瞬間、サンディの姿はかき消えた。神の御名をサンディが大声で叫んだ瞬間、さっきまでの不気味な幻も消え、それと同時に、私たちの前で目もくらむような光が炸裂した。続いて、五感も麻痺するほどの音をたてて雷が鳴りひびき、私はただ両手に顔を埋《うず》めるしかなかった。ふいに、天の水門が開かれたかのように、すさまじい土砂降りが始まる。それは、雨というよりは、水の固い板が落ちてきたような勢いで、私たちはその場にかがみこんだ。サンディを助けにいくなどということは、考える余地さえもなかった。この荒れくるう流れに飛びこみなどしようものなら、あっという間に死んでしまうだろうし、たとえここを泳げる人間がいたとしても、あたりはあまりに暗く、とうていサンディを見つけられるはずもない。それに、たとえ助けることが可能だとしても、ついいましがた、あんな亡霊が浮かびあがってきたばかりの淵へ飛びこむなど、考えただけですくみあがるほど怖ろしく、自分の身体が自由に動かせるとは思えなかった。

ヒューとその場に這いつくばっていた私の心に、ふと別の恐怖が湧きあがった。この闇の中、私たちのすぐ近くに、さっき血の凍るような叫びをあげた老婆がひそんでいるのだ。そう考えただけで、額に冷や汗が流れる。私はたまらず、ヒューをふりむいた。

「もう、ここにはいられないよ。すぐに、走って逃げなくては。あの魔女はどこにいる?」

「君は見ていなかったのか?」

「いや。何があった?」

「さっきの稲妻は、石の祭壇に落ちたんだ。老婆が立っていたところから、ほんの数インチの距離だった。あの——あの老婆を探しにいかないと」

私はヒューに続き、土手の斜面を下りていった。身体が麻痺してしまったかのように震えが止まらず、手探りで目の前の地面につかまりながら。とにかく、人間めいたものに出くわすのが怖ろしくてたまらなかった。この数分で、雷雲は月をすっかり覆い隠してしまい、あの玄武岩の窓からも、捜索の助けになる光は射してこない。それでも、私たちは砕けた石の祭壇から淵の水際まで、這いつくばったまま手探りしながら土手を上ったり下りたりしたが、何も見つけることはできなかった。長い時間の後、私たちは諦めた。あの老婆もまた、落雷とともに土手を転がり落ち、淵の底に沈んでしまったのだろう。そうなると、もう生きてはいまい。

翌日、この淵で釣りをするものはいなかった。その代わり、ブローラから男たちが底引き網を持って駆けつけた。玄武岩のすぐ下、戻り水の底に、サンディと死んだ娘は並んで横たわっていたという。だが、そのほかには何も見つからなかった。


結局は、こういうことだったのだろう。カトリーン・ゴードンは、サンディからの手紙を受けとり、ひどく心を痛めてインヴァネスを発った。それから何が起きたのかは推測するしかないが、とにかくカトリーンは近道をしてガヴォンへ帰ろうと、《ピクト人の淵》のすぐ上流の石を飛んで渡ることにした。うっかり足を滑らせて、急流に呑みこまれてしまったのか、それとも未来に立ちむかう勇気がなく、自ら淵に身を投げたのか、それは読者の想像にまかせよう。いずれにせよ、ふたりはいま、ブローラの風に吹きさらされた寂しい墓地で、ともに眠りについている。神の測り知れない御心のままに。

Gavon's Eve（訳・山田蘭）

レンガ窯のある屋敷

ルイスから海岸に沿って西に広がる丘陵地帯、サウス・ダウンズ北側の人里離れた寂しい窪地に、トレヴァー・メジャーという村がある。木立に囲まれ、四、五十軒ばかりのささやかな家々が並ぶ村にすぎないが、大きなノルマン教会と、村から少し離れたところにある荘園の屋敷から、いまよりは華々しかった過去の幾分かをうかがうことができるだろう。この屋敷は、四年前にほんの三週間足らず借り手がついたときをのぞけば、一八九六年の夏からずっと空家のままだ。賃料は笑ってしまうほど安いとはいえ、最後にここですごした人間の誰もが、どんなに金に困っていても、二度とここで一夜を明かすことはないだろう。実のところ、私も最後にここですごしたひとりではあるのだが、あの天井の低い、オーク材の羽目板張りの部屋で暮らすくらいなら、いっそ救貧院に住むほうがましだと思っている。この狭苦しい屋根裏部屋のすすけて薄汚い窓から、貧しいホワイトチャペルの街並みを見おろすほうが、トレヴァー・メジャー屋敷の菱形の鉛枠にはまった窓ガラスから美しい植えこみや、白亜の地層を流れる澄んだ小川、揺らめく水草の間や砂利底の早瀬から顔をのぞかせるマスなどを見晴らすよりもずっといい。

五月中旬から六月中旬にかけての一ヵ月間、ジャック・シングルトンと私がここを借りることにしたのは、まさにこのマスのことを聞きつけたからだ。だが、さっきも言ったとおり、私たちがここですごしたのは三週間足らずにすぎなかった。期限まで一週間以上を残して、私たちはここを出たのだが、それでも最後にここですごした午後ほど浮き毛針《ドライ・フライ》ですばらしい釣りを楽しんだ経験は、いまだかつて記憶にない。ドライ・フライ向けのいい釣り場所があるという、この屋敷の広告をサセックスの地元紙で見つけたのはシングルトンだったが、実のところ、現地を見に行ったときには、ふたりともあまり期待してはいなかった。これまでも、だまされやすいカモをねらった大げさな触れこみに釣られ、ろくに魚も棲んでいないような溝を、何度となく見にいってしまっていたのだから。だが、この小川のほとりを三十分ほど歩いてみて、私たちは迷うことなく不動産屋に戻り、その日のうちに一ヵ月の契約を、延長もできる約束で結んだものだ。

そんなわけで、五月の雲ひとつない午後、私たちはロンドンから五時ごろ屋敷に到着した。いまふりかえってみると、記憶にはそれから起きた恐怖の霞がかかっているものの、あのとき目にした風景のたとえようもない美しさは、いまでも印象に残っている。庭園は、たしかに何年も手入れされていないようではあった。砂利の小径はなかば雑草に埋もれ、花壇はもともと植えられていた花と野生の花がぎっしりと交じりあっている。古びて美しいレンガに囲われた花壇の、キンギョソウとマンネングサを見れば、持ち主の好みをうかがい知ることができそうだ。その向こうには樹齢を重ねたモミの木が円を描くように立ち、風を受けて遠くの海鳴りのような音でそよいでいる。敷地の外側はゆるやかな下りになっていて、庭園の三方を流れる小川の野バラの茂る土手へ続いていた。小川はその先の広大なふたつの野原を曲がりくねって走りぬけ、村へ向かっている。私たちは、このふたつの野原に加え、この屋敷に向かう道が小川を横切る反り橋までの四分の一マイルほどの、どの地点でも釣りをしていいことになっていた。小川の流れていない側は、その道を通すために盛り土をしてあるため、敷地からは上り坂となる。そちら側の一角に、崩れかけたレンガの窯が立っていた。背の高い草や野の花が生い茂った浅い穴は、粘土を採掘した跡のようだ。

屋敷の建物は細長い。玄関を入ると、そこは羽目板の張られた四角いホールで、左側にある食堂からは、厨房と家事室へつながる廊下が延びている。右側にはすばらしい居間がふたつあり、ひとつは窓から屋敷の正面の砂利道を、もうひとつの窓からは庭園を見晴らせた。正面の砂利道のかたわらにはモミの木立があり、その隙間からは、さっき登場したレンガ窯がのぞく。ホールからはオーク材の階段があり、階段を囲む歩廊には、三つの大きな寝室が面している。この三つの寝室は、それぞれ階下の食堂とふたつの居間に対応した大きさだ。歩廊からはさらにふたつの客用寝室と、召使たちの部屋に向かう細長い通路が伸びていて、赤いラシャ張りの扉で仕切られていた。

ジャック・シングルトンと私は、ロンドンで同じアパートメントに住んでいる。そこで雇っている年輩ながら働きものの使用人、フランクリン夫妻は準備を整えるため、一足先に今朝この屋敷に到着していた。フランクリン夫人は玄関の扉を開け、ぽっちゃりした顔を気持ちのいい笑みでしわだらけにして、私たちを迎えてくれた。これまでもこうした釣りのお供をし、〝居心地のいい住居〟という触れこみにだまされて何度もがっかりしてきた夫人も、今度ばかりは最高の住まいにめぐりあったようだ。厨房の湯沸かしには湯あかなど付着していないし、湯も水も最適な温度で蛇口から出てくるばかりか、一滴も水漏れしない。夫のほうはいくつか必要なものを調達しに、いまはちょうど村へ買いものに出ているという。夫人は私たちにお茶を出すと、あらかじめ寝室として選んでおいた、食堂と大きいほうの居間の上にあるふたつの部屋で荷ほどきをしてくれた。私たちの寝室の扉は、それぞれ歩廊の左右に向かいあっている。ジャックが選んだのは、居間の上の寝室で、私の寝室よりいくらか狭い。その隣の、ふたつめの居間の上にある寝室は、今回は誰も使わないため、歩廊に面した扉は開けはなしてあった。

夕食の前に、私たちは二時間ほど釣りを楽しみ、それぞれマスを三、四匹ずつ釣りあげて、夕暮れに屋敷へ戻ってきた。フランクリンは村での買いものをすませて帰宅しており、通いで午前中の雑用をさせる女をひとり雇ったこと、私たちが屋敷に来たという知らせが、村でちょっとした話題になっていることを教えてくれた。なぜそんなことが村人の興味を惹くのか、その理由はよくわからない。ただ、フランクリンは十回以上にわたり、本当におまえの主人はあの屋敷に住むつもりなのかと尋ねられ、そうだと答えると、村人たちは一様に口をつぐみ、頭を振ってみせたのだそうだ。サセックスの人間は、もともと無口で、何にでも反対すると言われている。村人たちのそんなふるまいも、きっとこの地域特有のそんな気質によるものだろうと、私たちは考えることにした。

その夜は、いつになく暖かかった。夕食の後は、柳の枝を編んだ安楽椅子を玄関の脇の砂利の上に出し、しだいに闇が深くなっていくのを眺めながら、私たちは一時間ほどくつろいだ。月はまだ昇っておらず、淡い星の光は、かなりの部分がモミの木立に隠されてしまっていたため、こんなに晴れた五月の夜にしては、あたりは奇妙なほど暗かった。屋敷の中に戻ったときには、居間のランプの明るさに目がくらくらしたほどだ。夜の闇から、楽しげに明かりの灯った屋敷に足を踏み入れた瞬間、目に見えない、音も聞こえない怖ろしいものがすぐそばにいるような感覚が、ふいに襲ってきた。この感覚は、それから二週間にわたって、ずっと私たちにつきまとうことになる。こんなに暖かい夜なのに、私は思わず身ぶるいしたが、それはきっと戸外に長いこと坐っていたせいにちがいないと決めこんで、そのことを口に出さないままジャックの後に続き、まだほとんど足を踏み入れていなかったふたつめの居間に入った。ホールと同じくオーク材の羽目板張りの壁には、五、六点の水彩スケッチが飾られている。最初は何気なく、やがてその繊細で美しい仕上げに好奇心をそそられて、じっくり眺めてみると、どれもこの屋敷や庭園を描いた作品だった。モミの木立の合間に沈む、深紅の夕陽。丹念に手入れされた、ものうい夏の昼の庭園。マスの棲む小川が流れる野原、その上に広がる鉛色の空と、怒りをはらんでたちこめる暗雲。もっとも精密で印象的なのは、あのレンガ窯を題材にした作品だ。この絵にだけは、人物の姿も描かれていた。灰色の服をまとった男が、窯の開いた扉から、あかあかと燃えあがる炎をじっとのぞきこんでいる。この人物だけは、まるで細密画のような筆致だ——とがったわし鼻に、奇妙なほど角ばったあごを持つ、きれいにひげを剃りあげた青年の横顔。縦に細長い絵で、暗い空を背景にレンガ窯の煙突がそびえている。煙突の先からは、細い灰色の煙が流れていた。

ジャックは目をこらし、その絵をじっと眺めた。

「なんともぞっとする絵だな！　美しくはあるがね！　いかにも意味ありげじゃないか、けっしてただのスケッチではなく、何かここで起きたことを再現してでもいるかのようにね。ああ、確かにな！――」

ふいに言葉を切ると、ジャックはほかの絵に目をやった。

「奇妙だな。何が言いたいかわかるかい？」

いまのレンガ窯の絵が鮮明に心に刻まれていたからこそ、私にはジャックの言葉の意味がすぐに理解できた。どの絵にも、あのレンガ窯が描きこまれているのだ。木立の間にかすかにのぞいているものもあれば、全体がはっきりと見てとれるものもある。どれも、煙突からは煙が上っていた。

「それに、もっとおかしなことがあるんだ。庭園側からは、あの窯はまったく見えないはずだろう」ジャックは指摘した。「屋敷に隠れてしまうからね。だが、このF・Aとかいう署名の画家どのは、それでも窯を描かずにはいられないらしい」

「君は、いったいなぜだと思う？」私は尋ねた。

「さあね。きっと、レンガ窯にかなりの思い入れがあるんだろう。さあ、カードで勝負はどうだい？　ピケットでもやろうじゃないか」

三週間足らずの滞在のうち、二週間は何ごともなくすぎていった。何か怖ろしいものがすぐ近くにいるというあの奇妙な感覚は、何度もくりかえし襲ってきてはいたが、ある意味で、私はそれに慣れてしまいつつあったのだ。だが、いっぽう、その感覚はしだいに鋭さを増しているのも確かだった。ちょうど二週間がすぎたころ、私はそのことをジャックに話してみた。

「君からそんなことを言われるとはな」ジャックは答えた。「実は、僕も同じように感じていたんだ。君はいつ、そんなふうに感じる？　たとえば、いまはどうだ？」

それは私たちが夕食を終え、またしても玄関の外の椅子でくつろいでいたときのことだった。ジャックがそう問いかけてきたとき、私はちょうど、いつになく強烈にその感覚が襲ってきていることに気づいていた。まさにそのとき、それまで閉まっていた玄関の扉が、おそらくかんぬきは外れていたのだろうが、ゆっくりと開いた。ホールの明かりが、開いた隙間から外に漏れてくる。私たちの見まもるなか、扉はまたゆっくりと閉まった。まるで、何かがこっそりと屋敷の中に入っていったかのように。

「ああ」私は答えた。「いまもだよ。いつだって、こんな感覚がやってくるのは夜なんだ。今夜はいつもよりはっきりと感じるな」

しばし、ジャックは口をつぐんだままでいた。

「あんなふうに、扉が開いたり閉まったりするのも奇妙だな」やがて、そんなふうに口を開く。「さあ、中へ入ろうか」

立ちあがると、二階の私の寝室の明かりが灯っているのが目にとまった。きっと、フランクリン夫人が就寝の支度を整えてくれているのだろう。砂利道を渡っていたとき、ふいに扉のすぐ向こうで、あわてて階段を駆けおりてくる音がした。中に入ると、フランクリン夫人が青ざめ、驚いたような顔でホールに立っていた。

「何かあったのか？」私は尋ねた。

「いえ、何も。ええ、まあ、ご報告するようなことはとくにないんですよ。ちょうど、旦那さまの寝室を整えていたときのことでした。あたし、旦那さまが入っていらっしゃったのかと思ったんですよ。でも、ふりむいたら誰もいなくて、あたし、怖くなってしまって。あわてたはずみに燭台を置いてきてしまったから、取りに戻らないと」

私はしばらくホールにたたずんだまま、夫人が階段を上り、歩廊を通って私の寝室へ向かうのを見まもった。寝室の扉は開いたままだったが、夫人は戸口で立ちどまり、中へ入ろうとはしなかった。

「どうした？」私は下から声をかけた。

「あたしが部屋を飛び出したとき、蠟燭の炎はついたままだったんですよ」夫人は答えた。「それなのに、いまは消えているんです」

ジャックは声をあげて笑った。「それは、君が扉と窓を開けておいたからだろう」

「ええ、旦那さま。でも、風はそよとも吹いていなかったんですよ」フランクリン夫人は、消え入りそうな声になった。

たしかに、風のない夜ではあった。だが、ついいましがた、あの重い玄関の扉さえ、風にあおられたように開き、そしてまた閉じたではないか。ジャックは二階へ駆けあがった。

「さあ、フランクリン夫人、僕たちみんなで闇を追いはらおうじゃないか」

ジャックが私の寝室に入り、まもなくマッチを擦る音がした。寝室の開いた扉から、ふたたび火の灯った蠟燭の明かりが漏れるのと同時に、召使部屋で呼鈴が鳴るのが聞こえてきた。まもなく足音が近づいてきて、フランクリンが顔を出す。

「どこの呼鈴が鳴ったんだ?」私は尋ねた。

「ジャックさまの寝室です」

いやな空気があたりを包んだが、実のところ、とりたてて何があったというわけではない。私が自分の部屋に戻ってきたとフランクリン夫人が思ったのに、そこには誰もいなくて驚いたこと。風の通り道に燭台を置きっぱなしにし、蠟燭が消えていたこと。呼鈴が鳴ったのは、たしかに実際に起きたことかもしれないが、だからといって、別に何か害があるわけではないのだから。

「ネズミが呼鈴の針金にさわったのかな」私は言ってみた。「ジャックは僕の部屋にいて、フランクリン夫人の蠟燭を点していたところだったから」

そこへジャックも二階から下りてきて、私たちは居間に入った。だが、フランクリンはどうも納得がいかなかったらしい。私たちの頭の上、つまりジャックの寝室から、しばらくはフランクリンがいつもの重々しくゆっくりとした足音をたて、動きまわるのが聞こえてきた。やがて、その足音は隣の寝室に向かい、何も聞こえなくなった。

その夜は、おそろしく眠かったのを憶えている。いつもより早くベッドに入り、夢を見ない眠りの合間に何度となくはっとして目をさましているうち、ふと気づくと、私はすっかり目が冴えて、頭もはっきりと澄みわたっていた。この屋敷は、ときとしてひどく静まりかえっていることがある。もともと、聞こえるのはただモミの木立が風にそよぐ音くらいのものなのだが、ときにまるですっぽりと何かに包みこまれてしまったかのように、それすらも聞こえなくなるのだ。そして、誓ってもいい、私の部屋の扉の取っ手が、そのとき動いた。この目で確かめたくて、私は蠟燭を点したが、どうやら空耳だったらしい。それでも、私がその場に立ちつくしていると、何ものかが扉のすぐ外を歩いていく足音がした。あまりに不気味で、私は扉を開け、外をうかがってみずにはいられなかった。だが、歩廊に人影はなく、屋敷は静まりかえっている。そのとき、向かいのジャックの部屋から、なんとも心安らぐ音が聞こえてきた。いびきで鼻の鳴る音だ。ベッドに戻って、私はまた眠りに落ちた。目がさめると、ちょうど夜が明けるところで、地平線から赤い曙光が幾筋も伸びていた。夜のうちずっとつきまとっていた、あの奇妙な不安は、跡形もなく消えていた。

その日は、昼食後にひどい雨になった。私は書かなくてはならない手紙があったし、小川はすぐに濁って水位も高くなってしまったので、それでも希望を捨てないジャックを釣り場に残して、五時ごろには屋敷に帰ってきた。屋敷の正面の、いまや雨にけむる砂利道を見晴らす窓辺で、二時間にわたって机に向かう。七時に手紙を書きおえると、もうすっかり暗くなっていたので、私は蠟燭を点した。そのとき、小川へ向かう小径に沿って続く植えこみの向こうから、ジャックらしき人影が現れ、屋敷の正面に向かって近づいてくるのが見えた。だが、次の瞬間、それがジャックではなく、見知らぬ人物であることに気づき、どうにも説明できない不安が心臓をつかむ。いまや、その男は窓からたった六ヤードほどの距離にいて、一瞬そこにたたずんだ後、さらにこちらに近づいてきた。窓ガラスに顔が触れそうな位置から、じっと私を見つめてくる。点したばかりの蠟燭の明かりで、その男の顔ははっきりと見てとれた。これまで会ったことのない人物なのは確かなのに、なぜかその顔も、全身の姿も、奇妙に見おぼえがあるように感じる。男は私に笑みを向けたが、その表情は謎めいて、邪悪な憎しみが秘められているかのようだった。すぐに男はまた歩き出し、前方の玄関の扉に向かったため、私のいる居間の窓からは姿が見えなくなった。

その男の表情にいやな印象は受けたものの、いまも言ったとおり、どこか見おぼえのある顔なのは確かだった。男が玄関に向かったので、こっちもホールに出て、先に玄関の扉を開け、相手の目的を探ってやろうと決める。玄関前に立つ男の姿を予期しながら、私は呼鈴が鳴るのを待たずに扉を開けた。だが、目の前にはただ砂利道が広がり、深まる夕闇に雨が降りしきっているばかりだった。その光景に目をこらしていたとき、何か見えないものが私を押しのけるようにして、わずか開いただけの扉の隙間から屋敷の中へ入っていった。続いて階段のきしむ音がし、しばらくして寝室の呼鈴が鳴る。

主人の呼び出しに応じる素早さにかけて、フランクリンの右に出るものはいまい。呼鈴が聞こえた次の瞬間、フランクリンはたちまち私の目の前を通りすぎ、階段を上っていった。ジャックの寝室の扉をノックし、中に入ったものの、すぐにまた階下へ戻ってくる。

「ジャックさまは、まだお戻りじゃないんですかね？」

「ああ。また、あいつの部屋の呼鈴が鳴ったのか？」

「ええ、そうなんですよ」フランクリンはあわてるふうもなく答えた。

居間に戻ると、フランクリンがランプを持ってきてくれた。ランプの置かれたテーブルの上には、あの精密に描きこまれたレンガ窯の絵が掛けられている。そのとき、砂利道を歩いていた男になぜ見おぼえがあったのかに思いあたり、私はぞっとした。どこから見ても、絵の中でレンガ窯をのぞきこんでいた人物によく似ている。いや、似ているというより、まちがいなく本人だ。私にあの謎めいた、邪悪な笑みを向けた男の身に、いったい何が起きたのだろうか？　あのとき、なかば閉じた扉の間から屋敷に入っていったのは、いったい何だったのだろう？

その瞬間、私は《恐怖》と顔をつきあわせていた。口が渇き、心臓が喉から飛び出しそうになるのがわかる。ほんの一瞬、こちらに顔を向け、すぐにまた目をそらした恐怖。それでも、私にははっきりとわかった。不安でも、予感でも、驚きでもない。それはまさに、冷たい《恐怖》にほかならなかった。だが、その恐怖を和らげる何かがあったわけでもないのに、ふいにまたその戦慄はすぎさっていき、理性とでもいうべきものが主導権を握る。あのとき、私はたしかに、屋敷の前の砂利道に誰かが立っているのを見た。私はそいつが、玄関へ向かっているものと思ったのだ。だが、玄関の扉を開けてみると、そこには誰もいなかったというだけだ。とはいえ――またしても恐怖が押しよせてくる――私を押しのけて屋敷に入っていった、目に見えない何ものかが、あの男だったとしたら？　いったい、あれは何だったのだろう？　いったい、どうしてあのとき私が見かけた男の顔が、こんなにも精細にレンガ窯の絵に描きこまれているのだろうか？

こんな恐怖など、実際には何の根拠もないのだと、私は自分に言いきかせた。せいぜいこの絵のことと、くりかえし鳴る呼鈴だけではないか。そんなふうに考えれば、それだけのことだという気もしてくる。あの男も——結局は生身の人間にすぎず——ただ外の砂利道を横切り、玄関には向かわずにその前を通りすぎて、私道から道路へ出たのだろう、簡単なことだ。何かに押しのけられたような気がしたのも、ただの気のせいにちがいない。無人の部屋で呼鈴が鳴ったのも、さっきも自分で考えたとおり、前にも起きたことではないか。読者に信じてほしいのは、このとき私は本当に、こんな理屈で恐怖を追いはらったということだ。私はもう《恐怖》と顔をつきあわせてはいなかった。すっかり安心とまではいかなかったが、もはやおびえてはいなかったのだ。

私はまた正面の砂利道を見晴らす窓辺の机に向かい、もう一通、義務とはいかないまでも返事を書いたほうがいい手紙を思い出し、しばらくはそれにかかりきりとなった。窓の向こうに伸びる私道は、モミの木立の合間を抜け、レンガ窯のある野原へ続く。便箋をめくろうとして、ふと目をあげた私は、その風景のどこかがいつもとちがっていることに気づいた。レンガ窯の煙突から、煙が上がっているのだ。肉を焼いているような匂いも漂ってくる。だとすると、風はレンガ窯の方角から屋敷のほうへ吹いているらしい。もっとも、いまは厨房でも夕食の料理をしているだろうから、その匂いかもしれないが。これは確かめなくてはと、私は自分に言いきかせた。さもないと、またしても恐怖が青白い顔でこちらをのぞきこむ。

そのとき、ざくざくと砂利を踏む音がして、玄関の扉がきしんだかと思うと、ジャックが姿を現した。

「いや、楽しかったよ。君も、あんなに早く諦めることはなかったのに」

そして、まっすぐテーブルに歩みよると、その上に掛けられたレンガ窯と男の絵をじっと見つめる。しばらくの沈黙の後、私が口を開いたのは、どうしても知っておきたいことがあったからだ。

「誰かを見たのか?」

「ああ。なぜ、そんなことを訊くんだ?」

「僕も見たからだよ。その絵に描かれている男を」

ジャックはこちらに歩いてきて、私のそばに腰をおろし、話しはじめた。

「やつは幽霊だったんだ、わかるだろう。あたりが薄暗くなってきたころ、やつは川沿いを歩いてきて、すぐ近くに一時間くらいたたずんでいたんだよ。最初、僕はやつを――そう、生身の人間だと思っていた。だから、もう少し離れて立っていてくれればいいのにと思ったんだ。そんなに近いと、うっかり針を引っかけてしまうかもしれない、とね。だが、そのうちにふと、これは幻にすぎないと気がついた。竿を振ると、フライはやつを通りぬけて飛んでいったんだ。七時ごろ、やつは屋敷のほうへ歩いていったよ」

「怖くなかったのか?」

「いいや。実におもしろい体験だったよ。じゃ、君もやつを見たんだな。どのあたりにいた?」

「すぐ外だよ。いまは、屋敷の中にいるんじゃないかと思うんだ」

ジャックはあたりを見まわした。

「入ってくるところを見たのか?」

「見てはいない。ただ、入ってくるのを感じたんだ。もうひとつ、奇妙なことがあるんだよ。レンガ窯の煙突から、煙が流れているんだ」

ジャックは窓の外に目をやった。あたりはもうすっかり暗かったが、渦を巻いてたちのぼる煙は、かろうじて見てとることができた。

「あれを見ろよ」と、ジャック。「脂《あぶら》をたっぷり含んだ煙だな。いったい何が起きているのか、レンガ窯を見にいってこよう。君も来るかい?」

「いや、やめておくよ」私は答えた。

「怖いのか? それほどのことじゃあるまい。むしろ、すばらしくおもしろいじゃないか」

そのちょっとした探検から帰ってきたときも、ジャックは依然としておもしろがっているようだった。窯のあたりには、何も動くものは見あたらなかったらしい。ただ、あたりはほぼ真っ暗なのに、窯の中だけは、かすかに赤く光っていたそうだ。そして、煙突からは白く濃い煙が、ほそぼそと北へ流れていたという。だが、その夜はもう、私たちはおかしなことを見聞きすることはなかったし、翌日も何ごともなく時間がすぎていった。だが、夜になって、ふいにおぞましいことが起きたのだ。

その夜、私がベッドに入ろうと服を脱いでいたときのこと、ふいにすさまじい勢いで呼鈴が鳴った。さらに、叫び声もしたような気がする。フランクリン夫妻はもうとっくに就寝していたから、どこの呼鈴が鳴ったのかを察して、私はまっすぐにジャックの部屋へ急いだ。だが、扉をノックすると、ジャックは大声で私に告げた。「気をつけろ。やつが、扉のすぐそばにいる」

ふいに、私はまっさらな恐怖に襲われた。それでも、どうにかこらえて扉を開けると、またしても、目に見えない何かが私をそっと押しのけ、そばをすり抜けていった。

ジャックは服を脱ぎかけたまま、ベッドのかたわらに立っていた。額に浮いた汗を、手の甲で拭うのが見える。

「やつは、またここに現れたんだ」ジャックは口を開いた。「ほんの一分前、僕はここに立っていて、やつがすぐそばにいるのに気づいたんだよ。きっと、奥の部屋から出てきたんだろう。やつが手に持っていたものを、君は見たか？」

「いや、私には何も見えなかったんだ」

「ナイフだよ。すばらしく大きな、肉切り用のナイフだ。今夜は君の部屋で、ソファに寝かせてもらってもかまわないかな？　今度ばかりは、僕もすっかりすくみあがってしまったよ。もうひとつ、怖ろしいことがあったんだ。やつの着ている服の端は、襟も袖もすべて、小さな炎に包まれていたんだよ。そう、ちろちろと燃える、小さな白い炎にね」

だが、翌日も、その夜も、やはりまた何もおかしなことは起きなかったし、何か怖ろしいものが屋敷にいる感覚に襲われることもなかった。そして、ついに最後の日がやってきた。私たちは暗くなるまで外にいて、前に述べたとおり、このうえなくすばらしい釣りを楽しんだものだ。屋敷に戻り、私たちが居間でくつろいでいたときのこと、ふいに頭上で足音がしたかと思うと、またしてもすさまじい勢いで呼鈴が鳴った。続いて、まるで断末魔の苦しみのような叫びがいくつか続いたのだ。フランクリン夫人が何か怖ろしいものを目撃し、悲鳴をあげたのだろうととっさに考えた私たちは、階段を駆けのぼり、ジャックの寝室に飛びこんだ。

部屋の扉は開けはなしてあり、入ってすぐのところで、何やら黒っぽいものの上にかがみこんでいる男がいた。部屋が暗かったにもかかわらず、その姿がはっきりと見えたのは、男の身体が、何かおぞましい光を発していたからだ。手にはまたしても長いナイフがあり、私たちが踏みこんだとき、男は足もとにうずくまっているものに向かって、そのナイフを振るったところだった。男が身体を引くと、そこには首をほとんど切断された女性が横たわっている。だが、それはフランクリン夫人ではなかった。

そのとき、すべてがふいに消えうせた。私たちがのぞいているのは、ただ暗い無人の部屋だった。無言のまま階段を下り、居間に戻る。やがて、ようやくジャックが口を開いた。

「それで、やつはあの女性をレンガ窯へ運んだんだな」どこかおぼつかない口調だ。「なあ、さすがにこの屋敷はこりごりだと思わないか？　僕は、もうごめんだね。とっとと出ていこうじゃないか」

一週間ほどして、ジャックは私に、サセックスの旅行案内を手わたした。開かれたページは、ちょうどトレヴァー・メジャーのところだった。

「村のすぐ外には、絵のように美しい荘園屋敷がある。かつて、ここには画家にして悪名高い殺人者、フランシス・アダムが住んでいた。この屋敷で、アダムはいわれのない嫉妬にかられて妻を殺し、その喉をかき切って、遺体をレンガ窯で焼いたと言われている。六ヵ月後、焼け焦げた遺体の断片が見つかったことからアダムは逮捕され、やがて処刑された」

そんなわけで、私はたとえどんな場所に住むことになろうとも、レンガ窯とF・Aという署名入りの絵のある屋敷だけは、絶対に近よるまいと心を決めている。

The House with the Brick-Kiln（訳・山田蘭）

かくて恐怖は歩廊を去りぬ

チャーチ＝ペヴェリルは、いたるところに亡霊がしょっちゅう出没する屋敷である。姿も見え、音も聞こえるが、この一エーカー半もの銅葺き屋根の下で暮らす家族は誰も、そんな心霊現象を深刻にとらえてはいなかった。ペヴェリル家の人々にとって、幽霊を見るなどという出来事は、普通の家に住む人々が郵便ポストを見かける程度のことにすぎないのだ。なにしろ、毎日のように現れては、ノックをしたり（あるいはほかの音をたてたり）、私道を（あるいはほかの場所を）歩いていたりするのだから。私自身、この屋敷に滞在中には、夕食のあとのコーヒーをテラスで楽しんでいるときに、やや近眼のペヴェリル夫人が夕闇に目をこらし、令嬢にこんなふうに話しかけるのを見かけたものだ。

「あらあら、あそこの植えこみに、いま《青い貴婦人》が入っていったんじゃないかしら。フローを怖がらせないといいけれど。ねえ、おまえ、フローを口笛で呼んでちょうだい」（フローというのは、この屋敷でたくさん飼われているダックスフントのうち、まだいちばん幼く、可愛がられている犬である）

ブランチ・ペヴェリルはおざなりな口笛を吹くと、カップの底に溶けずに残っていた角砂糖をすくいあげ、真っ白な歯で噛みくだいた。

「お母さまったら、フローはそんなお馬鹿さんじゃないわ。青いバーバラおばさまも、あんなに退屈なかただなんて、かわいそうね！　わたしと出会うと、おばさまはいつも何か話したそうな顔をするのだけれど、わたしが『なあに、バーバラおばさま？』と呼びかけても、何もおっしゃらないのよ。ただ、ぼんやりと屋敷のほうを指さすだけなの。きっと、二百年前のことで何かわたしにうちあけたいのに、それを忘れてしまったのね」

フローは嬉しげに短く二、三度ほえると、しっぽを振りながら植えこみを飛び出してきた。そして、私には何もないように見える芝生の上を、ぐるぐるとじゃれるように駆けまわりはじめる。

「あら、見てごらんなさい！　フローったら、《青い貴婦人》と仲よくなったんだわ」ペヴェリル夫人は声をあげた。「それにしても、どうしてあんな、間抜けな色あいの青を着るのかしらね」

こんな話を聞けば、心霊現象にさえも、「親しみは侮《あなど》りを生む」ということわざがある程度まで通用することがわかる。とはいえ、ペヴェリル家の人間は、けっして幽霊を蔑《さげす》んでいるわけではない。この魅力的な一族の大半は、狩猟や射撃、ゴルフ、スケートにまったく興味がないと公言でもしないかぎり、誰かを蔑んだりすることはないのだ。出没する幽霊もみな一族の人間なので、たとえあの哀れな《青い貴婦人》でさえ、こうした野外スポーツの名手だった時期があったにちがいない。だからこそ、こんな幽霊に対しては、けっして非人情なわけでも軽蔑しているわけでもなく、ただ哀れみの気持ちを抱いているだけなのだ。ペヴェリル家のひとりで、裏庭でさんざんサラブレッドを乗りまわし、荒々しい曲芸をやってみせたあげく、そのまま中央階段を馬で駆けあがろうとして、首の骨を折ってしまった人物がいる。その幽霊は一族のお気に入りで、ブランチはある朝、いつになく目をきらきらさせながら一階に下りてくると、アンソニー坊ちゃまが昨夜は本当に騒々しかったとみなに告げたものだ。アンソニー坊ちゃまは（実のところ、ろくでもないならずものではあったのだが、それとは別に）馬術のクロスカントリー競技において抜きん出た名人であり、幽霊になっても衰えない人並み外れた生命力を、一族はみな愛していた。チャーチ＝ペヴェリルに滞在する客が、もしも祖先の誰かの幽霊がよく現れる寝室を割り当てられたなら、それはその客に対する敬意の表れとみてまちがいない。つまり、尊くも極悪非道なご先祖のひとりにまみえる価値のある客人だと、一族に認められたことになるのだ。そんな場合は、丸天井だったり、あるいはタペストリーが掛けられたりしているいっぽう、当然ながら電気の照明など備えつけられているはずもない、いかにも壮麗な部屋に通される。そして、もしも当主の曾曾祖母にあたるブリジェットが現れて、暖炉のそばで何かを始めても、話しかけたりはしないほうがいいとか、もしも夜明け前にアンソニー坊ちゃまが中央階段に突撃したら、かなりうるさいのは覚悟してほしいなどと注意を受けるのだ。幽霊の出る部屋にひとり残された客は、びくびくしながら寝間着に着替え、ためらいつつ蠟燭を消しはじめる。だが、こうした立派な部屋は概して風通しがよく、荘厳なタペストリーがいきなり揺れはじめたり、何かが吠えたり、いきなり静かになったりするのだ。あるいは、炎がふいにゆらゆらと狩猟家や戦士、いかめしい従者といった姿をとったり。やがて、客は大きなベッドによじのぼり、そのあまりの大きさに、サハラ砂漠に横たわっているような気分になりながら、まるで聖パウロとともに航海に臨んだ水夫たちのように、早く夜が明けるよう神に祈る。その間にも、フレディかハリーかブランチか、ひょっとしたらペヴェリル夫人が幽霊の扮装をし、扉の外でこのおちつかない音をたてているのかもしれないと疑い、思いきって扉を開けてみた結果、思いもよらない怖ろしいものを見てしまうこともあるのだ。私はといえば、この屋敷に滞在するときはいつも、心臓の弁膜に何やら問題があるという口実をたてに、バーバラおばさまも、曾曾祖母のブリジェットも、アンソニー坊ちゃまも、けっして押し入ってこない新しい棟に泊めてもらうことにしている。曾曾祖母のブリジェットについては、詳しいことは忘れてしまったが、たしか遠い親戚の誰かの喉をかき切った後、百年戦争で使われたという斧で自分の腹を割いたという人物だ。そんな最期を迎えるまでの人生も、息を呑むような事件ばかりの、色恋でにぎやかに彩られた日々を送っていたらしい。

とはいえ、チャーチ＝ペヴェリルに出没する中でもただひとり、一族が笑いとばさない幽霊がいる。その幽霊に対してだけは、誰ひとり親しみも興味も感じてはおらず、その話題を口にするのも、客の安全を守るのに必要なときに限られていた。正確を期すなら、〝ただふたり〟というべきだったかもしれない。それは、ごく幼い双子の幽霊なのだ。この双子のことだけは、一族の誰もがきわめて真剣に怖れていた。いったいどんないわれがあるのかは、ペヴェリル夫人が話してくれた。

一六〇二年、エリザベス女王の治世ももうじき終わろうというころ、女王からたいそう寵愛を受けていたディック・ペヴェリルという人物がいた。そのころ、ペヴェリル家の当主はディックの兄にあたるジョセフで、一族の屋敷と領地をすべて所有していたのだという。ジョセフは二年前、齢七十四にして双子の息子の父親となっていた。当主にとっては、初めての跡継ぎの誕生である。兄より四十歳近く若い美男のディックに対し、老いた処女王は「そなたがチャーチ＝ペヴェリルの当主でないのは残念ですね」と声をかけたといわれている。おそらくはその言葉がきっかけで、ディックの心に邪悪な計画が芽生えてしまったのだろう。いずれにせよ、もともと一族の中でもよこしまな人物と噂されていた美男のディックは、ヨークシャーまで遠乗りに出かけ、いかにも都合のいい話ではあるが、兄のジョセフが脳卒中の発作を起こしたところを発見したのだという。暑い気候が続いたこと、睡眠時間が増えたのにともない、水分の補給が足りなかったことが原因とされた。ディックの本心は神しか知りようのないことではあるが、さらに北へ旅をしている間に、兄は息をひきとった。ちょうど兄の葬儀にまにあうよう、ディックはチャーチ＝ペヴェリルに到着したのだそうだ。非の打ちどころない礼儀正しさで、兄の葬儀に出席した後、未亡人となった義姉の悲嘆を慰めるべく、ディックは二日ほどチャーチ＝ペヴェリルに滞在した。義姉はごく気の弱い性格で、とうていこんな獰猛な一族と釣りあう女ではなかったらしい。滞在して二晩めのこと、ディックはついに、ペヴェリル一族が後々まで悔やむことになる事件を起こした。まず、双子と乳母が眠っている部屋に忍び入り、乳母を眠ったまま絞め殺す。それから双子を連れ出すと、歩廊《ロング・ギャラリー》の暖炉に放りこんだのだ。ジョセフの亡くなった日まではあれほど暑い日が続いたというのに、それ以降はふいにおそろしく冷えこんだおかげで、暖炉には薪がうずたかく積まれ、炎は勢いよく燃えさかっていた。この炎の勢いを火葬場代わりにしようと思いついたディックは、ふたりの幼子を暖炉に投げこむと、上から乗馬靴で踏みつけたのだ。ふたりはようやく歩けるようになったばかりだったが、そんな火炎地獄から歩いて逃げ出せるはずもなかった。ディックは笑いながら、さらに薪を追加したという。こうして、チャーチ＝ペヴェリルは新たな当主を迎えた。

自分の罪の深さに、ディックが気づくことはなかったが、それでもこの血に濡れた遺産を楽しむことができたのは、せいぜい一年ほどのことだった。死の床についたディックは、司祭に告解をしたが、罪の赦しが与えられる前に、魂は肉体を離れてしまった。まさにその夜から、一族の誰もが声をひそめ、深刻な顔で口にすることになる幽霊がチャーチ＝ペヴェリルに出没しはじめたのだ。美男のディックが死んでまだほんの一、二時間というころ、歩廊の扉の前を通りかかった召使の男が、中からけたたましい笑い声があがるのを聞きつけた。いかにも楽しげで、それでいて不吉な、二度とこの屋敷では聞くことはあるまいと思っていた声だ。その瞬間、召使の心に湧きあがった冷静な勇気は、死すべき定めの人間が抱く恐怖にかぎりなく近かった。階下の部屋に息絶えて横たわっている主の幽霊など、けっして見えるはずはないと信じこみ、思いきって扉を開く。だが、そこにいたのは、白い衣をまとって手をつなぎ、月光に照らされた床をよちよちとこちらに歩いてくるふたりの幼児だった。

階下で通夜をしていた人々は、気を失った召使が床に倒れこむ音に驚き、階段を駆けあがってきた。召使の身体は、おそろしい痙攣を起こしていたという。夜明け前、召使は意識をとりもどし、自分が何を見たかを語った。そして、血の気の失せた震える指で扉を指さし、けたたましい悲鳴をあげると、それきり息絶えたのだそうだ。

それから五十年のうちに、双子の幼児の奇妙で怖ろしい伝説は疑いようもなく確かなものとなっていった。この屋敷に住むものにとってはありがたいことに、この幽霊はめったに出現するわけではなく、五十年間にほんの四、五回だったという。時間はいつも決まって日没から日の出まで、場所も同じ歩廊で、いつも必ず、ようやく歩けるようになったばかりのふたりの幼児の姿をとっている。運悪くその幽霊を見てしまったものはみな、ほどなくして、あるいは怖ろしい形で死を迎える——中には、すぐに怖ろしい死を迎えるものもいた。ときには一、三ヵ月、生命を長らえるものもいたが、最初に目撃した召使のように、数時間で死んでしまったほうが、いっそ幸せだったにちがいない。とりわけおぞましい運命をたどったのは、翌世紀の中ごろ、正確を期すなら一七六〇年に双子を目撃したカニング夫人だろう。そのころには、すでに双子の出没する時間も場所もはっきりとわかっていたから、それまでは、屋敷を訪れる客はみな、日没から日の出まではけっして歩廊に足を踏み入れないよう、固く戒められていた。

だが、才気煥発な美人だったカニング夫人は、何でも疑うことで有名なムッシュー・ヴォルテールの信奉者かつ友人であり、誰がどう止めようとも耳を貸さず、来る夜も来る夜も自分の意志で呪われた部屋を訪れた。最初の四晩は何も現れなかったが、ついに五日目の夜、歩廊の中央の扉を開くと、こちらによちよちと歩いてくる不吉にして無垢な双子の姿があり、夫人は望みをかなえたのだ。どうやら、そのときでさえ、夫人はまったく恐怖を感じてはいなかったらしい。なんとも哀れな、胸の悪くなる話ではあるが、幼い双子をあざけり笑い、そろそろ暖炉に戻ったらどうかと言ってやったのだという。双子は何も言わず、ただ夫人に背を向け、声をあげて泣きじゃくりながら去っていった。幽霊が消えてしまうと、夫人は階下で待つペヴェリル家の人々とほかの客人のもとへ駆けもどり、ついに幽霊を見た、ムッシュー・ヴォルテールに手紙を書いて、自分がたしかに幽霊に話しかけたことを明らかにしなくてはと、意気揚々と報告したのだそうだ。手紙を受けとったムッシュー・ヴォルテールは、さぞかし笑ったにちがいない。だが、その数ヵ月後、ことの成り行きをすべて知らされたときには、とうてい笑うどころではなかったはずだ。

カニング夫人はその時代を代表する美人のひとりであり、まさに一七六〇年には、美しさの盛りを迎えていた。非の打ちどころない美貌から、あえてひとつ、とくに美しい点をあげるとするなら、それはたとえようもなく繊細な肌の色つやだったかもしれない。その年、夫人はちょうど三十歳だったが、いささか年増とも思える年齢にもかかわらず、肌は少女のような雪とバラの色合いをとどめていた。普通の女性なら強い日差しを避けるのに、夫人は喜んで浴びていたことからも、その肌の人並み外れたすばらしさがわかるはずだ。だからこそ、歩廊で奇妙な体験をしてから二週間ほど後、トルコ石のような瞳の一、二インチ下に、三ペンス硬貨ほどの大きさの灰色のしみが現れたとき、夫人はひどくうろたえたという。愛用の洗顔料や軟膏もまったく効き目がなかったし、かかりつけ医師の勧めた化粧品も役には立たなかった。カニング夫人は自宅に引きこもり、よく知らないさまざまな療法をひとり孤独に試してみたが、一週間が経っても、いっこうに改善のきざしは見られなかった。それどころか、このおぞましいしみは、倍の大きさに広がっていたのだ。そして、この名前のわからない病が何だったにしろ、これはしだいに思ってもみなかった、怖ろしい形で悪化していった。色の変わった部分の真ん中あたりから、まるで苔のような灰緑色の巻きひげが芽吹くとともに、さらに新しいしみが下唇にも見つかったのだ。こちらのしみからも、ほどなくして芽が吹きはじめたという。さらに、ある朝、きょうはどんなことになっているかと恐怖におびえながら夫人が目をさますと、視界が奇妙にぼやけていた。あわてて鏡に駆けよった夫人は、自分の顔を見て、恐怖のあまり悲鳴をあげた。上まぶたの内側から、まるで茸のように新たな芽が伸びはじめ、そこから糸状の繊維が眼球に広がって、瞳を覆いつくしていたのだ。まもなく舌に、そして喉にも、同じ症状が出はじめた。やがて気道がふさがれ、窒息して死にいたったのは、こんな苦しみの後にはむしろ幸いだったかもしれない。

さらに怖ろしい運命をたどったのは、双子の幽霊に向かって拳銃を発砲したブランタイヤ大佐という人物だった。大佐がどんな目にあったかは、もはやここには記すまい。

これが、さすがのペヴェリル一族も深刻にとらえている幽霊の一部始終だ。この屋敷を訪れる客は、到着してすぐに、どんなことがあっても日暮れ以降はけっして歩廊に足を踏み入れてはいけないと教えられる。とはいえ、この歩廊はその部屋の作りからも、位置取りからも、ごく魅力的で居心地のいい場所だった。間口は八十フィートにおよび、並んだ六枚の背の高い窓から、屋敷の裏庭が一望できる。中央階段を上りきった突きあたりの扉から入り、歩廊の中ほどまで進むと、そこには窓の向かいにもうひとつ扉があって、使用人の住む区画と裏階段に続いていた。したがって、この歩廊は二階の部屋へ行くものにとっては、ふだん使う通路となる。カニング夫人が双子の幽霊と対面したのは、このもうひとつの扉を開けたときであり、そのほかに五、六人が、やはり同じ場所で双子を見ている。双子はもともと裏階段を上ってすぐ先にある部屋に寝かされており、そこから美男のディックが連れ出したのだ。歩廊の中に戻ると、その扉の先にはディックが双子を放りこんだ暖炉があり、突きあたりには玄関までの並木道を見おろす半円形の張り出し窓。暖炉の上には、いかめしい顔をした美男のディックの堂々たる肖像画が飾ってあった。若く傲岸な青年の美しさを描いた、ホルバインの作とされる絵だ。そのほかにも、十数点の一族の偉大な祖先の肖像画が、それぞれ窓に向かいあっている。日中は、この歩廊は居間として、もっとも人の集まる部屋となっていた。なぜなら、ここにはほかの幽霊は出てこないし、美男のディックの荒々しく陽気な笑い声も、昼間に響くことはないからだ。日が暮れてからは、歩廊の外を通りかかるだけでも、時おりディックの笑い声が聞こえてくることがある。そんなときは、ブランチでさえもけっして目を輝かせたりすることはない。ただ耳をふさいで足を早め、その怖ろしい笑い声からできるだけ距離を置こうとするだけだ。

とはいえ、にぎやかに人が集まる日中は、悪意も邪気もない、ほがらかな笑い声がこの部屋にも響きわたる。夏の暑さが地面を覆うときは、この部屋の奥まった窓辺の椅子でみながくつろぐし、冬が冷たい指を伸ばし、凍った手のひらの間から寒風を吹きつけてくるときは、誰もが奥の暖炉の周りに集まって、ソファや椅子、椅子の背、あるいは床に腰をおろし、陽気なおしゃべりを楽しむのだ。日の長い八月には、晩餐前の身支度の時間まで、私はよくこの歩廊ですごしていたが、「ここは日没には閉めますのよ。さあ、下に行きましょう」という呼びかけを無視し、ここにとどまろうとする客など、いまだかつて一度も見たことがない。もっと日の短い秋になると、お茶の時間を歩廊で楽しんでいるときに、よくこんな光景を見かけることがある。おしゃべりに花が咲き、みなで大笑いしている真っ最中に、ふとペヴェリル夫人が窓の外を見やり、声をあげるのだ。「あらまあ、もうこんな時間だわ。さあ、おしゃべりの続きは下の広間でしましょうか」すると、いつもにぎやかな家族も、同じくにぎやかな客たちも、ふいに奇妙なほど静かになり、まるで悪い知らせを聞かされたときのように、無言のままそそくさと部屋を出る。もっとも、ペヴェリル一族の魂（この場合は、まだ生きている人々のことである）は、もともとごく快活なので、美男のディックの話題でふいにかかった暗い雲も、驚くほどたちまち吹き飛ばされてしまうのだが。

昨年のクリスマスが終わってすぐ、この屋敷ではよくあることだが、とりわけ陽気で若い客たちが大勢、チャーチ＝ペヴェリルに滞在することになり、十二月三十一日には、ペヴェリル夫人が毎年恒例の大晦日の舞踏会を予定していた。屋敷は客でいっぱいになり、あふれた客たちにもそれぞれ寝室をあてがうために、夫人は離れのかなりの部分を開放することにした。数日にわたって暗く風のない、氷点下に冷えこむ天候が続き、狩りにはまったく出られなかったが、〝誰の得にもならない風は吹かない〟ということわざどおり、〝誰の得にもならない無風〟もなかったらしい（おかしな比喩で失礼）。屋敷のすぐ下にある湖には、最後の一日か二日、しっかりと厚みのある氷が張ったのだ。さっそく、その日の午前中いっぱいは、みながそのつるつると危なっかしい氷の上で、さんざん目まぐるしくも激しい大立ち回りを演じ、昼食が終わるやいなや、ひとりをのぞいてまた全員がいそいそと湖に戻った。たったひとりの例外は、午前中に不運にも手ひどく転んでしまったマッジ・ダルリンプル。午後は友人たちとのスケートを諦め、痛めた膝を休めていれば、夜のダンスには参加できるのではないかと思ったのだ。いかにもひどい恰好で、屋敷まで足を引きずって帰らなくてはならなかったことを思えば、これはずいぶん楽観的な見通しだったといっていい。だが、いかにもペヴェリル一族らしい呑気な楽天家のマッジ(ブランチのいとこにあたる)は、こんな状態でスケートを続けてもたいしておもしろくないだろうから、それならいまは最小限の我慢をしておいて、後からゆっくり楽しもうと思ったのだ。

そんなわけで、私たちは歩廊でせわしなく食後のコーヒーを飲むと、またそそくさと湖へ向かった。ひとり歩廊に残されたマッジは、暖炉に直角に置かれた大きなソファにゆったりと身をゆだね、おもしろそうな本を手に、お茶までの退屈をまぎらそうとしていた。一族のひとりとして、美男のディックと双子の幼児のことも、カニング夫人やブランタイヤ大佐がたどった運命のことも、マッジはよく知っていた。それでも、部屋を出ていくとき、ブランチはいとこにこう声をかけたものだ。「ぎりぎりまで粘っていちゃだめよ」そして、マッジはこう答えた。「ええ、ちゃんと余裕を見て、日没前にここを出るわ」そんなわけで、私たちは歩廊を出ていき、マッジはひとり残された。

せっかくのおもしろそうな本にも数分で飽きてしまい、マッジは足を引きずりながら窓辺に歩みよった。まだ二時をわずかに過ぎたところなのに、外はすでに薄暗い。午前中のきらめくような陽光も、北東からのろのろと押しよせてきた分厚い雲に、すっかり覆い隠されてしまったようだ。すでに空全体がどんよりとして、背の高い窓の向こうを、時おり雪片がひらひらと舞っていく。この空の暗さと、午後の冷えこみから考えて、もうすぐ大雪になるのかもしれない。そんな天候の予兆に触発されたのか、嵐の前触れとなる気圧や光線の変化に敏感な人間にありがちなことだが、マッジは脳の奥に鈍い眠気を感じていた。もともと、人一倍こうした天候の影響を受けやすいたちなのだ。太陽がまぶしく輝いていた午前中は、たとえようもなく爽快で明るい気分だったのに、こんなふうに重苦しい天気が近づいてくると、なぜか気持ちがふさぎ、じわりと眠気が広がってくる。

そんな気分のまま、マッジはまた足を引きずりながら、暖炉のそばのソファに戻った。屋敷は全体に温水暖房がゆきわたっているため、薪と泥炭という魅力的な組み合わせの暖炉は、ごくひかえめな炎に抑えられているものの、歩廊はすばらしく暖かい。本をふたたび開こうともしないまま、マッジはソファに心地よく身体をゆだね、顔を暖炉に向けて、揺らめく炎をぼうっと見つめていた。いますぐでなくてもいいけれど、ほかの友人たちがスケートを終えて帰ってきて、屋敷がまたにぎやかになる前に、何時間かを自室ですごし、もっと早く出すべきだった手紙を二通ほど書いてしまおうと、眠い頭でぼんやりと考える。どんなことを書こうか。一通は、もう五日ほど前に出すべきだった母への手紙だ。母は、この屋敷の心霊現象に興味津々だったから、昨晩だったか一昨晩だったか、アンソニー坊ちゃまが階段でどんな大騒ぎを起こしたのかを、ぜひ知らせてやらなくては。それから、《青い貴婦人》が、こんな冷えこんだ天候にもかかわらず、今朝もまた庭をそぞろ歩いていたところを、ペヴェリル夫人に目撃されたということも。それは、なかなか興味ぶかい出来事だった。《青い貴婦人》は月桂樹の小径を歩いていき、厩舎に入っていったところを、夫人は見たのだという。そのとき厩舎では、ちょうどフレディ・ペヴェリルが、凍った地面を走るための猟馬を点検していたところだった。夫人がそれを目撃したのと同じころ、ふいに厩舎の馬たちがおびえはじめ、いなないたり、蹴ったり、後ずさりしたり、汗をかいたりしはじめたのだそうだ。死をもたらす双子の幽霊は、もう何年も目撃されていないものの、母も知ってのとおり、一族はいまだにけっして暗くなってから歩廊に足を踏み入れないということも、手紙にはつけくわえておこう。

ふいに、マッジはソファの上で身体を起こした。まさに、自分がいまその歩廊にいることを思い出したのだ。だが、いまはまだ午後二時半を少し回ったばかり。三十分以内に自分の部屋へ戻れば、お茶の時間までに、母への手紙ともう一通を書きあげる時間は充分にある。それまでは、持ってきた本を読むことにしようか。だが、気がつくと、さっきの本は窓辺に置いてきてしまっていた。わざわざ取りにいくほどのこともなさそうだ。マッジはいま、ひどく眠かった。

いま坐っているソファは、最近になって張り替えたばかりで、その灰緑色のヴェルヴェットはどこか苔に似ていた。マッジは両腕をゆったりとひじ掛けに伸ばし、指でしっかりと分厚くふわふわした手ざわりの生地をつかんでみた。カニング夫人の話は、思い出すだけでも怖ろしい——顔が苔の色に変わってしまうなんて。それ以上は、もう何も考えられなかった。意識がぼやけたことにさえ気づかず、マッジは眠りに落ちていた。

そして、夢を見る。目がさめたら、眠りに落ちたときとまったく同じ場所に、同じ姿勢でいたという夢だ。暖炉の薪がふいに燃えあがり、壁に届くほど炎がはねて、暖炉の上に掲げられた美男のディックの肖像画が、思い出したように明るく照らし出される。きょう自分が何をしていたのか、ほかの友人たちがスケートを楽しんでいるのに、自分はどうしてソファに身体を預けているのか、夢の中でもマッジははっきりと憶えていた。そして（いまだ夢を見ながら）お茶の前に手紙を一、二通書くつもりだったことも頭にあり、いまにも立ちあがって部屋へ戻ろうとした。だが、ソファから身体を浮かせた瞬間、灰緑色のソファのひじ掛けに置いた自分の両腕に目がとまる。腕は見えるのに、なぜか手の先とソファとの境目が判然としない。指が、まるでソファに融けこんでしまったかのように見えるのだ。手首ははっきり浮かびあがっているし、手の甲の青い静脈だって、こことここにある関節だって見えるのに。そのとき、マッジは夢を見ながらも、眠りに落ちたときに自分が何を考えていたかを思い出した。カニング夫人の顔に、目に、そして喉に生えたという、あの灰緑色の植物のことだ。

その瞬間、ほんものの悪夢の恐怖に息が詰まる。いまや、自分もこの灰色の生地に同化しようとしているのだ。身体も、もうまったく動かない。腕にも、足にも、すぐにみるみるこの灰色が広がっていくのだろう。みながスケートから帰ってきても、この部屋には誰もいない。ただ、ソファにおかしな形をした灰緑色のヴェルヴェットのクッションが置いてあるだけ。それが、自分のなれの果てなのだ。つのる恐怖に耐えかねて、マッジは渾身の力を奮いおこし、悪夢の指を振りほどいた。そのとき、ふっと目がさめる。

一分か二分の間、マッジはただひたすら、いま見たものが夢だったことの安堵にひたりきっていた。指の感覚も戻ってきて、ヴェルヴェットの気持ちのいい手ざわりも味わえる。指を曲げ伸ばしして、柔らかい灰色の生地に融けこんだりしてはいないことを、マッジは確かめた。とはいえ、さっきはあんなに必死になって目をさましたのに、いまだにひどく眠い。そのままじっとソファに身体を預けていて、ふと気づくと、もはや本当に自分の手が見えなくなっていた。あたりはもう、ひどく暗くなっていたのだ。

そのとき、燃えつきかけていた暖炉の炎がふと揺らぎ、泥炭の発したガスが燃えあがって、部屋じゅうを明るく照らし出した。こちらを邪悪な目で見おろしている美男のディックの肖像、そして、また見えるようになった両手。だが、マッジはさっきの悪夢よりも鮮烈な恐怖におののいていた。陽光はもうすっかり翳ってしまい、いまや、自分はあの怖ろしい歩廊にいて、たったひとりで闇に閉じこめられているのだ。さっき感じていたのは、怖ろしさのあまり動けないという、いかにも悪夢らしい恐怖にすぎない。だが、悪夢よりも怖ろしいのは、いま、自分が目ざめているとわかっていることだった。そのとき、この凍りつくような恐怖の真の理由が、鮮やかに頭に浮かぶ。自分はこれから、あの双子の幽霊を目にしてしまうのだと、どうしようもないほどの確信とともに、マッジははっきりと悟っていた。

ふいに、額がじっとりと汗で湿り、口の中が舌も喉もからからに渇いて、歯の内側にざらざらと舌が触れるのがわかる。手足から力がずるずると抜けていき、まるで生命を失ってしまったかのように動かなくなるのを感じながら、マッジは目を大きく見ひらき、必死になって闇に目をこらしていた。泥炭からあがった炎はやがてまた燃えつき、闇がまたすっぽりとマッジを包みこむ。

そのとき、窓に面した目の前の壁が、ふいに暗く赤い光にほんのりと照らし出された。一瞬、ついに怖ろしい幻が現れようとしているのかと、マッジは身がまえたが、次の瞬間、ふと希望が胸によみがえる。眠りに落ちる前、空は厚い雲に覆われていた。だからこそ、いまはこんなに暗いけれど、この光は、まだ完全には沈みきっていない夕陽から射しこんできたにちがいない。この希望に励まされてか、手足に力が吹きこまれ、マッジは身を預けていたソファから勢いよく立ちあがった。窓の外を見やると、地平線のあたりがまだぼんやりと輝いているのが見える。だが、窓に向かって一歩踏み出した瞬間、その輝きはまた雲に隠れてしまった。炉床のかすかな炎のきらめきは、いまや暖炉の前のタイルをかすかに照らすだけ。雪が窓ガラスに叩きつけられる音が、ここまで聞こえてくる。だが、ほかの光も、音も、歩廊の中にはまったく届かなかった。

それでも、さっき胸に湧きあがり、動く力を与えてくれた勇気は、いまだマッジを見捨ててはいなかった。まずは手探りで歩廊の出口を見つけようとしてみて、自分が完全に方向を見失ってしまっていることに気づく。椅子につまずいて転び、やっと起きあがったかと思うと、また別の椅子につまずいてしまったのだ。さらにテーブルに行く手をはばまれ、あわてて横を向くと、そこにはソファの背があった。さらにふりむくと、暖炉のかすかなきらめきが、思っていたのとは反対の方向から目に飛びこんでくる。焦って手探りしているうちに、いつしか逆を向いてしまっていたようだ。だが、いったいどちらへ向かって進んだらいいのだろう。どうやら、周囲は家具で囲まれてしまっているらしい。そうしている間にも、あの無邪気にして怖ろしい双子の幽霊がいまにも目の前に現れるのではないか、そんな思いがつねに頭を離れない。

マッジは祈りはじめた。「ああ、神よ、どうかわれらの闇を照らしたまえ」口の中でつぶやく。この祈りがこんなにも切実に必要なときだというのに、この先の言葉をどうしても思い出せない。たしか、夜にひそむ危険についての祈りがつづくはずなのに。その間も、マッジは震える手であたりを探りつづけていた。左側にあるはずの暖炉のかすかな炎の明かりが、またしても右側に見える。どうやら、またいつのまにか逆向きになってしまっていたらしい。「われらの闇を照らしたまえ」口の中でささやき、そして、今度ははっきりと声に出して唱える。「われらの闇を照らしたまえ」

マッジは衝立にぶつかった。そもそも衝立などあったかどうか、それさえも思い出せない。必死になって手探りでその脇に回ると、何かヴェルヴェットのように柔らかいものに触れる。これは、さっきまで身体を預けていたソファだろうか？　だとしたら、どちらが頭なのだろう。頭があって、背があって、足があって——まるで人間のようだ。灰色の苔に覆われた人間。そこまで考えて、マッジはもう、完全に理性を失ってしまった。いまはもう、ただただ祈ることしかできない。自分はこのおぞましい場所で迷子になってしまったのだ。この闇の中には、誰も迎えにきてはくれない。泣きさけぶ双子以外には。祈りのささやきが、しだいに普通の声に変わり、やがては悲鳴となっていくのがわかる。テーブルや椅子を手で必死に探りながら、こんな日常のなじんだ家具のあれこれが、ふいに怖ろしいものに変わりはててしまったことを、まるでののしっているかのように、マッジは聖なる祈りを金切り声で唱え、声をかぎりに叫んでいた。

そんな悲鳴の祈りに対し、ふいにぞっとするような答えが返ってきた。またしても炉床の泥炭に閉じこめられていたガスがおきに触れて燃えあがり、歩廊の中を照らし出したのだ。美男のディックの邪悪な目、そして窓の外にひそやかに降りしきる雪。そして、自分がいま、あの怖ろしい双子の入ってくる扉のすぐ前にいることに、マッジは気づいた。炎はまた勢いを失い、あたりは闇に包まれる。だが、これで、自分が部屋のどのへんにいるのかはわかった。部屋の真ん中あたりには家具がほとんど置かれていないから、一気に走りぬければ、中央階段の上に出るほうの扉にたどりつき、安全な場所へ逃れることができるはずだ。さっきの一瞬の炎のきらめきで、扉の取っ手は確認した。磨きあげられた真鍮の取っ手が、まるで星のように光り輝いたのだ。あそこまで、ただまっすぐ走るだけでいい。ほんの数秒でたどりつくはず。

マッジは大きく息をつこうとした。なかば安堵のため、なかばあまりに激しく打ちつづける心臓をなだめるために。だが、その途中で、またしても悪夢の恐怖に全身が凍りつく。

目の前の扉から、かすかなささやき声がした。そして、扉の向こうから、幼い双子が歩廊に入ってくる。外はけっして真っ暗なわけではなく、扉が開くのははっきりと見てとれた。開いたところに、あの双子が並んで立っていたのだ。そして、ふたりはゆっくりと、おぼつかない足どりでこちらに近づいてきた。顔ははっきりと見えなかったが、小さな白いふたりの姿が、しだいに近づきつつあるのはわかる。誰もが怯えるこの幽霊が、無邪気な姿でもたらす怖ろしい運命のことを、マッジはよく知っていた。たとえ自分が何も悪いことをしていなくても、そんなことは関係ないのだ。めまぐるしく頭を回転させ、どうすべきか、マッジは心を決めた。自分はこの双子を傷つけたことも、嘲笑したこともない。そしてこの双子は、邪悪で残酷な仕打ちを受けて焼け死んだとき、まだほんの赤んぼうだったのだ。だとしたら、この幼子たちの魂は、同じ一族の血を引き、何も罪を犯していない人間が、そんな運命に悲鳴をあげるのを、黙って見すごすはずはあるまい。マッジが慈悲を乞いさえすれば、ひょっとしたら双子も呪いをかけることなく、死の宣告も、死にいたる病も、死よりおぞましい運命もなしに、ここを出ていくのを許してくれるかもしれないではないか。

ほんの一瞬のためらいの後、マッジは床に膝をつき、双子に向かって両手を差しのべた。

「ああ、お願いよ。わたし、うっかり眠りこんでしまっただけなんです。悪いことなんて、何もしていないし――」

そして、ふと言葉を切る。マッジの娘らしい優しい心は、もはや自分のことなど考えてはいなかった。ただ、この幼い無垢な魂が、どれほど怖ろしい運命を背負わされてしまったかを思う。その結果、ほかの子どもたちは出会う人に笑みを運んでくるというのに、この子たちは死を、喜びの代わりに破滅を運んでくるようになってしまった。そのうえ、この子たちを目撃したものたちは、みな怖れ、おののき、あるいは嘲笑を浴びせたのだ。

まるで悟りにも似た哀れみが、心の中に広がっていく。春になり、つぼみを包んでいたしわだらけの苞葉《ほうよう》が落ちるように、さっきまでの恐怖は跡形もなく消え去っていた。

「あなたたちのことを思うと、胸が痛むわ」マッジは語りかけた。「あなたたちがわたしにどんな運命をもたらすとしても、それはあなたたちのせいじゃないのにね。どちらにしろ、わたしはもう怖くはないの。ただあなたたちがかわいそうで、胸が痛むだけ。どうか神さまの祝福が、あなたたちにありますように」

そして、頭をもたげ、ふたりを見つめる。あたりはこんなに暗いのに、いまはなぜか、双子の顔がちゃんと見えた。隙間風に揺らぐ淡い炎に照らされてでもいるように、何もかもがかすみ、ゆらゆらしてはいたが。それでも、双子の顔はもう、悲しげでも怖ろしげでもなかった――はにかんだ、いかにも幼い笑みをこちらに向けている。マッジがじっと見つめるうちに、ふたりの姿はしだいに薄れ、まるで凍てつく空気に漂う白い息のように、ゆっくりと見えなくなっていった。

双子が消えてからも、マッジはすぐには動かなかった。さっきまでの恐怖に代わり、どこまでも静かで穏やかな幸福感が全身を包んでいる。この静かな気分を波立たせたり、乱したりすることなく、しばらくはじっと味わっていたかったのだ。それでも、ほどなくして立ちあがると、手探りで扉へ向かう。もはや悪夢に押しつぶされそうになったり、恐怖に駆りたてられたりすることなく歩廊を出ると、ちょうどブランチが口笛を吹き、スケート靴をぶらぶら揺らしながら階段を上がってくるところだった。

「けがの具合はどう?」ブランチは声をかけてきた。「もう足を引きずっていないのね」

そう尋ねられるまで、マッジはすっかり膝のことを忘れていた。

「もうだいじょうぶみたい。訊かれるまで、すっかり忘れていたくらいだから。ねえ、ブランチ、怖がらないで聞いてね――わたし、あの双子を見たの」

その瞬間、ブランチは恐怖のあまり蒼白になった。

「何ですって?」ささやき声で尋ねる。

「そうなの、いましがた見たところなのよ。でも、すごく優しい子たちで、わたしににっこりしてくれたの。わたし、あの子たちが本当にかわいそうで。だけど、だいじょうぶよ、何も怖いことなんてないわ」


どうやら、その判断は正しかったらしい。マッジの身に、変わったことは何も起きなかった。おそらくは、幼子たちの運命をかわいそうに思い、寄り添う気持ちになったことが、幽霊の心を動かし、呪いを永遠に解いたのだろう。実のところ、私はつい先週もチャーチ＝ペヴェリルを訪問したのだが、到着したときにはもう日が暮れていた。歩廊の扉の前を通りかかったとき、ちょうど中からブランチが出てきた。

「あら、いらっしゃい。わたしね、ちょうどいま、双子に会ったのよ。とってもかわいらしくて、十分近くもその場にじっとしていてくれたの。さあ、すぐお茶にしましょうか」

How Fear Departed from the Long Gallery（訳・山田蘭）

遠くへ行き過ぎた男

セント・フェイスの小さな村は森の繁る丘の窪地という快適なところに位置していて、その辺りはハンプシャー州にあるフォーン川の北斜面になっている。灰色のノルマン風教会の周りにひしめき合うように家が集まっている様子は、ニュー・フォレストの広大な無人の土地に今なお残っている妖精や小人《トロル》、〈小さい人々〉が夕暮れ後にやって来て怪しげなことをしないようにする霊的な防御のようにも見えた。いったんその小さな村を出ると、どの方向へ歩いて行っても、ブロッケンハーストへ通じる幹線道路を避けている限りは、夏の午後じゅう歩き続けようと人の住居を目にすることはなさそうだし、それどころかもしかすると人の存在を目にすることすらないかも知れない。人に馴れていない毛むくじゃらのポニーは、側を通り過ぎるときに草を食べるのを一瞬やめるかも知れないし、兎の白い尾が穴の中へ消えたり、茶色の蛇が道からヒースの茂みの中へ滑り込んでいったり、姿の見えない鳥が木立の中でくっくっと鳴いたりするかも知れないが、それでも孤独を感じることは少しもないだろう。少なくとも夏であれば、陽の光も色とりどりの蝶で華やかだし、森の中はオーケストラが毎年六月に開催される音楽祭で大交響曲を演奏しているかのような音でいっぱいだからだ。風が樺の木々の間で囁き、樅の木々の中で溜息をつく。

蜜蜂たちはヒースの茂みで香りのよい仕事に勤しみ、無数の鳥が森の樹からなる緑の神殿で歌を歌っている。川はさらさらと音を立てて石の多い場所を流れ、その水は澱みで泡立ち、曲がり角ではくすくすごぼごぼ音を響かせる。数知れない存在を感じ、近くに仲間たちがいると判るのである。

それでも、奇妙なことに、何世紀にもわたってどんなに暴力的な嵐をも拒む堅牢な住居を建て、激流を抑え、通りに明かりを灯し、山にトンネルを穿ち、海辺に鋤を入れる術を学んできたこの素晴らしい人間という生物種に対しても、広々とした森とこの健康的な空気には温和で心地よい効果があって、人間の身体に大変よい仲間だと思われてきたにもかかわらず、セント・フェイスに暮らす住人たちは暗くなったあとの森の中へあえて自ら入っていこうとはしない。夜の帳が下りて静寂と孤独に満ちているのに、ふと何かが一緒にいるような気がしてきたりするからだ。この感覚は皆に広く受け入れられているのだが、ここの村人たちから神秘の物語を聞かせてもらうのは難しい。それなりに確かなこととして何とか聞き出した話に、森の薄暗いところで大きな山羊が嬉しそうに跳びはねていたというのがあって、これから話していこうと思っているできごとと関係があるのではないかと考えている。こちらの話も住人たちにはよく知られている。あの若い芸術家が死んでからまだそれほど経っていないから誰もがよく覚えているのである。その若い男、少なくともその姿を見た者はそういう印象を強く受けたのだが、容姿が実に美しく、彼を見ると顔を輝かせ微笑ませてしまうような力が備わっていた。その幽霊が川の辺や彼が愛した森の中をよく歩いていると村人たちはいうだろう。彼が住んでいた家は村の外れにあるのだが、特にその周辺や、彼が死を迎えた庭を歩いているというだろう。私としては、森の恐怖はこの頃を起源としているのではないかと考えている。この物語をこんなふうに、その話と関連した形で始めたのはそれが理由である。一部は村人たちの話に基づいているが、主にダーシーの話に依っている。彼は、私の友人でもあり、今回のできごとの中心人物の友人でもあった。

その日は、まだ色褪せていない真夏の輝きに溢れた日だった。太陽は日没に近づいていて、午後の眩いばかりの美しさは一瞬ごとに透明度と神秘の力を増していた。セント・フェイスから西へ、高地のヒースの原へ向かって数マイル伸びている橅《ぶな》の森が、くっきりとした影を投げかけて村の家々の赤い屋根を覆い隠そうとしていたが、どこよりも高く聳える灰色の教会の尖塔は今なおオレンジ色の燃える指となって空を指さしていた。その下を流れるフォーン川は空の青を一面に映しながら森の縁をまわるように進み、その夢に見ているような川筋には、板を二枚渡しただけの橋が架かっていた。橋は村の一番外れの家の庭の端にあって、小さな枝編みの門で森へと通じていた。小川はいちど森の影から出てきて、夕陽にぎらつくほどの深紅の炎が輝く澱みをつくり、ふたたび遠くに霞む森の中へ戻って見えなくなっていた。

村の外れにあるこの家は森の影のすぐ外に建っていて、川に向かう斜面となっている芝生は陽の光で斑模様になっている。庭の花壇の鮮やかな色が砂利敷きの小道に沿って伸びて、あちこちにまとまって生えている蔓薔薇と星のようなクレマチスの紫色に半ば隠れながら、煉瓦のパーゴラ（蔓を這わせた柱や屋根のある東屋）にまで達していた。その下端には、二本の柱のあいだに吊り下げたハンモックがあり、そこにはシャツ一枚の男の姿があった。

館そのものは村の大半からすこし離れたところにあって、牧草が高く育って香りを放っている二つの畑を越えて小道が通っているのだが、それが本街道と館を繋ぐ唯一の道だった。二階建ての低い建物は庭と同様、その壁も薔薇の花で覆われていた。庭に面して小さな石のテラスがあって、日よけが張り出していた。そのテラスには足音を立てずに歩く若い召使いがいて、ディナーの食卓を整えるのに忙しかった。手先の器用な男で、手際よく仕事を進めていた。準備が終わると館の中へ戻って、大きなバスタオルを腕にかけてまた出てきた。それをパーゴラにかかっているハンモックのところに持っていった。

「そろそろ八時になります」

「ダーシー氏はまだかな」ハンモックから声が聞こえた。

「まだです」

「お見えになったときに私がまだ戻ってきていなかったら、今はディナーの前の沐浴をしているとお伝えしなさい」

召使いが館に戻るとすぐにフランク・ハルトンは身を起こして、芝生の上に滑り降りた。背は中くらいで体つきは痩せ気味だった。ゆったりとした柔軟な身のこなしは力強い身体能力を印象づける。ハンモックから降りるときでさえ、無様な格好は見せなかった。顔と両手はかなり色黒で、どちらも風と太陽にいつも晒されているからだ。あるいは、黒髪と黒い瞳が仄めかしているように、多少南方の血が入っているせいなのかも知れない。顔は小さく、容貌は美しさそのものといってよいほどで、その滑らかな曲線を見れば、十代の頃から髭が生えていないといわれたら信じてしまいそうなほどだ。だが、生きて経験したことだけが与え得るものがそれをきっぱりと否定していたと思う。そして、年齢のことなど考えてもさっぱり判らないと気づくと、次の瞬間にはそんなことを考えるのはやめて、輝くほどの若さの見本を見るだけで満足するのだ。

彼は季節と暑さに合わせた服装をしていた。身に付けているのは襟の開いたシャツとフラノのズボンだけだ。頭を覆う短く刈った巻き毛はなかなかいうことをきかない様子だが、帽子は被らず、芝生の上をのんびり歩いて水浴びの場所へ向かった。そのとき一瞬、あたりが静寂に満たされ、続いて水に飛び込み水飛沫が散る音が聞こえ、すぐに忘我の歓びの大きな叫び声が響いた。泡立つ水を首飾りにしながら流れに逆らって泳いでいた。それから五分ほど、手足を伸ばして振り回し水を逆らせると、今度は両腕を広げて仰向けになって流れを下り、波に揺れながら身を任せた。両眼を閉じて、半ば開いた唇から独り言が静かに漏れでていた。

「僕はこれと一体になっている。川と僕、僕と川。この冷たさと飛沫が僕だ。その中で揺れる水草も僕だ。僕の力、両手両足は僕のものではなく川のものだ。何もかも一つに、ただ一つに。愛しのフォーン川」

十五分ほど経って、芝生の斜面の下に再び姿を見せた。前と同じ身なりで、濡れた髪はすでに乾きかけ、くるくるとした巻き毛に戻ろうとしていた。そこで一瞬立ち止まり、後ろを振り返って水の流れに目をやると、友人の顔を見つめる男たちのような微笑みを浮かべて、すぐに館の方を向いた。ほぼ同時に召使いがテラスに面したドアに姿を見せ、その後ろを四十代半ばに見える男が歩いてきた。フランクと男は花壇と茂み越しに見つめ合い、それぞれ足を速め、気がつくと梅花空木《ばいかうつぎ》の香りの漂う庭の、散歩道の角で顔を突き合わせていた。

「ああ、ダーシー、会いたくて仕方がなかったぞ」フランクが大声でいった。

しかし、男の方は驚いたように見つめるだけだった。

「フランクか！」男が叫んだ。

「そうだ。確かにそんな名前だが」と笑いながらいった。「それがどうかしたかな？」

ダーシーは手を握った。

「何をしたんだ。また少年に戻ったようじゃないか」

「ああ、いろいろ話すことはある。君に信じてもらえそうにないことがたくさんあるんだが、判ってもらえるとは思う——」

フランクはふと言葉を止めて、片手を差し上げた。

「静かに。僕の小夜鳴き鳥《ナイチンゲール》がいるんだ」

挨拶としての微笑みと、友人を歓迎する表情が彼の顔から消え、心奪われているような感嘆が取って代わった。恋の相手の声に耳を傾けている男のように。口がわずかに開いて、白い歯が並んでいるのが見えた。その目の見る先が遠くへ遠くへと移り、ダーシーには、人間がものを見る範囲を超えたものに焦点を合わせているように思えた。そのとき、何かが鳥を驚かせたようで、その歌声が止まった。

「そうなんだ、話すことがたくさんある。本当に会えて嬉しいよ。でも、少し顔が青白くて、元気がなさそうだな。あの熱の後では不思議はないか。ふざけた気持ちで呼んだわけじゃないんだ。もう六月だろう。だから、仕事を再開できるようになるまで、ここにいてもらえばいい。少なくとも二ヶ月はね」

「いやそんなに長くお邪魔するわけにはいかないよ」

フランクは彼の腕を取って、芝生の上を歩き始めた。

「邪魔だって？　誰が邪魔だなんていった？　君のことが嫌になったときには、はっきりいうことにしよう。でも、一緒にアトリエを使っていたときに判っただろう。二人ともお互いにぜんぜん嫌にならなかったじゃないか。いやいや、到着してすぐに話すには縁起の悪い話だ。ちょっと川まで歩こう。そうすれば、ちょうどディナーの時間になるだろうし」

ダーシーはシガレットケースから一本抜きだすと相手に勧めた。

フランクは笑った。「いや、僕は結構だ。以前は喫っていたこともあったような気がするがね。頭がおかしかったのか」

「止めたのか」

「判らない。たぶん、そうしたんだろう。何れにせよ、今は喫わないんだ。そんなことより、すぐに食べることを考えてしまう」

「煙を上げる菜食主義の祭壇の犠牲者がここにもか」

「犠牲者？　そんなにショックを与えてしまったのかな」フランクがいった。

フランクは流れの辺で立ち止まって、静かに口笛を吹いた。次の瞬間、鷭《ばん》が水飛沫《しぶき》をあげて川を渡って飛んできて、川の土手を駆け上がった。フランクはそれを両手でやさしく捕まえると、頭をそっと撫でた。その生き物はシャツの上で身を任せていた。

「それで、葦原の中にある家は安全なのかい」と囁くような声でいった。「奥方は大丈夫なのか、仲間たちは繁栄しているのかな。さあ、家に帰りなさい」そういって、彼は鳥を空に放った。

「よく慣れている鳥だな」ダーシーが少し狼狽《うろた》えたような口調でいった。

「ずいぶんよく慣れている」フランクが、飛ぶ鳥を目で追いながらいった。

ディナーのあいだ、フランクはもっぱら六年間会っていなかった古い友人の活動や業績を知るのに熱心だった。この六年間、どうやら六年だとやっとこのとき判ったのだが、ダーシーにとっては事件と成功に満ちた期間だった。肖像画家として名をあげて、その勢いは数シーズンは流行る見込みがありそうで、余暇の時間はすっかり短くなってしまった。数カ月前にひどい腸チフスに罹って、その結果、恢復のためにこの地までやって来たというところでこの話に繋がるわけだ。

「そうか、君は順調だったのか」フランクが最後にいった。「いつだって君ならうまくやるだろうと判っていた。王立美術院準会員も期待できそうだな。金はどうだ。有り余っているんじゃないか。ここ数年でいったいどれほどの幸せを得たんだ。それは、いつまでも取り憑かれてしまうだけのものなんだけどね。それで、どれだけ学んだんだ。いや、芸術のことをいっているわけではないよ。私だって、そういうことならうまくやれたはずだ」

ダーシーは笑った。

「うまくやれただって？　何をいうんだ。この六年間で学んだことなんて、全部合わせても赤ん坊のときの君のようなものだ。君の古い絵はずいぶん高い値が付いていた。もうすっかり絵はやめたのか」

フランクは首を振った。

「いや、忙し過ぎてね」

「何をしているんだ。話してくれないか。皆にいつも訊かれるのが、そのことだ」

「何をしているかだって？　僕は何もしていないと君ならいうだろうと思うね」

ダーシーは目の前にいる輝くばかりの若々しい顔にちらりと目をやった。

「そんなふうに忙しくしているのが、君には似合っているように思える。さあ、君の番だ。勉強しているのか。研究しているのか。こんなことをいっていたのを覚えている。僕たちはみんな──というのは芸術家は皆ということだけどね──一年間、注意深く一人の人間の顔を、その輪郭すら描き写すことなく、とにかく調べ続ければ得るところが極めて大きいとね。そんなことをしてきたのか」

フランクはまた首を振った。

「さっきのは言葉通りの意味でいったんだ。僕はまったく何もしてこなかった。何かに専念するというようなことはなかった。僕のことは知っているだろう。そもそも何かを自分のためにしたことがあったか」

「君は僕よりも二歳若い。少なくとも、前はそうだった。だから、今では三十五歳だ。でも、前に会ったことがなかったら、ちょうど二十歳くらいだろうというに違いない。二十歳に見えるようになるということは、六年間を専念して過ごすほど意味のあることだろうか。流行を追う女のようじゃないか」

フランクは、抑制が外れたような笑い声をあげた。

「あんな猛禽と比べられたのは初めてだ。いや、そんなことをしていたわけじゃない。実は、自分のやっていることが人にどんな印象を与えるかということにほとんど何も考えていなかっただけだ。もちろん、考えるようになれば、すぐに気づくに違いないがね。そんなのは大したことじゃない。確かに、僕の身体は若返った。ほんの少しだけだが、若返った」

ダーシーは椅子を後ろにずらして、食卓の上に身体を斜めに乗せるようにして相手を見つめた。

「そうやって時間を過ごしてきたということなのか」

「そうだ。それは一面でしかないがね。若さが意味することを考えてみろ。成長できる可能性だ。心も、身体も、精神も、何もかも成長できる。何もかも強くなる。毎日、満ち足りた確固とした人生を送れるようになる。それは何というか、ごく普通の男が自分の力という花を満開にさせたあとに、自らの人生に対する支配力を衰弱させていく日々を過ごすことを考えてみるといい。男が最盛期に達して、それを維持する。その最盛期を十年のあいだ維持するとしようか、あるいは二十年のあいだ。だが、その最盛期に達してしまえば、あとはゆっくりと感知できないほど少しずつ衰えていく。それは君に見られる老化の徴候だ。君の身体に、おそらく芸術作品に、そして、君の心に。胸をときめかせるようなことが以前ほどはなくなってくる。それでも、僕は、最盛期に達するとき――今、近づいているところだが――ああ、君にも判るだろう」

星々が空の青いベルヴェットの上に姿を見せた。東を見れば、地平線は、村の黒いシルエットの上が月の出が近づくにつれて鳩羽鼠に染まってきていた。花壇の上を飛ぶ蛾の姿がぼんやりと白く見えた。そして、夜は茂みの間を抜けて忍び足で歩いてきた。フランクがさっと立ち上がった。

「ああ、最高の瞬間だ」柔らかな声でいった。「生きているこの時の流れのなかで、今が他のどんなひとときよりもいい。永遠の、不滅の流れがすぐ側を走っていて、すっかり包み込まれてしまいそうだ。少し、静かにしていよう」

フランクは前に進んでテラスの端まで行くと、立って両腕を広げて前を見ていた。ダーシーには、彼がゆっくり息を吸うのが聞こえた。そして、何秒も経ってから息を吐いた。六回から八回ほどこれを繰り返し、そしてランプの光の中へ戻ってきた。

「完全に狂っているように聞こえるだろうが、これまで話したような、そして、これから話すようなありのままの事実をもしも聞きたいというのなら、僕が自分で君に話すことにしよう。でも、湿気が多過ぎて嫌だと思わないなら、庭に降りてもらえないだろうか。この話はまだ誰にもしたことがない。でも、君には話しておきたいんだ。話せば長い話になってしまう。自分が学んだことを整理してみようと思ったからだなんだが」

二人は芳香の漂うパーゴラの薄暗がりへと入っていって、そこに腰を下ろした。そこで、フランクが話し始めた。

「何年も前のことだが、君も覚えているだろう。僕たちはよく世界の幸福の衰退について話をした。この衰退に寄与してしまおうという衝動と僕たちは折り合いをつけていた。それ自体は善といえるものもあったし、中にはまったくどうしようもなくひどいものもあった。よいものというのは、僕はキリスト教徒の美徳だと呼んでもいいかも知れないと思うのだが、禁欲、忍従、苦しみに対する憐れみ、そして苦しみからの解放だ。しかし、こういったものから極めてよくないものが出てくることはある。すなわち、そこから生まれるものも得られるものもないような、無益な禁欲、禁欲主義自体、肉体の苦行だ。そして、数世紀前にイングランドで猛威を振るった恐ろしい病と、その精神を受けついだのが、今、僕たちを苦しめている清教主義《ピューリタニズム》だ。あれはひどい病弊だった。人でなしたちが、歓びや笑いや楽しみは悪だと考え教え込んだ。冒瀆的で邪悪な教義だ。いちばんよく見るありふれた罪は何だか判るか。不機嫌な顔だよ。それが真相だ。

「これまでの人生で僕はずっと誰もが幸せになりたいのだと信じてきた。歓びこそ、何にも勝る天からの賜物であると。僕がキャリアを捨ててロンドンを離れたのも、いや、キャリアといっても大したものじゃなかったが、自分の人生を、歓びを育むことに専念させようと思ったからなんだ。絶え間なく、惜しみなく努力して、幸せになろうとね。途切れることなく人々と交流していては、それが達成できないと判った。街や仕事部屋には気が散ることが多過ぎるし、気に病むことも多過ぎる。だから、一歩退くというか、一歩進むことにしたんだ。君だってそういう道を選んで、大自然の中へ真っ直ぐ進んで行ったっていいんだ。森の中へ、鳥たちや動物たちの中へ。こういった生き物たちは明快なたった一つの目的を追って、幸せになるために生まれながらの強い本能にただ従っている。倫理観、人間の法律、あるいは神の掟などまったく気にすることはない。判るだろう。僕は、混ぜ物のない歓びを直に手に入れたいんだ。人間たちの間にはほとんど存在しないのではないかと思っているけどね。もう消滅してしまったんだろう」

ダーシーは椅子の上で身体の向きを変えた。

「ああ、でも鳥や動物はどうやったら幸せになるんだ。食べ物か。食べ物と交尾か」

フランクの穏やかな笑い声が静けさの中に響いた。

「僕が快楽主義者になったと思わないでくれよ。そんな間違いはしていない。快楽主義者は苦悩を背負っているのだから。そして、その足元には遠からず自分を覆う埋葬布が巻き付くようになるのだから。僕は狂っているのかも知れない。確かにそうだが、僕は愚かではない。そうなろうとしてみたことはあるのだけど。いや、それは子犬が自分の尻尾で遊ぶのは愚かさのせいだし、猫が夜中に何かに夢中になってこっそり歩き回るのもそのせいじゃないか」

そういって、一呼吸入れた。

「だから僕は大自然の中へ入っていった。このニューフォレストの中で座って、ただ真正直に座って、見つめた。それが最初の困難だった。ここにただ静かに座って退屈せずにいるということが。いらいらすることなくただ待つということが。受容すると同時に警戒を怠らないということが。いつまで経っても特に何も起こらないのに、そうしなければならないんだ。実際、変化は初期の段階ではごくゆっくりとしたものだ」

「何も起こらなかったのか」ダーシーは苛立たしげに訊ねた。英国精神をナンセンスと同義語だというような新たな考えに対する頑なな嫌悪が表れていた。「一体、何が起こるべきだったんだ」

彼が知っていたフランクは、もっとも寛大だが、もっとも短気な男だった。いいかえれば、フランクの怒りは引き金になるようなものがほとんどなくても途轍もなく大きい篝火として燃え上がり、そしてたちまち静まると突発的な穏やかさを見せつけることもある。だから、ダーシーはついうっかりこういってしまってすぐに、謝罪の言葉が口から出かかった。だが、こんな遠くまで旅してきてまで、そんなことをする必要はなかった。フランクがそこでまた、穏やかに、偽りのない上機嫌な顔で笑い声をあげたからだ。

「ああ、数年前だったら怒っていたところだろうね。そんな怒りも僕が厄介払いできてよかったことの一つだ。君が僕の話を信じれくれたらどんなにいいことか――まあ、実際に信じてくれるはずだが――今はまだ信じてなさそうだけどね。それはいいんだ」

「ああ、一人孤独に暮らしていて非人間的になったのかな」ダーシーはなお英国的態度でいった。

「いや、人間的だ。むしろかなり人間的だ。少なくとも猿的ではないな」

少し間を空けて、話を再開した。「それが最初の探究だった。よくよく考えたうえで固く決意した歓びの探究なんだ。私の方法というのは、自然に対する熱意を抱いて黙想することだ。その動機に導かれるまま、おそらく純粋に利己的なものだろうが、それでもその効果の続くかぎり、人類の同胞たちに対してできる最善の行為のように思えたんだ。幸福というものは、天然痘よりも感染力が強いからね。そこで、さっきいったように、座って待った。幸せなものを見つめて、ひたむきに不幸せなものが目に入るのを避けて。すると少しずつ、この幸せに満ちあふれた世界から幸福が僕の中へと、まだほんの細い流れだったが、入り込んでくるようになった。その細い流れは次第に豊かになっていった。そして今では、この歓びの奔流の半分でさえ、ほんの一瞬でも僕から君へと流れ込むようにできたら、君は世界を、芸術を、何もかも抛《なげう》って、ただ生きて存在できるようになるのに。人の体が死んだときには、存在は木々や花々へと入って行く。そういうことを、死ぬ前に自分の魂に対して行なっておこうとしているんだ」

召使いがパーゴラにテーブルと一緒にサイフォンとウィスキーを運び込んで、そこにランプも置いた。フランクが前屈みになって顔を近づけて話した。そのとき、冷静に事実だけを良識を持つ人間として述べると誓って、フランクの顔は確かに自ら光を発して輝いていた。その黒褐色の瞳も内側から輝いていた。子供のような無意識の微笑みが、その顔に変化を起こして光を放射させていた。ダーシーはふと、わくわくして気分が明るくなった。

「話を続けて。続けてくれ。どういうわけか、君が真実を話していると感じられるんだ。君は狂っているのかも知れない。でも、そんなことは何だという気がしてきた」

フランクはまた笑った。

「狂っているだって? 確かにそうなのかも知れない。君がそれがいいと思うのなら。でも、正気だといわれる方がいいな。そうはいっても、誰かが物事を何と呼ぼうとしたかということはどうでもいいことはない。神は、その賜物にラベルを貼ったりすることはない。ただ、我らの手に置いてくださるのだ。エデンの園にただ動物を置いたのと同じように。アダムがそうしたいと思ったら名前をつければいいのだから。

「だから、幸せなものごとを観察し続け、探究し続けることで、僕は幸せを手にすることができた。歓びを得ることができた。でも、僕がやっていたのは、探し続けることだった。大自然の中で。探し求めなかったものをたくさん得た。もともとは、ふとした偶然で得られたものだった。説明するのは難しい。でも、やってみよう。

「三年くらい前の朝、あるところに座っていたんだ。明日、その場所を見せるよ。川の少し下流の岸辺の緑の濃いところで、陽の光と影が斑模様になっていて、川の水はそこで葦の茂みを抜けるようにして流れていた。そこに座って、僕は何もしていなかった。ただ、眺めて耳を傾けていた。そのとき、フルートのような楽器が終わりのない耳慣れないメロディを奏でるのがはっきり聞こえてきたんだ。最初は、幹線道路の方にいる歌好きの田舎者か何かじゃないかと思って、あまり気に留めなかった。でも、そんなに経たないうちに、その調べの、風変わりなのにいいようのない美しさに心を奪われていた。決して繰り返されることはなく、終わることもない。次々に新しいフレーズが美しく流れ続けた。やがてゆっくりと、避けられないクライマックスへと進んで到達したのになおも止まることなく、また次のクライマックスへ、そして次の、そしてまた次の。そのとき突然、それがどこからやって来ているのかが判って驚きに息を飲んだ。それは葦の茂みから、空から、森の木々からやって来ていた。あらゆるところから発せられる、命の音だった。ギリシア人だったらこういうだろう。パンが笛を吹いているのだと。大自然の声だと。命のメロディ、世界のメロディだ」

ダーシーはあまりにも熱心に聞き入っていて、言葉を遮ることはできなかったが、もしそんなことができたら訊いてみたい疑問はあった。フランクは話を続けた。

「ほんの一瞬、僕は怖くなった。付き纏《まと》う恐怖に対して自分があまりにも無力だという畏れで、耳を塞いでその場所から走って逃げて、家に戻った。喘ぎ、震え、文字通りパニックになっていた。知らず知らずのうちに、そのとき僕はただ歓びを追いかけていたんだ。大自然から歓びを引きだしてから、大自然との接触が始まった。大自然、力、神、君の好きなように呼べばいいが、命の本質という遊糸《ゴッサマー》の小さな網を僕の顔にかけた。自分の恐怖から逃れたときに判ったんだ。僕は畏怖の念を抱いてパンの笛の音を聞いたところへ戻っていった。だが、もう一回それを聴くのに六ヶ月近くかかった」

「どうしてだ？」とダーシーが訊いた。

「僕が背を向けて、反発して、何よりも悪いことに怖がったせいなのは間違いない。世界に恐怖で人の身体を傷つけられるものが存在するなんて思ってもいなかったんだからね。魂をあれほど黙らせる存在もね。僕は怖かったんだ。世界に本当に存在するたった一つのものが。それが姿を引っ込めてしまったとしても不思議じゃない」

「それで六ヶ月後にどうなったんだ」

「六ヶ月経ったあの聖なる朝、笛の音をまた聴いたんだ。そのときは怖くなかった。そのときから、だんだん大きく聞こえるようになった。それに、途切れることも少なくなっていった。今でもよく聞こえるし、大自然に対して、笛の音は間違いなく聞こえてくるという姿勢で接することができるようになった。同じ曲が繰り返されたことはまだ一度もない。いつも何か前よりも新しく、充実して、豊かで、完成に近づいたところがある」

「さっきの『大自然に対して、笛の音は間違いなく聞こえてくるという姿勢』というのはどういう意味だ」

「うまく説明できない。でも、身体の姿勢に翻訳するならこんな感じだ」

フランクはそういって一瞬椅子の上で背筋を伸ばし、それから両腕を伸ばして頭をうなだれるようにしてゆっくり身体を沈めた。

「これだ。受け身の姿勢だ。でも、開放と休止と受容の姿勢だ。君の魂でしなければならないことはただそれだけなんだ」

そういって、また座り直した。

「あと一言だけ。それで止めておかないとうんざりしてしまうだろうからね。質問がなければ、その話をもう一度するようなことも止めよう。実はこの状態で生きていてまったくの正気だということが判るだろう。鳥も獣も、僕に対して何となく親しげに振舞うのに気づくと思う。あの鶴のように。まあ、あれだけのことだけどね。一緒に歩いて、一緒に車に乗って、一緒にゴルフをやろう。それで、君が話したい話題で話をしよう。でも、僕に何が起こったかということを知るための入口までは来て欲しいんだ。起こったことといってもあと一つだけなんだがね」

フランクはここで一息ついた。このとき、その目に微かな恐怖が浮かぶのが見えた。

「最後の啓示があるだろう。完璧で眩いばかりの一振りで私に対して開放されるはずだ。私が命ある存在であるというきっぱりとした、完全な知識、完全な体得、完全な理解だ。君だって同じ命ある存在だけどね。現実には、「僕」とか「君」とか、あるいは「それ」というようなものはない。何もかもが、一つの全体の一部で、一つの命でしかない。僕にはそうだと判っているのだが、まだ自分のものとして体得してはいないんだ。でも、そうなるだろう。そのとき、僕は理解するだろう。パンを見るだろう。それは死を意味するのかも知れない。つまり、肉体の死かも知れないということだ。でも、そんなことは構わない。不死を意味するのかも知れないし、ここで永遠に生きるのかも知れない。そうなったときには、歓びの福音を伝えることにしよう。自分自身を生きている真実の証拠として示しながら。顰め面の憂鬱な宗教、清教主義《ピューリタニズム》は一筋の煙のように消えてしまうだろう。陽の光で明るい大気の中へ、ちりぢりになって消滅する。だが、まずは完全な知識を自分のものにしなければならない」

ダーシーはフランクの顔を注意深く見つめていた。

「あの瞬間、君は怯えていたね」

フランクは微笑みを浮かべた。

「確かにそうだ。よく見てとったな。だが、そのときが来ても、自分が怖れないことを願っている」

少しの間、二人とも口を開かなかった。そして、ダーシーが立ち上がった。

「君の話は魅力的だった。類い稀な人物だ。お伽話を話してくれて、気がつくとこういっている。『あの話は本当なんだよね』って」

「本当だ」

「もう眠れそうにないな」ダーシーがいった。

フランクはちょっと驚いたような顔をしてダーシーを見た。何をいっているのかよく判らなかったようでもあった。

「どうかしたのか」

「いいや、もう間違いない。眠れなくて、ひどい目に遭うことになるんだ」

「もちろん、やろうと思えば君を眠らせることもできる」フランクが少しうんざりしたような口調でいった。

「やってくれよ」

「いいだろう。部屋に行って寝ていてくれ。十分後に上がっていくから」

ダーシーがいなくなってから、フランクはしばらく忙しそうにして、食卓からヴェランダの日除けの下のランプを消した。それから、素早く音を立てずに歩いてダーシーの部屋があるところまで上っていった。ダーシーはもうベッドに入っていたが眠ってはおらず、目を大きく開いていた。フランクは怒っている子の機嫌をとるのを楽しんでいるような笑みを浮かべて、ベッドの端に腰を下ろした。

「こっちを見てくれ」とフランクがいったので、ダーシーはそうした。

「夜が明けるとき、鳥たちは眠っている」とフランクがゆったりとした口調で話し始めた。「風も眠っている。海も眠っている。潮も眠っているが、胸がゆっくり上下している。星々はそっと揺れている。天の大きな蠟燭に灯る炎の揺らぎとともに」

そこで不意に言葉を止めて蠟燭をそっと吹き消し、眠っているダーシーを残して立ち去った。

朝がしっかりした良識でダーシーを覆い尽くした。部屋を満たす朝日のように、すっきり清々しかった。ゆっくり目を覚ましながら、自分で頼んだとおり催眠術で一日を終えた前の晩の、ばらばらになった記憶を一つ一つ拾い集めた。何もかもこれのせいだ。昨夜の妙な話は、かつてただの男だった驚くほど活発な若者が発した暗示という呪文の影響下で彼が話したこと丸々全部だ。ダーシー自身あれほど興奮したのも、途方もない話を受け入れたのも何もかも、自分よりもっと強い影響力を持つ意思のせいだったというだけのことなのだ。それにしても、何という強い意思の力なのだろう。フランクが眠るように暗示したらすぐに従ってしまったことを思い出しながら、そう思った。そして、強固な常識という鎧を纏って、朝食の席へ向かった。フランクはもう食べ始めていて、皿いっぱいのポリッジと牛乳を、退屈で健康的な食欲で平らげているところだった。

「よく眠れたかな」とフランクがいった。

「ああ、もちろんだ。どこで催眠術を習ったんだ?」

「あの川の辺で」

「昨日の夜は、わけの判らないびっくりするようなことをたくさん話してくれたね」ダーシーは理性の棘がついたような声でいった。

「そうだとも。自分でもくらくらするような感じだった。ああ、そうだ。君のために気持ち悪い新聞を註文しておいたのだった。金融市場やクリケットの試合の記事を読めるように」

ダーシーはフランクの顔をまじまじと見てみた。朝の光で見ると、昨晩よりもさらに生き生きと、若く、元気に見えた。その様子がダーシーの常識の鎧を撃ち、そこにへこみができた。

「君ほどの変わり者は今まで他に見たことがないよ。まだ質問したいことが残っているんだが」

「訊いてくれ」とフランクは答えた。


翌日と翌々日、ダーシーは友人の生命論に対して質問をし、異論を唱え、批判をし続け、徐々にその体験の説明を明確で完全なものへとしていった。つまり、フランクは「裸で横たわる」ことによって、彼がいうには、星々が動き、波が砕け散り、木々が芽を伸ばし、若い男女が愛し合うのを制御する力を、生命に必須な原理を自分が有することそれまで夢にも思ってもいなかった方法で獲得するのに成功したのだ。毎日毎日、自分は近づいていっているのだ、あらゆる生命を存在させている大いなる力との一体化へ近づいているのだと思っていた。それは、大自然の精霊、自然の力の精霊であり、すなわち神の魂である。彼は自ら、それは他の人たちが異教信仰と呼ぶものだと認めた。生命原理が存在するというだけで彼にとっては十分だったのだ。彼はそれを崇拝したわけではない。祈ったわけではない。讃えたわけではない。あらゆる人間の内にも幾分かは存在するし、木々や動物の中にも同じように存在する。それが一つであることを理解し実際にそこで一人で生きるのが、彼のたった一つの目的だった。

ダーシーならここで警告の言葉を発するだろう。

「気をつけろよ。パンを見ると死ぬというじゃないか」

フランクはきっとそこで眉をあげて、こういう。

「そんなことが何だというんだ。確かにそうだろう。ギリシャ人はいつも正しい、彼らはそういったが、別の可能性だってある。僕がそこに近づいていくほど、もっと『生きる』ことができる。もっと活力に満ちて、若くなるんだ」

「じゃあ、そうやって最終的に見出すことは一体何だと思っているんだ」

「もう話したじゃないか。不死になるんだ」

だが、それほど話を聞いたり議論をしたりしなくても、友人の構想を次第に把握できるようになった。彼の生活における振舞いも理解の助けになった。例えば、ある朝のこと、村へ行く通りを下っていたとき、腰の曲がった老婆が弱々しく、それでも非常に嬉しそうなようすで、彼女の住まいから片足を引きずりながら歩いて出てきた。フランクは彼女を見るとすぐに立ち止まった。

「やあ、調子はどう?」

しかし、老婆は何も答えず、よく見えない老いた眼をフランクの顔にじっと向けていた。喉の渇いた生き物のように、そこで発散されている美しさを飲み込んでいるかのようにも見えた。不意に老婆は皺の寄った両手をフランクの肩に置いた。

「あんたは陽の光そのものだ」と老婆がいうと、フランクは彼女に口付けをして、また歩き出した。

それから百ヤードも進まないうちに、そんな優しさとは相反するような変なことが起こった。二人の方へ道を走ってきた子供が転んで俯《うつぶ》せに倒れたのである。起き上がって子供は恐怖と苦痛で情けない泣き声をあげた。フランクの目に、恐怖の表情が現れ、指で両耳を塞ぐと、通りを全速力で走って逃げたのだ。その声が聞こえなくなるまで足を止めることはなかった。ダーシーは、その子供が本当に怪我をしてはいないことを確認してから、当惑してフランクのあとを追った。

「可哀想だとは思わなかったのか」

フランクは苛立たしげに首を振った。

「判らないのか。ああいった、苦痛、怒り、美しくないものが僕に投げ返されてくるというのが理解できないのか。大いなる時の到来が遅れるんだぞ。もしかしたら、そのときが来たら人生のそちら側を反対側、つまり歓びに対する本当の信条と繋ぎ合わせることもできるかも知れない。だが、今はむりだ」

「だが、あの老婆は。醜いのではないかね」

フランクの輝きが徐々に戻ってきた。「いや、そんなことはない。彼女は僕に似ていた。歓びを追い求めていたし、自分が何を見たかちゃんと判った」

もう一つの質問が心に浮かんできた。

「じゃあ、キリスト教についてはどうだ」

「僕には受け入れられない。歓びである神が苦しまなければならなかったというようなことが中心的な教義になっている宗教を信じられないんだ。もしかしたら、そうだったのかも知れないが、きっと調べられないようなことだろうから、どうしてそんなことが可能なのかは理解できない。だから、放っておくことにした。僕の関心の対象は歓びだ」

二人は村の上の方にある川を堰き止めている小さな堰に着いた。騒々しい冷たい水の轟きが空中に重く響いていた。這うように伸びる木々の枝が澄んだ流れに先端を浸し、彼らが立つ草地では真夏の花が星のように輝いていた。雲雀たちが歌を歌いながら青の水晶のドームへと舞い上がると、六月の無数の声が雲雀の周りで歌声を響かせた。フランクはいつものように帽子も被らずコートを腕にかけて、シャツの袖を肘まで捲り上げ、美しい野生動物か何かのように目を半分閉じて、口は半分開けて、大気の馨しい暖かさを吸い込みながら立っていた。そのとき、いきなり小川の縁の草の上に身を投げだし、デイジーと黄花九輪桜の中に顔を埋めた。恍惚とした表情で手足を伸ばして、長い指で野の草の葉を押して叩いた。ダーシーは、ここまで自分の思想に浸りきっているフランクの姿を見たことがなかった。草を愛撫する指、草に顔を押付けて半分埋もれたような姿を。服を着ている身体の輪郭も他の男たちとはどこか異なる活力に満ち溢れていた。身満たされて横になっている身体から発している微かな輝きがダーシーのところにまで届いた。身震いするようでもあり、胸がときめくようでもある感覚が彼の身体にまで到達した。一瞬、それまで理解できていなかったことを理解した。繰り返し湧き上がる疑問に対して率直な返答を受け取っていても、彼の思想がどれだけ本当なのか、フランクがどれだけ達成しているのか判っていなかったのだ。

そのとき、フランクの首の筋肉が何かに警戒してさっと硬くなって、少し頭を上げた。

「パンの笛だ。パンの笛だ。近くにいる。ああ、ずいぶん近いじゃないか」フランクが囁いた。

ゆっくり、まるで急に動くとその曲が止まってしまうとでもいうように少し躰を起こして、腕を曲げて肘を突いた。目を大きく見開いて下唇が垂れ下がっている表情は、何か遠くの方にあるものに目の焦点を合わせようとしているかのようだった。顔に浮かぶ微笑みが、静かな水面に反射する陽の光のように広がり揺れていた。もう、その幸福に満ちた歓喜の顔は人間のものとは思えないほどだった。そうやって数分ものあいだ、身動きすることなく恍惚としていたが、耳を傾けている表情が消え、満足そうに頭を垂れた。

「ああ、あれはよかった。君に聞こえないなんてどういうことだろう。可哀想に！　本当に何も聞こえなかったのか」

こんな野外生活で刺激を高める一週間で、ダーシーの活力と健康は恢復した。正常な活動力と旺盛な活力が高まってくると、ますますフランクの若さが投げかけてくる奇蹟の魅力に惹きつけられるようだった。一日に二十回ほども、気がつくと、フランクの思想のばからしさに十分くらい沈黙して逆らったあとに、ふとこんなことを呟いてしまっているのだった。「だが、そんなことはあり得ない。あり得ない」そして、こんなに頻繁に自分を納得させなくてはならないということから、もう自分の心の中に根を下ろしてしまっている結論に対してじたばた反論しているだけなのだと気がつくのだ。だが、少なくとも、これだけ目に見える生きた奇蹟が目の前に突きつけられているではないか。大人の男との境界でふらふらしている、この若者、この少年が三十五歳だということもまたあり得ないことなのだから。それでも、これが事実なのだ。

七月の到来を告げたのは、三日ほど続いた吹き荒れる風と雨だった。ダーシーは風邪をひくのが嫌で、家の中に籠っていた。しかし、この雨降りの天気は何らフランクの行動に影響を与えるようなことではないようで、六月の太陽の許でしていたのとまったく同じ日々を過ごしていた。

濡れる草の上に張ったハンモックに横になったり、鳥たちが彼の跡を追って木から木へと跳ぶ森の中を当てもなく歩いたり。夕方になるとずぶ濡れになっていても、消すことのできない内なる歓びの炎が前と同じように燃えていた。

「風邪をひくだって？　風邪のひき方を忘れてしまったよ。いつも外で寝ていると身体が鋭敏になるんじゃないかな。いつも家の中にいる人たちを見ると皮を剝かれた生き物か何かが頭に浮かぶんだ」

「ということは、昨夜の大雨の中、外で寝たっていうのか」

フランクは少し考えてから、いった。

「夜明け近くまで、ハンモックで寝ていた。目が覚めたとき東の方で光が瞬いていたのを覚えているからね。それから――どこに行ったかな、ああ、そうだ、一週間くらい前にパンの笛が聞こえた牧草地に行ったんだ。一緒にいただろう？　覚えているかな。でも、濡れているときは僕だって敷物を持っていくことにしている」

そういってフランクは二階へ上がっていった。

明らかに自分がどこで寝たのかを思い出すのに苦労していたが、どういうわけかこの些細な暗示で、ダーシーは、自分がまだ半分懐疑的な見物人であるなどというのは空想物語でしかないとはっきり悟ったのだった。夜明け近くまでハンモックで眠り、そして放浪、あるいはもしかしたら逃走なのか。風が強く涙を流す天の下、堰の側にある遠く人気のない牧草地で！　そんな、また別の夜の光景が心の中に見えてきた。フランクは、星の光が零れ落ちる水浴び場の側で寝ていたかも知れない、あるいは、月光の白い炎の下、静まり返った夜にふと目覚め、もしかすると静かで純真な思考のひと時を過ごし、それから森の茂みの中を歩いてまた別の孤独な塒《ねぐら》へ喜んで向かうのかも知れない。歓びと命だけに覆い包まれ、ただ絶え間のない大自然の歓びとの交わりの他に何の思考も欲望も目的もなく。

その夜、ディナーのときに二人が取るに足りない話をしていると、ダーシーが文の途中で唐突に声をあげた。

「判った。やっと判ったぞ」

「おめでとう。でも何が」とフランクがいった。

「不合理なまでに過激な君の思想がだよ。こういうことじゃないか。『上から下まで大自然でいっぱいだ。そこには苦しみがぎっしり詰まっている。自然の中で生きているものはことごとく他者を苦しめている』それでも、君の目的はそこに近づくことなんだ。自然と一体になること。それを認めようとはしないがね。君は待っているというだろう、最後の啓示をね」

フランクは微かに眉を顰めた。

「そうかね」少し不満そうな声だった。

「いつ最後の啓示が来るのかは判らないだろう？　歓びについては君は第一人者だ。私も認める。これほど極めた者は知らない。自然が教えてくれることは事実上ことごとく学び尽したんじゃないか。君の考えるように、もしも最後の啓示が訪れたら、恐怖の啓示になるだろう。苦しみが、死が、痛みが、あらゆる忌まわしい形を纏って訪れる。苦しみは存在しないというだろう。君はそれを憎み恐れているんだ」

フランクが片手を挙げて、いった。

「ちょっと待ってくれ。考えさせてくれ」

しばらく沈黙が続いた。

ようやくフランクが口を開いた。「それは考えたことがなかった。君のいうことが本当だという可能性はある。パンの姿が意味することを考えたことはあるかね。要するに、あれが、恐ろしく苦しむ、想像を絶するほど苦しむ自然ではないか。その苦しみをすっかり見せられることになるのだろうか」

フランクは立ち上がって、ダーシーの席の方へやって来た。

「もしそうなら、それはそれでいい。なぜなら、最後の啓示までもう少しのところ、ほんの少しのところにまで来ているからだ。今日は、笛の音がほとんど途切れることなく聞こえている。茂みの中をパンがやって来る音だって聞こえている。そうなんだ、今日は茂みが手でよけられているように動くのが見えたよ。顔がちらりとね。人間の顔じゃなかった。茂みを通してこっちを見ていた。でも、僕は怖くはなかった。少なくとも、そのときは逃げなかった」

フランクは窓のところまで行って、戻ってきた。

「そうだ、どこもかしこも苦しみでいっぱいだ。私は苦しみを自分の探究から一切排除してきた。もしかしたら、君のいうように、啓示はそういうものなのかも知れない。その場合には、別れの言葉になるだろう。私は一本の線を辿ってきた。一本道を遠過ぎるところまで進んできてしまった。他の道を調べてみることなく。でも、もう戻れないんだ。できるからといって、そうするつもりもないがね。一歩たりとも後戻りするつもりはない。何れにせよ、啓示がどんなものであっても、それは神だろう。それは間違いない」

雨の日々はやがて終わり、太陽の復活とともにダーシーはまたフランクと一緒に長い時間歩き回る一日を過ごすようになった。異常と思えるほど暑くなり、雨の後の生命の新たな爆発とともに、フランクの生命力も高く高く燃え上がった。その後、イングランドの天候の常として、ある晩、西から雲が湧き上がると、太陽は雷を発する嵐雲の光の中へ沈んでいき、いいようのない炎熱の下で灼かれる大地は嵐を待ち焦がれた。日が暮れると地平線の彼方で稲妻の炎が瞬き煌めいたが、寝る時間になっても嵐はそれ以上近づいて来る気配はなかった。雷鳴の音だけは低く響き続けていたのに。一日中落ち着かなかったせいで疲れ切って、ダーシーは横になるとすぐに重く苦しい眠りの中へ落ちていった。

突然、耳に恐ろしいほどの雷鳴が轟いて、はっきり目が覚めた。ベッドの上で心臓をどきどきさせながら身を起こした。すぐに、眠りと覚醒のあいだに横たわる混乱の地から抜け出すと、辺りは静まり返っていた。ただ、ざあざあ降り続ける雨が窓の外の灌木に当たる音だけが聞こえていた。

だが、その静寂は突然こなごなに砕け散った。暗い庭の、部屋のすぐ外から悲鳴が聞こえてきたからだ。極度の絶望による恐怖が引き起こす悲鳴だった。もう一度、そしてさらに一度、悲鳴が響いた。それから、不明瞭な大声の言葉がそこに入り込んだ。ダーシーが知っている声が震え、啜り泣いた。

「ああ、神よ！　神よ！」

それから、ばかにしたような、泣きそうな笑い声が聞こえた。続いて、再び静寂が。あとはただ、灌木に当たる雨の音だけだった。

一瞬のできごとだった。服を着て蠟燭に火を点ける時間も惜しんでダーシーはドアの取っ手を手探りしていた。ドアを開けると、その外で恐怖に歪んだ顔に遭遇した。明かりを持った召使いの顔だった。

「あの声を聞いたか」とダーシーがいった。

男の顔は蒼白で、ぼんやりと白く光って見えた。

「はい、聞きました。あれはご主人の声でした」

彼らは一緒に階段を急いで降りて、もうきちんと朝食のための用意ができている食堂を抜けて、テラスに出た。そのときは、雨は完全にやんでいた。まるで、天の蛇口が閉められたかのようだった。暗く低い空はまったくの闇というわけではなかったのは、月が雷雲の塊の向こうにある澄みきった空のどこかに昇っていたからだろう。ダーシーが庭に転がるように跳びだすと、召使いが蠟燭を手に、後に続いた。大きな飛び跳ねる影は自分が芝生の上に投げかけているものだった。渾然とした薔薇と百合と濡れた大地の匂いが辺りに厚く立ちこめていたが、もっとぴりりとした、鋭く刺すような臭気を感じて、アルプスの避難小屋がダーシーの頭になぜかふと浮かんだ。

　空からのぼんやりした光と背後の揺れる蠟燭の光しかない暗闇の中で、よくフランクが横になっていたハンモックに誰かがいるのが見えた。白いシャツがほんのり光っていて、誰かがそこに座っているようでもあったが、そこはどんよりした暗い影に包まれていて、近づいていくとつんとする臭気が強くなっていった。

　ハンモックからほんの数ヤードのところまで来たとき、その黒い影が空中に跳び上がり、固い蹄をパーゴラまで通じている煉瓦の小道に打ち付けて降り立つと、跳ね回るように茂みの中へと駆け込んだ。その姿が跳び上がるとき、ダーシーはシャツを纏った姿がハンモックの上に身を起こすのをはっきりと見てとった。その一瞬、見えざる世界の純然たる恐怖から足が止まった。召使いが追いついて、二人で一緒にハンモックのところまで行った。

　それはフランクだった。シャツとズボンしか身に着けていなかった。顔は恐怖で歪んでいた。上唇は上に捲れ上がっていて歯茎が見えていた。目は近づいてきた二人に焦点が合っておらず、もっと近くにいる何かを見ていた。鼻の穴が、空気を求めているかのように広がっていて、実体化した恐怖、拒絶、死ぬほどの苦悶が彼の艶やかな頬と額に深い皺を刻んでいた。二人が見ている間に、その身体は後ろに沈み込み、ハンモックを吊るすロープが音をたててぴんと張った。

　ダーシーはフランクの身体を抱え上げて、屋内へと運んだ。如何にも死んだような重みを両腕に感じた。その四肢に、一度は微かに痙攣するような動きがあったような気がしたものの、中に入ったときにはもう生命の痕跡はまったくなかった。だが、凄まじい恐怖と苦悶の表情は、その顔からは消えていた。ダーシーが床に降ろした身体は、遊び疲れた少年がまだ微笑んでいるうちに眠ってしまったかのような姿だった。目は閉じていて、美しい唇は微笑みを形作っていた。数日前の朝には、堰の側の牧草地で、パンの笛の聞こえない音色に身を震わせていたというのに。

フランクは、あの夜、夕食の前に風呂から戻ってきて、いつものシャツとズボンだけを身に着けたのだった。きちんとした身なりをせずに、夕食の間はシャツの袖を肘の上まで捲り上げていたことをダーシーは覚えていた。そのあと、二人で腰を下ろしてディナーの後の会話を夜の蒸し暑さのなかでしていたときに、シャツの前のボタンを外して肌の上に少し風を送り込んだりしていた。今も、袖は捲り上げたままで、シャツの前のボタンも外れていた。両腕と胸の褐色の肌の上には、不思議に変色した部分があって、見ているうちにますますはっきりとしてきた。とうとう、二人の目に押し刻まれた印が見えるようになった。まるで、大きな山羊か何かが跳び上がって、フランクの上に蹄で印を押していったかのようだった。

The Man Who Went Too Far（訳・中野善夫）

もう片方のベッド

私はクリスマス直前にスイスへ出かけた。体験上、ひと月の間、この上なく清爽な天候を楽しみ、まばゆい陽射しを浴びながら終日スケートをし、あの無風の冷たい空気のぬくもりを満喫できるはずだと期待していた。ときおり、雪が降ることは承知していた。四十八時間降り続けることもあるが、その後には十日間、雲一つない好天が続くからだ。夜は零度（摂氏マイナス十八度）まで下がるが、昼間はずっと、陽光の煌《きら》めきに悩まされることになる。

ところが、案に相違してひどい天気だった。風がなくて穏やかなはずのその山間《やまあい》の谷には、昼はみぞれだが夜は雪になる嵐が何日も吹き荒れた。十日間、風はいっこうにおさまらなかった。私は毎夜、気圧計を確認した。そのたびに、黒い針が示す気圧が下がってこの苦難が終わりかけていることを示してくれるはずだという期待は裏切られ、数値はさらに若干下がっていて、嵐はなおも続くと予報していた。こんなことを書くと、この後の話の信憑性が損なわれてしまうかもしれない。賢明な読者は、起こったとされる出来事はすべて、嵐に閉じ込められているという不安な状況によって引き起こされた神経衰弱の結果に過ぎないと即断しかねないからだ。とにかく、出だしに戻ろう。

私は手紙でホテル・ボー・シットを予約していた。そして到着し、二階にある予約していた部屋に入るなり、ベッドが二台あるその部屋の料金が一日十二フランという控えめな金額だということに驚いた。ホテル・ボー・シットは、その部屋以外満室だった。手違いで二十二フランの部屋に通されたのではないかと不安になって、すぐさまフロントに確認した。手違いではなかった。私は十二フランの部屋を予約し、そのとおりの部屋に案内されていた。きわめて礼儀正しいフロント係は、ほかに部屋は一室も空いていないが、その部屋に不満があるのかと尋ねた。私はエサウ（『創世記』の登場人物。わずかな食べ物と引き換えに弟ヤコブに相続権を譲った）の運命を思い出して不安になりながら、大あわてで、十二分に満足していると答えた。

到着したのは雲一つない晴れ渡った日の午後三時頃だったが、翌日から天気は急変した。賢明にもスケート靴を荷物の一番上に入れておいた私は、すぐさまスケートリンクへ行き、愉快だったがばたばたした一、二時間を過ごしてから、日暮れ時にホテル・ボー・シットに戻った。手紙を書かなければならなかったので、私の豪華な部屋、二階の二十三号室にお茶を持ってきてくれと頼んだ後でその部屋に戻った。

ドアが半開きになっているなと思いながら——この後の出来事がなかったら、そんなことは覚えていなかったに違いない——その部屋の近くまで行くと、中からかすかな物音が聞こえたので、反射的に、使用人が荷ほどきをしているのだろうと思った。次の瞬間、部屋に入ると、中には誰もいなかった。荷ほどきはすんでいて、すべてがきちんと使いやすく片付いていた。テーブル上の気圧計を見ると、半インチ（約一・三センチ）ほど下がっていたので意気阻喪した。部屋の外で聞いたような気がした物音のことはすっかり忘れていた。

一日十二フランにしてはいい部屋だったのは間違いなかった。すでに述べたとおり、ベッドは二台あって、その片方には正装が広げてあり、もう片方には寝間着が置かれていた。窓が二つあって、その間に、余裕たっぷりで使える大きな洗面台があった。ランプを背にしているソファは、うまい具合にセントラルヒーティングの配管のそばに置かれていた。立派な肘掛け椅子が二脚、ライティングテーブル、そして滅多にない贅沢、もう一台のテーブルがあったので、朝食のたびにトレイを置けるように山と積まれた本と紙を片付ける必要がなかった。窓は東向きで、西の新雪の表面で日差しがまだ照り返していたが、見上げると、気圧計の水銀の液柱が下がっているにもかかわらず、空には雲一つなかったし、細く青白い三日月が、煌めきだしたばかりの星々に囲まれ、天高くでぼんやり光っていた。お茶はすぐに届いたので、私は軽食をとりながら、部屋の中を大いに満足しながら眺めた。

そのとき、出し抜けに、このベッドでは駄目だと気づいた。使用人が選んだほうのベッドでは絶対に寝られなかったので、すぐさま行動を開始して正装をもう片方のベッドに移し、寝間着と位置を交換した。息を弾ませる勢いでそれをすませると、どうしてこんなことをしたのだろうといぶかしんだ。見当もつかなかった。ただ、もう片方のベッドでは絶対に寝られないと感じたのである。しかし、取り替えた途端、すっかり満足した。

手紙を書き終えるのに一時間ほどかかった。最後の一通か二通を書いているときは、盛大にあくびをしたり瞬きを繰り返したりしていた。一つにはそもそも退屈な作業だったからだが、ごく自然に眠かったからでもあった。なにしろ、列車に二十四時間揺られた後で、食欲と活力のほかに眠気を増進する、あの爽やかな空気を吸いはじめたばかりだったのだ。正装に着替えなければならない刻限まであと一時間あったので、自分への言い訳として本を手にソファに横になったが、本音ではうたた寝がしたかったのだ。すると、まるで蛇口をひねるように意識が途絶えた。

そして――夢を見た。使用人がごく静かに部屋に入ってくる夢だった。着替える時間だと私に告げるために相違なかった。まだ何分か余裕があるし、使用人は私がうたた寝していることに気づいたのだろうと思った。と言うのも、使用人は私を起こさず、足音を忍ばせて部屋を歩き回りながら片付けをはじめたからだ。部屋はひどく暗く感じられ、使用人の姿はよく見えなかった。使用人だと思ったのは、彼以外に部屋に入れるはずがなかったからだ。そのとき、使用人は洗面台の前で足を止めた。洗面台の上にはブラシと剃刀《かみそり》を置く棚があった。使用人はケースから剃刀を出して研ぎ出した。剃刀の刃で明かりがギラリと反射した。使用人は一、二度、親指の爪で切れ味を試してから、ぞっとしたことに刃を自分の喉に当てた。その瞬間、夢をぶち壊す、例の凄まじい音が轟いて私は目を覚まし、扉が半開きになって、使用人が入ってくるのを見た。扉を開ける音が轟音に感じられたに違いなかった。

私はすでに到着していた五人組と合流した。全員が昔なじみで、たびたび集まっていた。そして夕食中とその後のブリッジの合間に、スケートのターンや天気の見通し（スイスではすこぶる重要だし退屈な話題ではない）やオペラの出来、そして晒《さら》されたダミーの手がどんなふうなら、ブリッジプレーヤーはパートナーのリードに逆らっても無理はないかについてなど、さまざまな話題をとりとめもなく話して楽しんだ。それから、ウイスキーソーダを飲みながら、そして〝最後のタバコ〟を繰り返しながら、ツァンツィヒ夫妻が、思考と感情は伝わるという話に戻した。仲間の一人、ハリー・ランバートが、その原理に基づいて、幽霊屋敷についてのさんざん語られてきた仮説を披露した。ハリーはそれについてごく簡潔に説明した。

「なにが起きても」とハリーは言った。「私たちが一歩足を進めたときでも、なにかしらの思いが私たちの脳裏をかすめたときでも、この現実の世界になんらかの変化が生じる。さて、考えうるもっとも激しく暴力的な感情は、人を自殺や殺人などの極端な行動へと駆り立てる感情だ。そのような行為が現実の世界に、それが起こった部屋や幽霊の出る荒れ地に刻印され、長期にわたって影響を及ぼすことは容易に想像がつく。空気には今も殺害された人の悲鳴が響き渡っているし、血の臭いがたちこめている。誰でもそれを感じられるわけではないが、霊感がある人には感じ取れるんだ。ちなみに、夕食のときのウェイターには霊感があるに違いないと私は睨んでいる」

もう遅かったから、私は席を立った。

「そのウェイターをすぐさま犯行現場へ連れて行ったほうがいいな」私は言った。「私は睡眠現場に直行するよ」

戸外では、気圧計が示していた荒天の予報が早くも的中しかけていた。激しい寒風が松林でうなり、頂のまわりで叫びをあげ、雪が降り出していた。夜空は厚い雲で覆われ、闇の中を不穏な存在がうろついているように思えた。しかし、凶兆を気にしても仕方なかったし、これから数日、室内に閉じ込められるのだとしたら、快適なホテルにいられて幸運なのは間違いなかった。屋外で活動するほうがずっと楽しいのは確かだったが、屋内でもやることはたくさんあったし、狭苦しい列車で一晩過ごした後だったので、きちんとしたベッドでゆったりと横たわれるのがありがたかった。

着替えている最中にノックの音がした。夕食のときに私たちの担当だったウェイターがウイスキーのボトルを持ってきたのだ。ウェイターは長身の若者で、夕食のときには気づかなかったが、まばゆい電灯に照らされている若者を見て、ハリーがなぜ霊感があると思ったのか、私は一目で悟った。見間違いようがなかった。〝内側〟を覗いているような奇妙な目つき。そんな目の持ち主が、表面を貫いて内面を見通せることは一目瞭然なのだ……。

「ウイスキーをお持ちしました、ムッシュ」ウェイターはそう言いながらウイスキーのボトルをテーブルに置いた。

「でも、私はウイスキーを注文していないよ」と私。

ウェイターは困惑の表情になった。

「二十三号室でよろしいんですよね？」ウェイターは尋ねた。

そして、ウェイターはもう片方のベッドをちらりと見た。

「ああ、きっと、もうおひとかたが注文なさったんですよ」ウェイターは言った。

「でも、そんな人はいないんだ」と私。「私は一人で泊まっているんだよ」

ウェイターはウイスキーのボトルを再び手に取った。

「失礼いたしました、ムッシュ」ウェイターは謝った。「手違いがあったようです。私は新人で、今日が初日なのです。ですが、てっきり――」

「なんだね?」と私。

「てっきり、二十三号室からウイスキーのオーダーが入ったと思ったのです」ウェイターは繰り返した。「お休みなさいませ、ムッシュ、失礼いたしました」

私はベッドに入って明かりを消した。おそらく降り出した雪のせいで重苦しい気分だったが、眠くてたまらなかったから、すぐに眠れると思っていた。ところが眠気はいっこうに兆《きざ》さなかった。闇の中でへとへとになって歩いていて、足が上がらないせいで何度も石につまずいている人のように、うとうとしながらその日起きた些細な出来事につまずき続けた。そして、眠気が増すと、自分の心が小さな円を描いてぐるぐる回っているような気になった。まず、うつらうつらしながら、部屋の中から物音が聞こえたような気がしたことを思い出した。次に、何者かが音を立てずに部屋の中を歩き回って剃刀を研いだ夢を見た記憶が蘇った。三番目に、あの、〝霊感〟があるように見える目をしたスイス人ウェイターは、どうして二十三号室からウイスキーのボトルの注文があったと思ったのだろうという疑問が心に浮かんだ。しかし、このとき、私はこれらの些細な事実の間に関係があるとは思いもしなかった。寝惚け頭で同じことを何度も考えていただけだった。やがて、四番目の事実が眠気の輪に加わり、どうして私はもう片方のベッドを使うことに嫌悪を覚えたのだろうといぶかしんだ。しかし、どうしてそんなことが気になったのか、説明がつかなかった。そして思考の輪郭がどんどんあいまいにぼやけて、私はとうとうすっかり意識を失った。

翌朝からひどい天気が続いた。雹《ひょう》と雪が、寒風を伴って容赦なく降っていたので、戸外で楽しむことはまず不可能になった。雪は柔らかすぎてそりが滑らなかったし、スキー板にはこびりついた。スケートリンクはと言えば、どろどろの雪が溜まった池と化していた。このこと自体が、言うまでもなく、よくある気分の落ち込みを引き起こしてもちっとも不思議ではなかったが、私は憂鬱を感じるたび、このときに垂れこめていた漆黒の闇のせいもあるのではないかとずっと感じていた。最初は漠然としていた不安が次第に明確になり、ついには二十三号室に対する恐れ、とりわけもう片方のベッドへの恐怖にも悩まされはじめた。一体全体なぜそれが怖いのか、理由はさっぱり分からなかったが、その形と輪郭は、一つひとつはなんでもないさまざまな些事《さじ》がその不安を形作っていくにつれてじわじわとはっきりし、とうとう明確になった。しかし、全体としては荒唐無稽だし、子供じみていたので、誰にも言えなかった。この悪天候のせいで神経が混乱して、そんな馬鹿なことを思いついたのだろうと自分を納得させるしかなかった。

しかし、些細な事柄はたくさんあった。悪夢から目覚めてしばらく身動きできなかったときは、もう片方のベッドに寝ているのではないかと思い、恐怖のあまりパニックに陥った。また、朝、起こされる前に目覚め、ベッドを出て天気を見に行こうとしたとき、もう片方のベッドの寝具が妙に乱れているのではないか、誰かがそこで寝て、後で皺を伸ばそうとしたが、痕跡が消えるほどきちんと伸ばせなかったのではないか、という恐ろしい疑念が頭をよぎったことは一度ではなかった。そこである夜、私は、目に見える形で安心を得ようと、言うなれば侵入者に罠を仕掛けることにした（というのも、私はまだ、根拠のない恐怖におびえているだけだと自分に言い聞かせていたのである）。そして、シーツを折ってその上に枕を乗せた。ところが、朝になると、私の干渉がお気に召さなかったのか、寝具にはいつも以上にもどかしげな乱れが認められ、枕には、朝、だれかが寝て起きたベッドにできているような、丸くて深いくぼみができていた。昼間は怖くなかったのだが、夜、ベッドに入るときには、この先の進展を想像して私は戦《おのの》いた。

ときどき、使用人になにかを持ってきてもらいたいことや、なにかをしてほしくなることがあった。そして三度か四度、ベルを鳴らすと私たちが〝霊感の持ち主〟と呼んでいた若者が来たことがあったが、私は霊感の持ち主が、決して部屋に入ろうとしないことに気づいた。彼は、ドアを細く開けて私の要望を聞き、戻ってきたときも、やはりドアを細く開けて、ブーツはドアの前に置きました、などと言うのだ。一度、中に入らせたことがあったが、彼は凍てつくような恐怖を浮かべた顔で、十字を切ってから部屋に足を踏み入れた。どういうわけか、私はそれを見てもちっとも安心できなかった。また、夜間、ベルを鳴らしていないのに彼がやってきたこともあった。それどころか、最初のときは、ドアを細く開けて、ウイスキーは外に置いてあるなどと言った。私は外へ出てウイスキーは頼んでいないと告げたが、哀れな若者が困惑しきった顔になったので、説明は求めなかった。彼は平謝りに謝って、二十三号室からウイスキーの注文があったと思ったのだと弁解した。勘違いに違いないから——私に料金は請求されないと。もうおひとかたが注文したのだろうと。そしてまた謝った。彼はもう一人の泊まり客など存在しないことを思いだしたのだ。もう片方のベッドは使われていないことを。

もう片方のベッドは誰も使っていないと確信できればいいのに、と私が本気で願いはじめたのは、それが二度目に起きた夜だった。雪と雹に閉じ込められた十日間が終わり、その夜、月がまた、細い弓から輝く盾となって星々の間で穏やかに浮かんでいた。気圧計の針が上昇して大雪がやんだので、夕食時のみんなは、打って変わってすっかり明るくなっていたが、私にずっと取り憑いていた耐えがたい憂鬱はひどくなるばかりだった。私にとって、恐怖は完成間近の彫像のようだった。もろもろの些事という手によって彫られ、形作られており、まだ湿ったシーツで覆われてはいるが、いつ何時《なんどき》、シーツがさっと取り払われ、それと直面することになるか分からないと感じていた。その夜、私は二度、フロントへ行き、満室なら、ビリヤード室でも喫煙室でも、どこでもいいからベッドをしつらえてほしいと頼もうとしかけたが、その行為のあまりの子供っぽさに思いとどまった。なにを怖がっているんだ？　夢を、ただの悪夢をか？　たまたま乱れたシーツと枕カバーをか？　スイス人ウェイターが勘違いしてウイスキーを持ってきたという事実をか？　なんたる臆病者だ。

しかし、ビリヤードにしろ、ブリッジにしろ、それ以外の娯楽にしろ、その夜に楽しむこともまた不可能だった。唯一の救いは必死で働くことだと思ったので、夕食後すぐ、私は（恐怖に対して初めてきちんとした対抗手段を取るために）自室へ戻って数時間じっと座り続け、校正刷りの直しにふけった。単調でつまらないが必要な仕事だし、全神経を集中しなければならない。だが、まず、念のため部屋を徹底的に調べた。すべてが今風でしっかりしていた。鮮やかな色のデイジーの壁紙、寄木張りの床、隅で含み笑いを漏らしている温水パイプ、きちんとメイクされているベッド、そしてもう片方のベッド——。

電灯はまばゆく輝いていたが、枕の下のほうとシーツの上のほうに、くっきりと意味ありげな、影にも見えるおかしな染みがあるような気がして、私はしばし、またも名状しがたい恐怖に喉を締めつけられながら立ちつくした。そこで私は、勇気を振り絞って歩み寄り、見つめた。そして触れた。シーツの染みだか影だかになっている箇所には湿っている感触があった。枕も同じだった。そのとき私は思い出した。夕食前に、湿った服をそのベッドの上に置いたことを。そのせいに違いなかった。単純きわまりない理由をつけて恐怖をなだめると、私は腰を下ろして校正刷りのチェックにかかった。しかし恐怖は消えていなかった。なにしろその染みは、どう見ても、リネンが水で濡れて色が変わっただけではなかったからだ。

一階から、最初は音楽が聞こえてきた。この晩はダンスがおこなわれていたが、私は仕事に没頭していたので、しばらくたってからやっと、もう音楽が聞こえていないことに気づいた。廊下を歩く足音が響き、踊り場で話す声とドアを閉める音が聞こえたあと、次第に静寂が深まった。私は夜の孤独をひしひしと感じた。

私が初めて仕事を中断したのは静寂が孤独に変わった後だったが、テーブルの上の時計を見ると、すでに真夜中を回っていた。だが、仕事はまだいくらか残っていた。あと三十分ほどで終わりそうだったものの、後で参考にするためにメモしておかなければならなかったのに、紙がもうなくなっていた。紙は、その日の午後に村で買ってきてあったのだが、一階のフロントに預けたまま、その後で戻ってきたとき、引き取って二階に持って上がるのを忘れてしまったのだ。取りに行って戻ってくるのは数分の作業だった。

遅い時刻の電灯はずっと明るく感じたが、ホテル・ボー・シット内のガス灯の多くが消されて薄暗くなっているからに違いなかった。そして、部屋を出るとき、もう片方のベッドの枕とシーツの染みがまたも目に入った。しばらくのあいだ、その染みのことをすっかり忘れていたので、ありがたくない驚きを覚えた。そして、さっき納得した説明を思い出し、自分を安心させるためにまたそこに触れた。まだ湿っていたが——自分の小説におびえていたのだろうか？　と言うのも、温かく感じたからだ。生温かく、間違いなくねばついていた。水で湿っている感じではなかった。また同時に、部屋にいるのは私だけではないと確信した。なにかがいた。今のところ静かにしていて、今のところ目に見えないなにかが。だが、それはいた。

さて、背筋がぞくぞくしはじめている読者のために、ここで、私は勇敢でもなんでもないことをお伝えしておこう。しかし、その恐怖は、神かけて凄まじかったが、にもかかわらず興味深かった。興味のほうが恐怖を圧倒していた。私はつかのま、もう片方のベッドのかたわらに立って、半ば無意識的に、その染みに触れた手をぬぐった。その感触が、自分がそこに置いたコートについていた溶けた雪だとずっと自分に言い聞かせていたにもかかわらず、不快で不潔だったからだ。それ以上はなにも感じなかった。得体が知れなくて、ことによると恐ろしいものを前にすると、人間のもっとも強い本能の一つ、好奇心が浮かび上がってくるものなのである。だから、紙を取ってきて早く部屋へ戻ろうと、私は階段を駆け下った。フロントにはまだ明かりがついていて、おそらく夜勤に従事している霊感の持ち主が、座ったままうたた寝していた。私は音のしないフェルトのスリッパを履いていたので、私が中に入っても彼は起きなかった。そして私は、紙の束を見つけるとすぐ、彼を起こさないままフロントを出た。どういうわけか、私は安堵した。霊感の持ち主は、とにかく堅い椅子に座ったまま眠っていられた。誰のものでもないベッドで寝ている誰かは、今夜は彼を呼んでいなかった。

夜、静かな屋内では誰もがそうするように、私はそっとドアを閉めた。そして、腰を下ろすなり、仕事を終えてしまおうと紙の束を開けた。紙は古い新聞紙で包んであったが、縛ってある紐の最後の一本をほどこうとしたとき、ある言葉が目に留まった。そして新聞の上端に記されている日付にも気づいた。日付はほぼ一年前、正確には五十一週間前だった。そのアメリカの新聞には、次のような記事が掲載されていた。

〝先週、ムーラン・スール・シャロンのホテル・ボー・シットで自殺を図ったサイラス・R・ヒューム氏の遺体がマサチューセッツ州ボストンにある氏の自宅に埋葬される。スイスで行なわれた検死によって、氏は飲酒による錯乱状態におちいり、剃刀でみずからの喉を切り裂いたことが明らかになった。氏の部屋の戸棚からは、三十六本のスコッチウイスキーの空瓶が発見され……〟

そこまで読んだところでいきなり電灯が消え、私はしばらく、真っ暗闇に感じられた中に残された。そして、またもほかに誰かいるのが分かった。今度は部屋にいるのが誰なのか分かった恐怖のあまり、ぴくりとも体を動かせなくなった。頭に風が吹きつけたかのように髪がかすかにそよぎ、わずかに逆立つのを感じた。また、目が不意の闇に慣れたのだろう、外の星明かりで家具の形を見分けられるようになった。目に映っているのは家具だけではなかった。二つの窓の間にある洗面台のそばに寝間着姿の人影が立っているのが見えた。その人影は、洗面器の上の棚に置いてある物を探っていた。そして、影の中にあるもう片方のベッドへ、二歩で、飛び込むようにして入った。その瞬間、私の額に汗が吹き出した。

もう片方のベッドは闇の中だったが、ぼんやりと、しかし充分に見分けられた。枕に乗っている頭の形、そばの壁に備えつけられている電気ベルへと伸ばされた腕の形が。そして私は、遠くでベルが鳴っている音を想像した。一瞬後、急いで階段をのぼり、外の廊下を歩いてくる足音が聞こえ、ドアをせわしなくノックする音が響いた。

「ムッシュ、ウイスキーをお持ちしました、ムッシュ、ウイスキーをお持ちしました」と言う声がすぐ外から聞こえた。「すみません、ムッシュ、できるだけ急いだのです」

冷えびえとした恐怖による体の麻痺はまだ解けていなかった。応じようにも声が出なかったが、ひそやかなノックの音は続いていた。ウイスキーを持ってきたという声も聞こえていた。二度目に試みると、しゃがれた声が出た。

「頼む、入ってきてくれ。なにかいるんだ」

ドアの取っ手が回転してカチッという音が響き、数秒前に消えたときと同様に突然、再び電灯がついて部屋が煌々《こうこう》と照らされた。ドアから顔が覗き込んだが、私が見ていたのは別の顔、もう片方のベッドに横たわってどんよりとした目で私を凝視している、青ざめてしなびた顔だった。

ベッドにぐったりと横たわっている男の喉はぱっくりと切り裂かれていた。枕の下側は血まみれだったし、シーツも血に染まっていた。

次の瞬間、その恐ろしい幻は消え、寝惚けまなこのウェイターが部屋を覗き込んでいるだけになった。だが、眠気の下で恐怖は目覚めていたし、ウェイターの声は震えていた。

「ベルを鳴らされたのはムッシュですよね?」彼は尋ねた。

いや、ムッシュは鳴らさなかった。しかし、ムッシュはビリヤード室で寝ることにした。

The Other Bed（訳・金子浩）

扉の外

私の友人ジェフリー・オールドウィッチが、最近、ノーフォーク海岸の町シェリンガムの北にある小さな村で感じのいい古い家を購入したので、その家に何人かの友人と連れだって遊びに行った。ほかのみんなは夕食後、すぐにブリッジとビリヤードをしに行ってしまったが、ミセス・オールドウィッチと私は、しばらく客間に残って、いくら降霊術を試みてもいっこうに回転しなかった小さな丸テーブルに向かいあって座っていた。私たちが、心霊的にも物理的にも、精一杯、と言っても親しみをこめて励ますように力を加えても、ごくわずかな慣性しか有さないはずのちっぽけな物体にはまったく歯が立たず、テーブルは星々のごとくびくともしなかったのだ。ほっそりした紡錘形《ぼうすいけい》の脚は震えもしなかった。そのため私たちは、かなりな時間、辛抱強く努力した後、テーブルの木材を休ませることにし、いまいましいテーブルが私たちの見解と実際に矛盾したりしない、心霊現象の理論について話しはじめた。

こんなつまらない物体を動かせないなら、なにかを動かせるかもしれないなどという望みはすっぱり捨てたほうがましなので、私はその会話に、失敗から生じた辛辣さを付け足した。ところが、それを言った直後、見捨てたテーブルが、はっきりした音を立てた。ぎょっとするほどの大きさだった。

「今のはなんだろう？」私は尋ねた。

「ただの音よ」と彼女。「そのうちなにかが起こると思ってたわ」

「それなら、霊的な音じゃないと確信してるんだね？」私は尋ねた。

「あたりまえじゃないの。霊とはなんのかかわりもない音だと思ってるわ」

「この間までのような乾燥しきった天候だったらもっと説得力があるんだがね。夏には、家具はよくああいう音を立てるものだから」


さっきの音は、実のところ、それにあてはまるとは言いかねた。夏にしろ冬にしろ、家具がさっきテーブルが立てたような音を立てるのを聞いたことなどなかった。とにかく、さっきの音は、なんだったにしろ、たわんだ木材が発するくぐもったギーッという音とは似ても似つかなかった。硬い物同士がぶつかったような、大きくて鋭い衝撃音だった。

「私も、乾燥した空気に深い関係があるとは思ってないわ」彼女はほほえみながら応じた。「はっきり言って、私たちがテーブルを回そうとした努力の直接的な結果だと思う。馬鹿げているように聞こえる？」

「今のところはね」と私。「でも、君が本気になれば、きっと馬鹿ばかしい話には思えなくなるんだろうな。君の仮説には、たしかにそれなりの説得力があることには同意できるから――」

「そんなことを言うのは個人的感情に流されてるからよ」彼女は遮った。

「君を、もっと詳しく説明したい気分にさせたいという立派な動機があるのさ。続けてくれ」

「それなら、外へ出て、庭で座って話しましょうよ。もしもあなたが、本当にブリッジよりも私の仮説のほうに興味があるなら。気持ちのいい温かさだし――」

「それに、心霊現象の伝播《でんぱ》には暗闇のほうがふさわしいしね。交霊会と同じで」と私。

「私の仮説の説得力に心霊的な要素はないわ。私が話してるのは純然たる物理現象なんだもの」

だから私たちは、数多《あまた》の星の澄んだほのの明かりの中へと出た。西の地平線上で長く消え残っていた深紅の夕映えは、夜風に吹き散らされてとうとう見えなくなっていた。昇りかけの月はまだ、おぼろにかすむ水平線から顔を出していなかった。海はすっかり凪《な》いでいて、さざ波のささやきを漏らしながら眠りについていた。屋敷から海のほうへ広がっている、黒いビロードのような短く刈り込んだ芝生の上を、潮と夜のさわやかささに満ちたそよ風が吹き渡っていた。白い蛾の群れが夜の蜜を求めて飛びまわっており、眠りを誘う芳香が、物憂げな花壇から、ときおり、かろうじて嗅ぎ分けられる程度に漂ってきていた。狭間胸壁《はざまきょうへき》を備えたエリザベス朝時代の塔が二本そびえていて、多くの窓が明るく光っている屋敷が見えなくなるところまで歩いて行き、想像上の怪物の形に刈り込まれているツゲの生垣の陰に入ると、屋根つきボウリングレーンの端にある縞模様のテントのかたわらに椅子が並んでいた。

「もっともらしいね」と私。「仮説についてはは充分に。ひょっとしたらすべてに関して」

「幽霊話とか、そのたぐいだと言ってるの?」

「まさしくそのとおり。しかも、なんと、自分の体験を語っていないのに」

「実を言うと、自分の話だって語れるのよ」と彼女。「じゃあ、まずは総論を説明してから、その裏づけになる体験談を話すわね。私が、この屋敷で体験した話を」

「きっと興味深い話なんだろうな」と私。

彼女は私がタバコに火をつけるのを待ってから、心地いい澄み切った声で話しはじめた。彼女の声は素晴らしく清らかだ。だから、夜のとばりが下りた後で座っていると、ほかの感覚による印象に邪魔されることなく、闇に包まれた静寂《しじま》の中へと放たれている彼女の言葉が、まさしく清澄さの具現のように感じられた。


「精神や魂や生命――呼びかたはどうだっていいけど――と被造物の世界の純粋に物質的な部分との間の絡《から》み合いについては、まだ推論が始ったばかりなの」彼女は話しだした。「もちろん、そのような絡み合いが存在することは何世紀も前から知られていたわ。たとえば医師は知っていたのよ。陽気で楽天的な性格の患者は快復が早いこと、単なる感情である恐怖が心臓の鼓動に明白な影響を及ぼすこと、怒りが血液に化学的な変化を生じさせること、不安が消化不良をもたらすこと、激情に駆られているとき、人はふだんなら体力的に不可能な行為をやってのけることを。私たちには心があって、単純にしてなじみ深いやり方で、組織に、つまり完全に物質的な物に変化と影響を及ぼしてる。これを延長すれば――実際には延長というわけじゃないんだけど――心は、いわゆる生体組織だけじゃなく、命がない物、木や石のかけらにも影響を及ぼせると考えられる。少なくとも、それを否定するのは難しいわ」

「たとえばテーブルを回転させせられるっていうことかい?」私は尋ねた。

「それも、人間に備わっている多くの不可解で神秘的な力のひとつが、どう伝わるかの一例ね。伝わり方の法則は分かってない。伝わってほしいときに伝わらないこともある。たとえば、ついさっき、私たちがテーブルを回転させようとしたとき、なんらかの障害に妨げられたけど、努力の結果としてあの音が響いた。でも私には、そういう力が無生物にも伝わるというのはごく自然なことのように思える。そういう力の伝わり方については、つまり不安が心臓の鼓動を、具体的にはどのように速めているかについては、ほとんどなにも分かってない。だけど、見えたり触れたりできる接続なしで空中を飛ぶマルコーニの無線通信と同様に確実に存在しているそうした力は、肉体の精妙な出入口を通じて、精神の砦から物質という形態に入り込めるのよ。その物質が、私たち自身の肉体にしろ、無生物と呼ぶべきものにしろ」

彼女はしばし間を置いた。

「特定の状況では」彼女は続けた。「人から無生物へと伝わる力の存在が明らかになることがあるようね。テーブルに伝わった力は、運動を生じさせることも、音を発生させることもあるのよ。あのテーブルには物理的エネルギーが充満していたの。私は何度も、テーブルとか椅子が見たところひとりでに動くところを見たけど、それは力や動物磁気――好きに呼んでもらってかまわないけど――の流失を受け取ったときだけだった。類似の現象に思えるものとしては幽霊屋敷が挙げられる。つまり、大雑把に言えば、犯罪または極端に激しい感情を伴う行為が実行され、その行為の残響や再現が定期的に目や耳で確認できる家のことね。たとえば、殺人現場だった部屋に幽霊が出るっていうようなことよ。霊感のある人たちは、そこで殺された人、あるいはまれに殺した人の姿を見たり、悲鳴を聞いたり、行ったり来たりする足音を耳にするのよ。空気にそういう場面が充満しているのだし、その場面は、どういう法則にのっとっているかは不明だけど、最初から最後まで、またはその一部が繰り返される。きちんと操作すれば吹き込んだ音声を繰り返し再生する蓄音機のように」

「すべて仮説だな」私は評した。

「でも私には、一連の興味深い事実にあてはまっているように思えるわ。それが仮説に求められるすべてじゃないかしら。さもないと、幽霊屋敷なんて存在しないと断言するか、哀れにも殺されてしまった不運な人の霊がある状況に縛りつけられて、我が身に起きた恐ろしい悲劇を再現していると推測するほかなくなるのよ。魂が、肉体がそこで殺されただけじゃ充分じゃないみたいに、霊感を持つ人たちの目に見えたり耳に聞こえたりするほどの鮮明さで苦痛を再体験しなければならなくなるって。そんなことはありえないように思えるのに対して、私の仮説はありうるように思える。どう、分かった？」

「分かりはしたよ」と私。「だけど、証拠が、きちんとした裏づけがほしいね」

「じゃあ、話してあげる。私自身が体験した幽霊話を」

ミセス・オールドウィッチはまたも一拍置いてから、自説を裏づける体験談を話しだした。

「ちょうど一年前に」彼女は言った。「ジャックはミセス・デニスンという老婦人からこの屋敷を買ったの。ジャックと私は、幽霊が出ると噂されていることは聞いてたけど、どういう幽霊が出るのかは知らなかった。ひと月前、私は幽霊が立てたと思われる音を聞いたので、先週、ミセス・デニスンとご一緒した機会にどういう幽霊が出るのかと尋ねたら、私の体験とぴったり一致したのよ。まず最初に私の体験を話して、その後で幽霊についてのミセス・デニスンの説明を話すわね。

ひと月前、ジャックが何日か出かけて、私ひとりがここに残っていたことがあったの。ある日曜日の夜、自分では体調も精神状態もふだんどおりだと感じていた、つまりどちらにもまったく問題がなかった私は、十一時頃、階段をのぼって寝室に向かった。私の寝室は二階の、三階に続く階段の隣にあるの。その廊下には部屋があと四つあるけど、その夜はどれも無人だった。廊下の突きあたりの扉を開けると正面階段に出られる。あなたもご存じのように、廊下の反対側にも寝室が並んでるけど、その夜は、それらの部屋にも誰も泊まっていなかった。実のところ、二階に泊まっているのは私ひとりだったの。

私のベッドは頭のほうが扉のすぐそばに位置していて、その上に電灯があるの。ベッドのヘッドボードにはその電灯のスイッチと、部屋を出てすぐのところにある廊下の電灯のスイッチが取り付けてある。ジャックのアイデアよ。屋敷が真っ暗なときに部屋を出たくなっても、闇の中、手探りでスイッチを探さなくても、あらかじめ廊下の明かりを点けておけるの。

私はぐっすり眠る質《たち》だから、いったん眠ったら、起こされる前に目を覚ますことは滅多にないの。でもあの夜は、珍しく目が覚めた。もっと珍しいことに、目が覚めたとき、説明のつかない恐怖で体が震えていたのよ。私はパニックの理由を突き止めよう、原因を探り出して鎮めようとしたけどうまく行かなかった。見当のつかない恐怖に囚われて、真っ青になって震えていた。真っ暗な中で戦《おのの》きながら横たわっていても仕方ないから、電灯を点けて、その奇妙な胸騒ぎを落ち着かせようと、読みさしの本の続きを読みだした。その本は、すごく刺激的という評判の『グリーン・カーネーション』（オスカー・ワイルドの同性愛スキャンダルを題材にした一八九四年刊の小説。緑色のカーネーションは同性愛の暗喩として使われていた）という本だった。でも、いくら怖がる理由はないと自分に言い聞かせても、読書に集中できなかったの。何ページか読んでも動悸がちっとも鎮まらなかったし、ぞっとする感覚がやわらがなかったので、私は明かりを消してまた横になった。でも、その前に腕時計を見たので、二時十分前だったことを覚えているわ。

それでも事態は改善しなかった。さらにじわじわとやや明確になった恐怖、刻一刻と近づいてきているある種の暗く暴力的な行為への恐怖に、私はがっちりと囚われていた。なにかがやってきていた。それがやってくることは潜在意識によって知覚され、顕在意識へと伝えられていた。するとそのとき、時計が二度、鐘を鳴らし、廊下の柱時計がさらに大きく時を告げた。

私はあいかわらず、重苦しい気分で戦きながら横たわっていた。そのとき、部屋のすぐ外、さっきも言ったように三階に続いている階段から音が聞こえた。ごくありふれた、聞き違えようのない音だった。闇の中、足元を探りながら、誰かが私の部屋がある廊下に下りてきていた。手すりを探っている音も聞こえた。足音は階段を下りたところから私の部屋の扉に至る数ヤードの廊下を近づいてきて、布地が扉自体にすれる音、そして羽目板を手探りする音が聞こえた。指が取っ手に触れてガチャッという音が響き、私は恐怖のあまり叫びかけた。

そのとき突然、私は理にかなった希望を見いだした。病気になるかどうかした使用人のひとりが真夜中にさまよっているのかもしれなかった。とは言え——どうして足を引きずりながら手探りをしてたのかしら？　でも、その希望が兆《きざ》した途端に（だって、私が怖がっているのは、暗闇い廊下を歩いている足音だったから）私はヘッドボードの明かりも廊下の明かりも点けてから扉を開け、外を見た。廊下は端から端まですごく明るかったけど、人気《ひとけ》はなかった。でも、誰も歩いていないのに、音は聞こえていた。煌々《こうこう》と照らされた板の上を、すり足で遠ざかる音が次第に小さくなって、ついに、音から判断する限り、廊下の端で張り出し通路のほうへ曲がって聞こえなくなった。同時に、私が感じていた恐怖も消えた。私は〝それ〟を恐れていたわけだけど、〝それ〟とともに恐怖も消えたの。だからベッドに戻って、朝まで寝たわ」

ミセス・オールドウィッチはまたも間を取った。私は黙していた。どういうわけか、彼女の話の単純明快さが恐ろしかった。彼女はすぐに話を再開した。

「じゃあ、続きを話すわね」彼女は言った。「実例として選んだ出来事の続きを。さっきも言ったように、つい最近、ミセス・デニスンと同席したとき、こういう音を聞いたと伝えたの。それとなくだけど、この屋敷には幽霊が出るんじゃないかと言って説明を求めたのよ。彼女の答えはこうだった。

〝一六一〇年当時、この地所の所有者はヘレン・デニスンという、サザン卿という青年貴族との結婚が決まっている娘だったの。子供を授かったときのために、デニスン家からこの地所を譲られたのよ。子供が出来ないままヘレンが死んだら、彼女のいとこが相続することになっていたらしいわ。結婚の一週間前に、そのいとこと弟が、暗くなってから三十マイル離れた屋敷に車でやってきて、三階の彼女の部屋に侵入したの。いとこたちはヘレンを絞め殺そうとしたけど、彼女は逃げ出し、手探りで廊下を進んで、張り出し通路の端にある部屋に逃げ込んだんだそうよ。だけど男たちはその部屋に押し入ってヘレンを殺害したの。弟が減刑を見返りに証言したからそれが分かったのよ〟

ミセス・デニスンの話によれば、幽霊が目撃されたことは一度もないけど、ときどき、階段を下りたり廊下を歩いたりする足音が聞こえるそうなの。それは、いつも午前二時から三時までの間、つまりヘレンが殺された時刻なんだそうよ」

「で、その後、君はまたその足音を聞いたのかい?」私は尋ねた。

「ええ、一度ならず。だけど、もう怖くはなかったわ。誰でもそうだけど、怖かったのは正体が分からなかったからなのよ」

「幽霊だと分かったら、そのほうが怖いような気がするけどね」

「あなただって、いつまでも怖がり続けるとは思えないわ。足音と手探りする音について、あなたがどんな仮説を採用しても、震えたり怖がったりする必要があるとは思えない。私自身の仮説は、あなたもご存じのように——」

「君が聞いた音にその仮説をあてはめてみてくれ」

「簡単よ。哀れな娘は、きっと、人殺したちのかすかな足音を聞いて絶望的な恐怖に襲われたせいで、そこがどこか分からないまま、手探りで廊下を進んでたのよ。頭の中で凄まじい精神錯乱の波が荒れ狂ったせいで、その場所に、かすかだけど物理的な跡がついたの。その、言うなればば砂浜に打ち寄せる波がつくる波紋のような起伏を感じ取れるのは、いわゆる霊感の持ち主だけなの。だけど霊感は存在する。たとえチューニングされている受信機がなければ聞けなくても、マルコーニの無線機が作動するのだから無線波が存在してるように。あなたが脳波の存在を信じているなら、この説明はそんなに難しくないはずよ」

「じゃあ、脳波は永遠なのかい？」

「どんな波だって跡を残す。でしょう？　もしも私の話が信じられないなら、哀れな殺された娘がなんの害も及ぼさずに歩き回る途中にある部屋に泊まってもらってもいいのよ」

私は立ち上がって答えた。

「いや、今の部屋は実に快適だから遠慮しておくよ」

Outside the Door（訳・金子浩）

ノウサギ狩り

ダイニングルームの窓は、オークリー通り沿いの表側の窓も、煤けたような灌木が三本植わっている（庭ということになっている）狭い裏庭に面している窓も全開にしてあるので、テーブルがあるあたりは風通しがいいはずだった。ところが、七月になった途端、夏たるもの、暑くあるべく奮闘すべしということなのか、息が詰まるほどの酷暑になっていた。そういうわけで暑かった。熱気が家の壁で反射し、敷石からブーツを通して上がってきていた。慈悲深く輝かしく、朝から日暮れまで天を渡っている過熱状態の大きな太陽がまだ照りつけていた。四人きりの夕食はすんでいたが、みな席を立とうとしなかった。

言い出したのは――奮闘する夏に降参していた――メイベル・アーミテージだった。

「ねえ、ジム、最高じゃないの」とメイベル。「考えただけで涼しくなるわ。想像してみてよ。二週間後、私たち四人がいるのはそこ、私たちの狩猟ロッジ――」

「農家だ」とジム。

「サーモンがのぼってくるコーヒー色の川が、せせらぎを響かせながら敷地内の湖に流れ込んでる王室御用邸のバルモラル城じゃないことはわかってるわよ」

ジムはタバコに火をつけて、

「メイベル、狩猟ロッジやサーモンがのぼってくる川や湖のことは忘れたほうがいい」と言った。「あそこは農家だ。かなり大きいが、なじむのはきっと大変だろうな。君がいったサーモンがのぼってくる川は、ただの大きめな小川だけど、サーモンが釣れたことがあるのは間違いないらしい。だが、私が見たところ、サーモンがあの川になじむためには、私たちがあの農家になじむのと同じくらいの創意工夫が必要になるだろうな。それに、あるのは湖じゃなくて池だ」

メイベルは、たとえ妹と兄でも示すべきではないぶしつけさで私の手から『ハイランド地方狩猟案内』をひったくると、皺の寄った指を夫に突きつけながら、

「〝アクナレイシュは〟」と朗読した。「〝サザーランド州の雄大な景観を満喫できるひなびた地区に位置している。狩り用具と釣り用具を備えたロッジを借りられるのは八月十二日から十月末日まで。二名の狩猟ガイド、一名の釣りガイド、ボート、犬が用意されている。付近にはライチョウが約五百羽、ヤマウズラ、クロライチョウ、ヤマシギ、シギ、ノロジカなどさまざまな猟鳥、猟獣があわせて五百ほど生息している。また、とりわけフェレットを使った猟ではアナウサギを数多く獲れる。湖ではブラウントラウトがたくさん釣れるし、水位が高いときにはシートラウト、まれにはサーモンもあがる。ロッジには――〟もう駄目。暑すぎるし、残りはもう知ってるわよね。たった三百五十ポンドで借りられるのよ！」

ジムはじっと耳を傾けていたが、

「で？」と応じた。「それがどうした？」

メイベルは重々しく立ち上がった。

「言ったでしょ、サーモンがのぼってくる川と湖がある狩猟ロッジなのよ。ねえ、マッジ、外へ出ましょうよ。こんな暑い家の中で座ってられないわ」

「君は次から、バクストンを〝執事〟とでも呼ぶんだろうな」妻が横を通ったとき、ジムが言った。

私は、妹によって無作法に奪われた『ハイランド地方狩猟案内』を再び手にし、アクナレイシュの賃料と売り文句を、漫然とほかの貸しロッジと比較した。

「それに安いようだな」と私は言った。「ほう、広さと獲物の量がほぼ同じなのに五百ポンド取るところがある。五百五十ポンドっていうのもあるな」

ジムは自分でコーヒーを注いだ。

「うん、安いね」ジムは言った。「だが、言うまでもなく、すこぶる遠い。制限速度をえらく下回ってたわけじゃなかったのに、レアグから車で優に三時間かかったんだからな。とは言え、たしかに安い」

さて、(私の妻の)マッジには偏見がいくつもある。そのひとつに、安物には気がつきにくい隠れた欠点が必ずあって、手遅れになってから思いしるはめになる、という——すなわちきわめて高くつく——偏見がある。そして安物のロッジの欠点と言えば水廻りか使用人の仕事場だ——具体的には、前者は詰まることだし、後者は狭さである。だから私はそう指摘した。

「水廻りに問題はないよ」とジム。「検査官の保証書がある。それに、使用人の仕事場について言えば、居住部分よりも立派なくらいなんだ。まったく——どうしてこんなに安いのか、見当もつかない」

「獲物の量が水増しなのかな」私は言った。

ジムはまたも首を振って、

「いや、そこがおかしなところなんだ」と応じた。「獲物の量は控えめとしか思えない。少なくとも、二時間ばかり猟場をぶらついたんだが、いたるところでノウサギを見かけた。あそこだけでノウサギを五百羽撃てるだろうな」

「ノウサギがそんなにいるのか？」私は尋ねた。「変じゃないか？　あんなに北で」

ジムは笑った。

「同感だ。それにノウサギ自体も変だった。でかくて真っ黒だったんだ。私たちも外へ出よう。まったく！　なんて暑い宵なんだ！」


メイベルの提案どおり、その日から二週間後、ロンドンのチェルシーで暑さにうだっていた私たち四人は、ひんやりと爽快な風が吹く北部を車で疾走していた。道路の状態はまずまずで、ジムが運転する大きなネイピアが制限速度ぎりぎりで走っていることを、私は微塵《みじん》も疑わなかった。使用人たちは同日に先発していた。一方、二日目のこの日、パースを出発した私たちの車はインヴァネスに達していたので、目的地はもうすぐだった。こんなに閑散とした道路を通るのは初めてだった。道路の一マイル以内に人がいたとさえ思えない。

レアグを午後五時頃に通過したので、八時までにはアクナレイシュに着くと想定していたのだが、次から次へと災難に見舞われた。エンジンが不調になったと思ったら、今度はタイヤがパンクして到着が遅れた。目的地まであと八マイルあまりのところで、とうとう日が落ちて西の空にもくもくと雲が湧き、北部特有の日没後の薄明かりまで掻き消されてしまい、ヘッドライトを点灯するはめになった。そのまま進みつづけ、やがてわずかに揺れながら車が橋を渡ったあと、ジムが言った。

「いまのが、かのサーモンがのぼる川に架かっている橋だから、ロッジへの曲がり角に気をつけてくれ。右側にあるんだが、細い道なんだ。その道に曲がってかまわないぞ、セフトン」ジムはお抱え運転手に声をかけた。「人は歩いてないはずだからな」

私は助手席に座っていたが、車の速さと道の暗さにどきどきしていた。ヘッドライトが前方の闇を明るく円形に照らしていたが、その光が届かない車の左右は、対称的な漆黒の闇に包まれていた。ときおり、その光の円を野生動物がよぎった。光り輝く怪物の速さに気づいた鳥が、あわてては ばたいて、かろうじて轢死《れきし》をまぬがれた。道の脇で草を食《は》んでいたアナウサギが、車に突っ込みかけて跳びすさったりもした。だが、草を食んでいたノウサギが車の前を走りだすことのほうが多かった。ノウサギは、光におびえてあせり、闇へ逃げ戻れないらしかった。私は何度も、こんどこそ轢いてしまったぞと思ったが、そのたびにノウサギは、ぎりぎりで横へ跳躍して車輪をのがれた。車の下から跳び出していったように見えたノウサギは、ぎょっとするほど大きかったし、毛色が真っ黒に見えた。そのノウサギは、後ろから追いかけてくる明るい光に惑乱したのか、百ヤードあまりも車の前を走り続けた。それから、ほかのノウサギのように闇へ跳び込もうとした。だが手遅れだった。おぞましい衝撃とともに、車はノウサギを轢《ひ》いた。哀れな動物を轢いてしまったときは、必ず引き返して死んでしまったかどうかを確認しろとジムから命じられていたので、セフトンは即座に減速し、車を停めた。そして停止した直後、運転手は車から跳び降りて駆け戻っていった。

「なんだった？」待っている間にジムが私に尋ねた。

「ノウサギだ」

セフトンが駆け戻ってきて、

「息絶えておりましたので」と報告した。「死骸を持ってまいりました」

「なんのためだ！」

「ご覧になりたいかと思いまして。こんなに大きなノウサギは初めて見ましたし、真っ黒なのです」

まもなくロッジに通じている道が見つかり、その数分後、私たちは屋内に入った。そこは、〝狩猟ロッジ〟と呼ぶのがふさわしくないとしても、〝農家〟と呼ぶのも不適当だった。広々としていて、うまく調和が取れていて、私たちの居住区画の家具も申し分なかった。一方、バクストンがいかにも満足そうな表情を浮かべていることからして、使用人の作業区画も使い勝手がいいに違いなかった。また、立派な暖炉がある広間には、大きくてしっかりした造りの本棚が二本しつらえられていた。本棚には、教養のある牧師が遺したのだとしたら納得できる、お堅い本がぎっしりと並んでいた。私は、ほかのみんなが夕食のために着替えを終えて降りてくる前に本を眺めた。そして――目にするなり手を伸ばしたのだから、なんとなく気になっていたのだろう――エルウェス著『ハイランド地方北西部の民間伝承』という本を取って、索引で〝ノウサギ〟を探した。そしてその項目に目を通した。

〝動物に変身する力を持っているとされているのは魔女だけではない……魔女の嫌疑がかけられていない男女も、ある種の動物、とりわけノウサギに変身できると考えられている……地元の迷信によれば、そのようなノウサギは、その大きさと漆黒に近い黒さで容易に区別できるという〟

翌朝、私は新鮮な場所を訪れた者の例に漏れずにわくわくして――目新しい土地と新たな地平が見たくてたまらなくなって――早起きをした。外へ出ると、果たして、おおいに驚かされた。てっきり人里離れた場所だと思っていた。ところが、半マイルも離れていないところ、てっぺんに私たちの大きな農家が建っている急斜面に、典型的なスコットランドの村の通りが延びていた。その集落がアクナレイシュに違いなかった。斜面はきわめて急なので、村は実際には遠かった。直線距離なら、私たちの下、二百ヤードほどのところにあった。しかし、すぐそばに村が見えるというのは妙な気分だった。その村には少なくとも四十軒以上の家があったが、レアグを後にしてから目にした家はその半数にも満たなかった。目測で西に一マイルほど離れたところにきらめく海が見えた。その逆方向、つまり村の反対側に目を転じれば、川と湖を容易に見分けられた。要するに、ロッジは尾根に建っていた。どこから近づいても坂を登らなければならなかった。しかし、それがスコットランドの慣習なのだが、どんなに小さな家でも花で飾られており、わたしたちのロッジの壁には紫のクレマチスと、オレンジ色のキンレンカが飾られていた。あたりには静《せい》謐《ひっ》で家庭的な雰囲気が漂っていた。

探検を終えて戻ったときには朝食に遅刻していた。聞いた話によれば、ガイド長のマクラーレンが現われないので予定を確認していると、ガイド補佐のサンディ・ロスが、前夜に母親が急死したのでマクラーレンは来ないと報告したのだそうだった。サンディは、やや人見知りだが、ごく普通の、もっさりしてはいるが礼儀正しいスコットランド人だった。わたしはそのサンディから、マクラーレンの母親は、病気でもなんでもなかったのに、ベッドに入ろうとしたとき、おびえたように両手を上げて絶叫し、そのまま息絶えてしまったのだという話を聞いた。その話が終わったとき――私たちは裏口を出たところで立ち話をしていたのだ――馬屋からあか抜けた、いかにもイングランド人らしいセフトンがやってきた。片手に黒いノウサギを下げていた。

裏口に向かってきたセフトンは、帽子に手をかけて私に挨拶した。

「これをミスター・アーミテージにお目にかけようと思いまして。長靴並みの黒さですよ」

セフトンはドアのほうを向いたが、その前に、彼がなにを持っているかにサンディ・ロスが気づいた。そして、もっさりしてはいるが礼儀正しいスコットランド人が、途端に、隠しごとをしているようなおびえた顔つきになった。

「それはどこで見つけなすったんですか?」サンディは尋ねた。

私は、そもそも黒ウサギの迷信に関心を持っていた。

「どうしてそんなことを訊くんだね?」私は尋ねた。

サンディが、努めてもっさりしたスコッチランド人の顔に戻して、

「理由なんかありゃしません」と答えた。「うかがっただけでさあ。アクナレイシュにゃ、黒いノウサギがわんさとおるんで」

しかし、サンディは好奇心に負けて、

「道路がアクナレイシュにさしかかったあたりにいたんですかい？」と尋ねた。

「ノウサギのことかね？　ああ、そのあたりの道路で出くわしたんだ」

サンディはそっぽを向いて、

「あのあたりで座ってたんだな」と言った。

私たちは、その日の午前中、アクナレイシュから北の荒れ地へといたる、そここに小さな農場がある急斜面を歩き回ってのんびりと狩りを楽しんだ。地味な身なりばかりの勢子《せこ》たちの集団の中で、真剣な面持ちのバクストンが異彩を放っていた。私たちは大いに楽しんだが、ジムがたくさん見かけたと言っていたノウサギは一羽も仕留められなかった。だがとうとう、昼食前に、ジムがいるところから三十ヤードほど離れた、農場のひとつのいちばん高いところから、馬鹿でかくて真っ黒なノウサギが現われた。ジムは一瞬、ためらったが——彼は遠すぎるところからノウサギを撃っても無駄なのを知っていた——銃を構えて撃とうとした。勢子たちに指示を与えた後、あたりを歩き回っていたサンディが、唖然とするほどの素早さで駆け寄ってきて、ジムが引き金をひく前に銃の台尻を杖で払い上げた。

「黒いノウサギですぜ！」とサンディは叫んだ。「黒いノウサギは撃っちゃいけねえんです。アクナレイシュじゃノウサギを撃たねえってことを忘れねえでくだせえ」

人の表情があんなに一瞬で変わるのを見たのは初めてだった。まるで、妻がゴロツキに殺されるのを防いだところのようだった。

「病気だのなんだので大変な思いをしてる村人が」サンディは憤然と付け加えた。「ほんの一時間か二時間、暑さにあえぐ体を抜けだして荒野で涼んでるってのに」

そしてはっと我に返ったらしく、

「どうぞお願えします、旦那」とジムに言った。「いろいろあって動転してたもんで。きのう、旦那がたが見つけた黒いノウサギの件もあったし――ああ、また馬鹿なことを言っちまって。とにかく、アクナレイシュじゃ、ノウサギはぜってえに撃たねえことになってるんでさ」

私が歩み寄ったときも、ジムは、まだ驚きのあまり言葉を失っている様子だった。そして私は、狩猟にも目がないが、民間伝承愛好家でもあるのだ。

「だが、私たちはアクナレイシュの狩猟権を買ったんだぞ、サンディ」と私は言った。「ノウサギを撃っちゃいけないなんていう条件はついてない」

サンディは、一瞬、またもかっとなった。

「そんじゃ、女子供を撃ったってかまわねえっておっしゃるんですね！」サンディは叫んだ。

見回すと、そのときには、勢子たちが全員、森から出てきていた。勢子に参加していたバクストンとジムの使用人は離れて立っていたが、その二人以外の全員が、目をぎらつかせ、口をぽかんと開けて言い争いに耳を傾けながら私とジムを囲んでいた。私には、英語が不自由なせいで、口論の内容を把握するためにじっと耳を傾けているように思えた。彼らはときおり、ゲール語でひそひそと話していたが、なぜかそれが私の神経に障った。

「だが、ノウサギがアクナレイシュの女子供にどう関係しているんだね？」私は尋ねた。

この問いに、「とにかく、アクナレイシュじゃあノウサギを撃たねえことになってるんでさ」と繰り返しただけで、サンディはジムに向き直った。

「旦那がたの森はここまでです」サンディは言った。「もうひと回りしました」

大いに満足の行く狩りができたことに間違いはなかった。ジムはノロジカを一頭仕留めた（私も仕留めかけたのだが、鹿はふらつきながらも走り去ってしまった）。私たちはほかに、十二羽のクロライチョウ、四羽の鳩、六つがいのライチョウ（私たちは荒れ地自体へ行ったわけではなかったから、それらは、むろん、はぐれ者に過ぎなかった）、三十羽ほどのアナウサギ、そして四つがいのヤマシギを仕留めた。ロッジの周囲に点在している農場の周囲を巡っただけではあったが、この日の狩りは午前中だけで充分だった。奥方たちが、暇を潰すために午後は初めての釣りを体験したいと言明していた。サンディは狩りの案内役を見事に務めてくれたが、彼が言ったように狩り場をひと巡りしただけで、まだ二時数分前なのに、ロッジから数百ヤードしか離れていないところで案内を切り上げると宣言したのだ。

そこで、ジムは私に目配せをしてから、ノウサギについての疑問はさておいて、「素晴らしい狩りだったよ」とサンディをねぎらった。「きょうの午後は釣りをすることになってるんだ。毎晩、勢子たちと話をつけて、君がいくら払ったかを教えてくれ。みんな、お疲れさま」

私たちはロッジへ戻ろうとしかけたが、背中を向けた途端、背後で話し声が聞こえたので振り向くと、サンディと勢子たちが全員、顔を寄せ合ってひそひそと話し合っていた。そのときジムが、「これは君の得意分野だな」と言った。「ノウサギを撃って、ノウサギは撃つななんていうたわごとを叩きつぶすほうが私の好みなんだ。いったいどういうことなんだ？」

私は、昨晩、エルウェスの本で読んだことを教えた。

「じゃあ、あいつらは、私たちが老婦人を道路で轢き殺し、今朝は私がほかの誰かを撃ち殺そうとしたと思ってるってわけなんだな？」ジムは尋ねた。「アナウサギがおばさんで、ヤマシギがおじさんで、ライチョウは子供だと言い出しかねないんだな？　そんな馬鹿な話は聞いたことがない。明日はノウサギ狩りをするぞ。ライチョウなんかどうだっていい！　まずはノウサギを片付けてやる」

このときのジムは、権利を侵害されたときのイングランド人らしい心境になっていた。ジムはアクナレイシュの狩猟権を持っていたし、それには間違いなくノウサギが含まれていた。だから、ジムがノウサギを撃つと決めたら、ローマ教皇の大勅書だろうが国王の勅許だろうが阻止できないはずだった。

「騒ぎになるぞ」私が言うと、ジムはフンと鼻を鳴らした。

昼食時に、私がすっかり忘れていた、サンディの言う〝病気〟とはなんだったのかが明らかになった。

「ひどい流感がはやってるみたいなのよ」とマッジが言った。「ねえ、テッド、今朝、メイベルと村に行ったら、すごくすてきなお店があって、レインコートからペパーミントまで、いろいろな物を売ってたんだけど、そこに熱があってすごく具合が悪そうな子供がいたの。だから訊いたら、〝病気〟なんですって――村の人にはそれしか分かってないのよ。だけど、あの女の人の話からすると、間違いなく流感ね。急な発熱とかの症状からすると」

「たちの悪いやつかい？」私は尋ねた。

「ええ。お年寄りが肺炎を起こして何人か亡くなったそうだし」

一般論を言えば、私だって、イングランド人としての自分の権利を意識しているつもりだし、もしもその権利が理不尽におびやかされたら、なんとしてでも守ろうとするだろう。しかし、通ろうとしている原っぱに暴れ牛がいたら、権利を主張したりしないで回り道をする。我が国の憲法によれば、私はこの原っぱを邪魔されることなく通れるはずだなどと暴れ牛に説いたところで聞き入れられるはずがないからだ。その日の午後は、マッジとともに湖にボートを出して釣りをしたのだが、もつれた釣り糸をほどいたり、彼女の髪やコートに引っ掛かった毛針を外したりする合間に、ノウサギとアクナレイシュの村人と私たちの関係について熟考し、暴れ牛と原っぱのたとえ話は私たちの現状を見事に表わしているという結論に達した。ジムは、たしかにアクナレイシュの狩猟権を持っているし、そこにノウサギを撃つ権利が含まれていることに疑問の余地はない。暴れ雄牛がいる原っぱを通れる権利を持っているようなものだ。しかし私には、ノウサギは――間違いなくそのとおりなのだが――ノウサギに過ぎず友人や親類の化身ではないとアクナレイシュの村人を納得させようとするのは、暴れ牛を説得しようとするのと同じくらい無駄だとしか思えなかった。なぜなら、それは彼らの信仰であり、その信仰をくつがえすためには、それどころか迷信の水準まで落とすためですら、三十分ではなく二世代がかりの説得を要するに決まっているからだ。現在、それは迷信ではなく――ジムがノウサギを撃とうとしたときにサンディが浮かべた恐怖と戦慄の表情を見れば明らかだ――ノウサギはアクナレイシュの村人の化身ではないという私たちの信念と同じくらい揺るぎない信仰だった。おまけに、村では悪性流感が蔓延し、ジムは明日、ノウサギ狩りをすると宣言していた！　これからどうなるのだろう？

その夜、ジムは喫煙室で熱弁を振るった。

「だが、一体全体、連中になにができるんだ？」ジムは大声で言った。「アクナレイシュの爺さんが私に孫娘を撃ち殺されたと主張し、遺体を提出するように要請されると、遺体は私たちに食われてしまったが、証拠として皮が残っていると陪審に申し立てたところでどうなる？　なんの皮だ？　ノウサギの皮だ！　そりゃ、民間伝承は立派なものだし、話題がないときには重宝《ちょうほう》するだろうが、実生活に入り込んできかねないなんて言わないでくれ。連中になにができる？」

「私たちを撃てる」私は言った。

「信心深いまっとうなスコットランド人が、ノウサギを撃ったなんていう理由で私たちを撃つって言うのか？」ジムは問うた。

「可能性はある。どっちにしろ、君にまともなノウサギ狩りができるとは思えないがね」

「なぜだ？」

「地元住民の勢子をひとりも雇えないからだよ。それにガイドもね。連れていけるのはバクストンと使用人だけなんだ」

「それならサンディは馘《くび》だ」ジムは語気荒く断じた。

「それは残念だな。彼は優秀なのに」

ジムは立ち上がった。

「とにかく、彼の明日の仕事は、私と君のためにノウサギ狩りの算段をつけることだ」とジム。

「それとも、君は尻込みするのか？」

「ああ、遠慮させてもらう」私は答えた。

翌朝の対決はあっという間に終わった。ジムと私が朝食前に外へ出ると、サンディが裏口の前に立っていた。無言だったが慇懃《いんぎん》な態度だった。裏庭には、前日に勢子を務めた十二人の若い高地人がいた。

「おはよう、サンディ」ジムが簡潔に挨拶した。「きょうはノウサギ狩りをするぞ。北の狭い谷でたくさん狩れるはずだ。あと十二人、勢子を増やしてくれ。できるか？」

「ここではノウサギ狩りをしないんでさあ」サンディが穏やかに言った。

「命令だ」とジム。

サンディは裏庭にいる勢子たちのほうを向いて、ゲール語で五、六語の言葉を発した。次の瞬間、裏庭は無人となり、若者たちは全員、アクナレイシュをめざして斜面を駆けくだっていた。ひとりがつかのま、地平線上で立って両腕を振ったのは、下の村へ合図を送ったとおぼしかった。するとサンディは私たちに向き直って、

「勢子はどこにいなさるんですか、旦那？」と尋ねた。

一瞬、私はジムがサンディに殴りかかるのではないかと思った。しかし、ジムは自制した。

勢子もガイドもいない――ガイド長のマクラーレンは母親の葬儀のために〝休み〟を取っている――ので、当然、ノウサギ狩りは不可能になった。怒りがおさまっていないが、勢子たちが一斉に辞めたことに面食らっているジムは、きっと明日の朝には戻ってくるさと負け惜しみを言った。一方、十五分前にメイベルが寝室の窓から郵便配達車が坂道を上がってくるのを見たのだそうだから、とうに届いているはずの郵便物が届いていなかった。ふとひらめいて、私はロッジが建っている尾根の端へと走った。案の定だった。郵便配達車は、私たちに手紙を届けることなく、ロッジを離れて村へと山道を下っていくところだった。

私はダイニングルームに戻った。この朝はなにからなにまでおかしかった。パンは古かったし、牛乳は新鮮ではなかったので、バクストンが呼ばれた。果たして、牛乳もパンも配達されていなかった。

民間伝承の観点からすると、これは特筆すべき事例だった。

「〝禁忌〟と呼ばれている別のたわごともある」私は言った。「誰もなにも提供してくれなくなるんだよ」

「おいおい、生兵法《なまびょうほう》は怪我のもとだぞ」ジムはマーマレードを塗りながら言った。

私は笑った。

「いらついてるじゃないか。ただのたわごとじゃないかもしれないと疑い出してるからだな」

「ああ、そのとおりだよ」とジム。「だが、こんなおおごとになるなんて、誰に予想できた？ ああ、ちくしょう！　できるもんか。ノウサギはノウサギだ」

「いとこがノウサギじゃない限りはな」と私。

「だったら、狩りに出かけていとこを仕留めてやる」とジム。

私たちが思いとどまらせたのでジムはマッジを連れて小川へ行ったのだが、それはこの後の成り行きを考えると得策だった。そして私は、実のところ、午前中ずっと、アクナレイシュを眼下に望む急斜面の外れに広がっている鬱蒼とした茂みの中で座り込み、双眼鏡で村の様子を観察していた。気球から地上を見下ろしているようによく見えた。村の家々が、地図を眺めているかのように点在していた。

まずは葬式がおこなわれていた——マクラーレンの母親のものだろう葬式には、全村民が参列しているらしかった。ところが、葬式が終わっても、解散して仕事に向かう者はひとりもいない。まるで安息日だ。村人たちは通りでたむろして話していた。ひとつの集団が解散しても、ほかの集団が膨らむだけで、自宅や自分の畑へ行く者は皆無だった。そして昼食後、新たな疑念に駆られた私は、疑いを検証するため、斜面を駆け下っていきなり大通りに姿を現わした。サンディを見かけたが、彼はくるりと私に背を向けた。全員が私に背を向けたし、私が近づくと、どの集団も黙り込んだ。しかし、なんらかの動きが続いているようだった。立ち話をしていた村人たちが、口をつぐんで歩き出した。私は、すぐにその行動の意味に気づいた。誰も通りに私と一緒にいたがっていないのだ。全員が家へ帰ろうとしているのだ。

通りの端の建物は、明らかにきのう、マッジが言っていた〝すてきなお店〟だった。店のドアは開いていて、私が歩いていくと、出入口の前にいた幼い子供がこっちを見た。私は、店に入って注文のついでに会話を試みるつもりだった。ところが、出入口までまだ一、二ヤードあるとき、ドアのガラス越しに姿が見えた男が店の中から手を伸ばし、子供をぐいと引き込むなり、ばたんとドアを閉めて鍵をかけた。私はノックをし、呼び鈴を鳴らしたが、返事はなかった。中からは子供の泣き声が聞こえるだけだった。

ついさっきまで人が大勢出ていて賑やかだった通りが無人になっていた。まるで誰も住まなくなって久しい町のようだったが、そこここの家々の屋根からは薄い煙が渦を巻きながら立ち昇っていた。また、墓場のように静まり返っていたが、にもかかわらず見つめられているに違いないと分かっていた。どの家からも不信と憎悪の目で見られているという確信があったが、人の気配は消えていた。実に不気味だった。見つめられていると分かっているのにその目が見えないという状態は快適にはほど遠かったし、それらの目がみな敵意に満ちているに決まっているという事実が危機感を募らせた。そこで私は引き返すことにし、坂道を登って斜面の上の茂みから再び見下ろすことにした。通りはまた人でいっぱいになった。

いまや、私はすっかり不安になっていた。禁忌が始っていた。そしてそれは――サンディが、きのうの朝、どんな意味だったにしろ、あの言葉を発して以来、誰ひとり私たちに近づいていないことを考えると――きわめてうまく行っていた。では、村人たちが寄り集まって話し合っているのはなんのためなのだろう？　ほかになにをしようとしているのだろう？　それはその日の午後に明らかになった。

二時頃、寄り集まっていた村人たちがとうとう解散し、全員が一気に通りを離れて斜面に散った。みな、仕事に戻るのかと思った。ところが奇妙なことに、誰も残らなかった。女と子供を含め、三々五々、連れだって歩き出した。てっきり、みなふだんどおりの仕事に戻るのかと早合点したが、中にはやけにのんびり歩いている者もいた。そして私は、女の子を連れた女性が、枯れたシダとヒースを刈り取っていることに気づいた。不審な行動ではない。私は双眼鏡をほかの人々に向けた。村人の集団を次から次へと観察した。全員が同じことをしている。燃料になるものを切り出している……燃料を。

そのとき、まさかという思いとともに、ある疑いが頭をかすめた。そしてもう一度、もっと鮮明に閃いた。二度目に疑いが閃いたとき、私は身を潜めていた場所から機敏に跳び出し、小川へ行ってジムを見つけた。そして私がなにを目撃し、それがなにを意味すると思っているかを話した。民間伝承が実生活の領域に入り込んでくる可能性について、ジムは真剣に考えるようになったと思う。いずれにしろ、それから十五分もたたないうちに、運転手と私は、ネイピアを全速力で飛ばしてレアグに向かっていた。取るべき対策を取った以上、心配させても無意味なので、女たちには私の推測を話さなかった。その夜、ロッジの中のジムと外にいる私が連絡を取る手段は秘密の合図しかなかった。もしも私の推測が正しかったと判明したら、暗くなってからレアグから戻った私に分かるように、ジムが私の部屋の明かりをつけておくことになっていたのだ。表向き、私は地元の店へ毛針を買いに行ったことになっていた。

私はレアグをめざして飛ばしている車に乗りながら——道路を走っている大型車はみな、まさしく飛ぶように走っていた——考えを巡らしていた。村人が集めていた薪《たきぎ》は、日が暮れてから、ロッジの壁の周囲に積み上げられて火をつけられるに違いなかった。しかし、それは暗くなってからのはずだ。実のところ、実行されるのはみなが寝静まってからだろうとジムと私は踏んでいた。レアグの警察が私の推測に同意してくれるかどうかはまだ不明だったが、私はそれを確かめるために車を飛ばした。

警察署に着くとすぐ、私は署長に、おそらくなに一つ省いたり誇張したりすることなく話した。語るにつれ、署長の表情はどんどん険しくなった。

「来てくださって良かったですよ」署長はそう言った。「アクナレイシュの村人は、スコットランドで一番、偏屈で気の荒い連中なんです。やっぱり、ノウサギ狩りはあきらめていただくことになりそうですね」

署長は電話をかけてから、

「部下を五名連れていきます」と言った。「そして私は十分後にあなたに同行します」

作戦は単純だった。アクナレイシュからは見えないところで車を降り、そして——私の部屋の窓を明るくするという合図を確認したら——四方から忍び寄ってロッジを包囲するのだ。ロッジのそばまで広がっている農場の間を誰にも見られずに進み、その端からロッジの周囲に枯れ枝やヒースが積み上げられていないかどうかを確認するのは難しくないはずだった。そうしたら、誰かが火をつけようとするかどうか見張る。そして光が見えた途端、ライフルを突きつけて誰何《すいか》するのだ。

私たちが車を降りてロッジに向かったのは十時頃だった。私の部屋の窓はあかあかと輝いていた。それ以外に人の気配はない。私自身は武器を帯びていなかったし、実のところ、ロッジの周囲の身を潜めていられるところに人を配した時点で私の仕事は終わっていた。それから私は、署長のダンカン巡査部長が隠れている、庭の端の生垣の隅に戻って待った。

どれだけ待ったかは分からないが、永劫が過ぎたように思えた。ときどきフクロウが鳴き、隠れていたアナウサギが駆け出てきて芝生の間に生えている丈の短いスイートグラスを囓った。夜空は厚い雲で覆われていて、ロッジは、内側から照らされている窓から光が細く漏れているだけの黒い染みのように見えた。やがてその細く漏れている光さえ消え、二階に新たな光が生じた。しばらくすると、その光も消えた。静まり返ったロッジに人気《ひとけ》はまったくなくなった。そのとき、いきなり終幕が訪れた。私は砂利を踏む足音に気づいた。ランタンの輝きが見え、ダンカンの声が聞こえた。

「止まれ」ダンカンは叫んだ。「腕か脚を動かしても撃つぞ。ライフルの狙いをつけてるからな」

そして私はホイッスルを吹いた。ほかの警官たちが駆けつけ、あっという間にすべてが終わった。取り囲まれた男はマクラーレンだった。

「やつらはくそったれな車でお袋を殺したんだぞ」マクラーレンは言った。「お袋は道に座ってただけで、悪いことはなんにもしてなかったのに」

マクラーレンにとってそれは、私たち全員を焼き殺そうとするのに充分な理由のようだった。

しかし、ロッジに入るには時間がかかった。村人たちの準備は周到で、一階の窓という窓、扉という扉が針金を使って開かないように縛られていた。

それから私たちはアクナレイシュに二カ月間滞在したが、焼かれたり、さもなくとも殺されたりするのはまっぴらだった。私たちが望んでいたのはガイド長が起訴されることではなく、平和と生活必需品と勢子だった。そのため、喜んでノウサギ狩りをあきらめ、マクラーレンを釈放してもらった。翌朝、一時間話し合って問題を解決した。その後の二カ月間は愉快に過ごせたし、村人たちとの関係も良好だった。

しかし、もしもジムが今もたわごとと呼んでいるものが、どこまで実生活に侵入してくる可能性があるかを確かめたいなら、アクナレイシュへノウサギ狩りをしに出かけてはいかがだろうか。

The Shooting of Achnaleish（訳・金子浩）

夜の恐怖

感情が伝わるというのはしごくあたりまえな現象なため、人類はとうに疑問をいだいたり考察したりする対象としては意識しなくなっているし、物質の法則として確立されている物の移動と同じくらい自然に感じるようになっている。たとえば、部屋が暑すぎるので窓を開けたときに外の冷たくて新鮮な空気が室内に移動してきても誰も驚かない。また、暗くて陰気な人々で一杯の部屋に、溌剌《はつらつ》とした人物が入ってきたとき、窓を開け放ったときと同じように淀《よど》んだ雰囲気にたちまち変化が生じても誰も驚かない。そのような影響が具体的にはどう伝わるのかは分かっていない。（物質の法則にのっとって作用する）驚異の無線技術のおかげで、毎朝、当然のように新聞記事が大西洋を越えているという事実に、今や誰も驚嘆しなくなっていることを考えると、感情も、なんらかの微妙かつオカルト的な仕組みで実際に物質として移動していると推測してもかまわないだろう。（さらに例を挙げるなら）書物のページ上の文字のような確実に物質的なものを読むことにより、喜びや哀れみなどが掻き立てられて感情が直接心に伝わってくるのは明白なのだから、心が心に物質的な作用をもたらしてもちっとも不思議ではない。

たいていの現象は物質的だとあっさり判明するのだが、ときとして、まれにしか起こらず、従っていっそう驚くべき現象が起こる。それを幽霊と呼ぶ人もいれば、インチキと呼ぶ人も、たわごとと呼ぶ人もいる。だが、感情が伝わったのであり、感情がいずれかの感覚に訴えかけたのだと解釈したほうがすっきりするのではないだろうか。目に見える幽霊も、音が聞こえる幽霊も、なんとなく感じる幽霊もいる。味として感じる幽霊は聞いたことがないが、これからする話でも、それらのオカルト的現象は、いずれにせよ、寒暖や匂いを知覚する感覚に訴えかけているように思える。なぜなら、無線電信のたとえを用いるなら、おそらく人はみな、ある程度までは〝受信機〟であって、感情という永遠の波のようなメッセージの一部または全体をときどき受信するので、聞こえる耳の持ち主には絶え間ない叫び声のように聞こえ、見える目の持ち主にはなにかが出現しているように見えるのだろう。通常、完璧には同調しないので、そのようなメッセージは、意味が通っていることもあれば、まったく意味がなさそうなこともある、切れ切れの断片としてしか受け取れない。しかし、この後の物語が私にとって興味深いのは、明らかに一つのメッセージの異なる部分を、いかに数人の異なる人々が同時に受信し、記録するかを示しているからだ。この出来事が起きてから十年がたっているが、書き留められたのは同時だった。

ジャック・ロリマーと私は、彼が結婚する以前からの旧友だったが、彼が私のいとこと結婚しても、よくあるように私たちの関係に罅《ひび》が入ることはなかった。結婚してまだ数カ月しかたっていないとき、ジャックの妻が肺病と診断され、時を移さず、介護のために同行する姉とともにダヴォス（スイスの保養地。高地の澄んだ空気が治療に有効だとして、かつては結核治療施設が設置されていた）へ療養しに行ってしまった。病気はどうやらまだごく初期だったので、適切な治療を受けてきちんと養生しさえすれば、その素晴らしい渓谷の体にいい寒気のおかげで全快する望みが大いにあった。

前述のとおり、二人は十一月に出発し、ジャックと私もクリスマスに彼女たちと一月過ごすために同地に赴いたのだが、ジャックの妻は週ごとにめきめきと快復していた。私たちは一月末までに街へ戻らなければならなかったが、アイダはもう一、二週間、妹のもとにとどまることになった。二人とも、私たちを見送りに駅まで来てくれたのだが、ジャックの妻が最後に口にした言葉は決して忘れないだろう。

「悲しそうな顔をしないでよ、ジャック」彼女は言った。「すぐに会えるんだから」

そのとき、小型の登山列車がやかましい警笛を鳴らし、蒸気を吐きながら坂を登りだした。

私たちが戻ったとき、二月のロンドンはいつものように天気が悪く、霧が深かったし、私たちが後にしてきた、晴れわたった高地の刺すような低温よりもずっと厳しく感じるほどの、骨身にこたえる寒さだった。私たちは二人とも寂しがっていたのだろう。だから帰り着く前に、今は一軒で間に合うのに二軒の家を使うなんて馬鹿げているし、同居したほうがずっと楽しいはずだということで意見が一致した。私たちはチェルシー地区のよく似た屋敷に住んでいたので、コイントスでどちらの家を使うかを決めたら（表なら私の、裏ならジャックの家）、生活費を折半し、もう一軒を貸し出して、うまく行ったら利益も折半することに決めた。フランス第二帝政の五フラン硬貨は表だった。

戻ってから十日ほどたち、ダヴォスからは毎日、この上なくうれしい便りが届いていたが、まずジャック、続いて私が、暴風雨にでも見舞われたかのように、説明不能な不安に襲われるようになった。この気鬱は、(これほど伝染性が強いものはないのだから)おそらくジャックから私に伝わったのだろう。一方で、二人が襲われていた嫌な予感が、同じ原因から生じていた可能性もあった。しかし、ジャックが口にするまで私はなにも感じていなかったのだから、私が彼に影響された可能性のほうが高かった。私の記憶では、ジャックが、ある夜、別々の屋敷で夕食をとって帰宅した後、就寝前の雑談をしているときに口にしたのだった。

「きょうは一日、最悪の気分だったんだ」とジャックが言った。「デイジーからうれしい便りが届いたというのに、ちっとも喜べなかったんだよ」

ジャックは、話しながらウイスキーソーダを作った。

「きっと肝臓が悪いんだ」私は言った。「酒を控えたほうがいいぞ。それは代わりに飲んでやろう」

「体はぴんぴんしてるんだ」

私は、話しながら手紙の束を開封していた。そして不動産業者からの手紙に気づき、興奮で手を震わせながら読んだ。

「やったぞ」私は叫んだ。「なんと五ギニーだ——三十一番をイースターまで週五ギニーで借りてくれるんだそうだ。充分な金額じゃないか!」

「そうか。でも、僕はイースターまでここにはいられないぞ」ジャックは言った。

「いればいいじゃないか。デイジーも来ればいいんだ。今朝、彼女から手紙が来たが、君をここにいさせてくれと書いてあったぞ。いや、君の意思は尊重するがね。君がここにいてくれると、本当に楽しいんだ。忘れてた、君は僕になにか言ってたね」

週に五ギニー得られるという朗報を聞いても、ジャックはちっとも元気にならなかった。

「本当にありがとう。もちろん、いさせてもらうよ」

ジャックは幾度か部屋の中を行ったり来たりした。

「いや、問題は僕じゃないんだ」ジャックは言った。「なんなのかは分からないが、問題なのは〝それ〟なんだ。夜の恐怖なんだよ」

「そんなもの、怖がるべきじゃない」

「分かってる。頭では分かってるんだ。でも怖いんだよ。なにかが迫ってきてるんだ」

「週に五ギニー入るんだぞ」私は言った。「君と話してるうちに恐怖が移らないようにしないとな。一番肝心なダヴォスは万事順調なんだぞ。この間の手紙はどうだった？　ものすごくいい報告だったじゃないか。あれをベッドに持って行けよ」

私の記憶では、上々の気分で眠りについたので、感染——あれが感染だったとして——の影響は、このときはまだ出ていなかったが、静かで暗い屋敷で目覚めると、私は眠っている間に〝それ〟——夜の恐怖——に取り憑かれてしまっていた。盲目的で不合理で心を麻痺させる恐怖と不安に、がっちりと囚われてしまっていたのだ。なんだったのだろう？　気圧計を見れば嵐が近づいていると分かるように、その、かつて経験したことのない気分の落ち込みから、なんらかの災厄が起ころうとしているのが分かった。

翌朝、朝食の席で一緒になったとき、ジャックは一目で気づいた。霧が出ていて部屋は薄暗く、蠟燭を点すほどではないが、いかにも陰気だった。

「じゃあ、君も襲われたんだな」ジャックは言った。

私には、ちょっと体調が悪いだけだと言い返すだけの気力もなかった。それに、体は元気一杯だった。

翌日も、そのまた翌日も、終日、恐怖は私の心を黒いマントのように覆っていた。なにを恐れているのか分からなかったが、恐怖は強烈だった。なにかが間近に迫っていた。刻一刻と近づいていて、空一面の雲のように広がっていた。しかし三日目、惨めにすくみあがっていた後、なにがしかの勇気が戻ってきたようだった。それがただの気のせいだったのか、動揺が度を越したせいだったのかは定かではないが、とにかく私たちは二人とも、〝無駄に気を揉んで〟いた。人の心を痛めつける感情という計り知れない波から、私たち二人の中のなにかが流れを、私たちを圧迫しているものを見いだしたのだ。とにかく、たとえなにもできなくても、立ち向かおうとするほうがはるかにましだ。その二日間、私はまったく働きも遊びもしなかった。縮こまって震えているだけだった。その日の夜は、気晴らしになるよう、さまざまな用事を作った。

「夕食を早めにすませて」私は言った。「『ブランクリーの男』（F・アンスティ原作の喜劇）を観に行こう。フィリップも誘ったんだが、彼も来るそうだよ。もう電話で切符を予約してあるんだ。夕食は七時だからな」

ちなみに、フィリップというのは私たちの旧友で、同じ通りに住んでいる立派な医師である。

ジャックは新聞を置いて、「たぶん、君が正しいんだろうな」と言った。「のらくらしててもなんにもならない。君はよく眠れたか？」

「ああ、ぐっすりとね」私はぶっきらぼうに答えた。と言うのも、前夜はほとんど眠れなくていらついていたからだ。

「うらやましい」とジャック。

こんな話をしていてもなんにもならなかった。

「元気を出そう！」私は言った。「人生を謳歌していて当然な、健康でたくましい男二人がうじうじしてるんだぞ。僕たちの不安にはなんの根拠もないのかもしれないし、現実的な理由があるのかもしれないが、そんなものを怖がるなんてあまりにも情けないじゃないか。恐れ以外、恐れるべきものなんてないんだ。君だって承知のはずだ。じゃあ、新聞を興味深く読もうじゃないか。どの記事を読む？　ミスター・ドルースか、それともポートランド公爵か（死亡したロンドンの家具屋ドルースの未亡人が、義父はポートランド公爵だったと主張して遺産の配分を求めた事件が、一八九七年から一九〇八年にかけて注目の的になった）、はたまたタイムズ・ブッククラブの広告か？」

だから、その日は忙しく過ごした。さまざまな事柄が意識という黒い背景の前で動きまわっていたので、不安から目をそらしていられた。そういうわけで事務所を出るのが遅くなった。歩いて帰るつもりだったが、夕食のための着替えをする時間を考えるとチェルシーまで車で戻るほかなくなった。

そのとき、その三日間、私たちの心という受信機の中でつぶやき続けて激しい動揺を誘っていたメッセージが届いた。

私が帰宅したのは七時ちょっと前だったので、ジャックはもう着替えをすませて客間で座っていた。その日は温かくてじめじめしていたが、自室へ行こうとしたとき、私はいきなりぞくっとする寒さを感じた。イングランドのじめついた寒さではなく、私たちがつい最近体験した、スイスのぴりりと心地いい寒さだった。暖炉には薪が置かれていたが燃えてはいなかったので、私は火をつけようと敷物に膝をついた。

「凍えそうな寒さじゃないか」私は言った。「従僕はなにをしてるんだ！ 寒い日には火を焚いて、暑い日には火を焚かないってことも分からないんだからな」

「おいおい、暖炉なんか点けないでくれよ」ジャックが言った。「こんな蒸し暑い夜に」

私はびっくりしてジャックを見た。私の手は寒さで震えていた。ジャックはそれに気づいた。

「震えてるじゃないか！」ジャックは言った。「風邪でも引いたのか？ だが、寒いかどうかは温度計を見ればはっきりするぞ」

温度計はライティングテーブルの上にあった。

「六十五度（摂氏十八度）だ」ジャックは言った。

反論の余地はなかったし、反論したくもなかった。なぜならその瞬間、私たちは、おぼろげにではあっても、〝それが来た〟ことを悟ったのだ。私はそれを、体の内側の奇妙な振動として感じた。

「暑かろうが寒かろうが、着替えてこないとな」私は応じた。

相変わらず震えながら、しかし薄くて爽快な空気を吸っているように感じながら、私は階段をのぼって自室に入った。服はすでに出してあったが、迂闊《うかつ》にも湯が用意されていなかったので、ベルを鳴らして従僕を呼んだ。従僕はすぐにやってきたが、おびえた顔をしていた。とにかく、すでに怖じ気づいていた私にはそう見えた。

「どうかしたのか？」私は尋ねた。

「なんでもございません」従僕は答えたが、呂律《ろれつ》が回っていなかった。「ベルが聞こえたような気がしたものでございますから」

「鳴らしたよ。湯を持ってきてくれ。それにしても、どうしたんだ？」

従僕はもじもじと体を揺らした。

「階段をのぼっている途中でご婦人をお見かけしたような気がしたのです」彼は言った。「私のすぐ後ろからのぼってくるご婦人を。玄関の呼び鈴は聞こえなかったのに」

「そのご婦人はどこにいらっしゃったような気がしたんだ？」

「階段です。その後、客間の扉の前でも」彼は答えた。「入ろうか入るまいか迷っているようなご様子でそこに立たれていました」

「じ――従僕の誰かだ」私は言った。しかし、またしても、私は〝それ〟が来たのを感じた。

「いいえ。あれは従僕ではありませんでした」

「それなら誰だったんだ？」

「はっきり見えなかったのです。曖昧模糊《あいまいもこ》としていました。ただ、ミセス・ロリマーではないかと思いました」

「いいから、さっさと湯を持ってきてくれ」

だが、従僕は立ち去らなかった。おびえているのは明らかだった。

その瞬間、玄関の呼び鈴が鳴った。七時ちょうどだった。私はまだ着替えも途中なのに、フィリップが時間ぴったりに到着したのだ。

「ドクター・エンダーリーだ」私は言った。「玄関階段に立っている彼を、おまえはご婦人と見間違えたのだろう」

そのとき、唐突に、屋敷中に悲鳴が響き渡った。苦痛と凄まじい恐怖に満ちた、血も凍るほど恐ろしい絶叫だったので、私はがたがた震えだして立ちすくんでしまった。だが、なにかを壊してしまったのではないかと危ぶんだほどの激しい頑張りの末に、私は足の動かし方を思いだして階段を駆け下ると——従僕がすぐ後から続いた——一階から駆け上がってきたフィリップと出くわした。フィリップも悲鳴を聞いたのだ。

「なにごとだ?」フィリップは問うた。「あの悲鳴はなんだったんだ?」

私たちは客間に飛び込んだ。ジャックは暖炉の前で倒れていた。数分前まで彼が座っていた椅子は引っ繰り返っていた。フィリップはジャックに駆け寄って屈み込み、友人のワイシャツの襟元をぐいと引き開けた。

「窓をすべて開けろ」フィリップは言った。「ひどい臭いだ」

私たちがあわてて窓を開けると、厳寒の中に熱風がどっと流れ込んできたように感じた。とうとうフィリップが立ち上がって、「死んでる」と言った。「窓は開けたままにしておいてくれ。ここにはまだクロロホルムが充満してる」

私は部屋が次第に暖まったように感じ、フィリップは空気に充満していた薬品が薄まったように感じた。しかし、従僕も私も薬品臭を感じていなかった。

二時間後、ダヴォスから電報が届いた。デイジーの死をジャックに伝えてくれという、彼女の姉からの電報だった。デイジーの姉はジャックに急いで来てほしがっていた。ところがジャックは、二時間前に息絶えていたのだ。

翌日、私はダヴォスへ赴いて事情を聞いた。デイジーは三日前からちょっとした膿瘍《のうよう》になって切開しなければならなくなった。簡単な手術だったが、デイジーはクロロホルムを吸わされることを懸念していた。デイジーは、麻酔からは問題なく覚めたが、一時間後、突然失神し、その夜、イギリス時間だと七時にあたる中央ヨーロッパ標準時の八時数分前に死亡した。デイジーは、命の危険はないのだから余計な心配はかけたくないといって、すんでしまうまでこのちょっとした手術のことはジャックに伝えないでほしいと頼んでいたのだ。

この話はこれで終わりである。私の従僕には、デイジーの魂が現世と来世の間で漂っていたとき、ジャックがいた客間の扉の前で、入ろうか入るまいか迷っている女性の姿が見えた。私は――そう考えても荒唐無稽とは思えないのだが――ダヴォスの厳しくも爽快な寒さを感じた。フィリップはクロロホルムの臭いを嗅いだ。そしてジャックのもとを妻が訪れたに違いない。だからジャックは妻に同行したのだ。

The Terror by Night（訳・金子浩）

広間のあいつ

本稿は、筆者が、広間の〝あいつ〟についてドクター・アシュトンから聞いた談話を記録したものである。筆者は、ドクターの話を可能な限り遺漏がないように筆記し、その後、書き写したものをドクターに読み上げて確認を取った。面談したのはドクターが死亡した当日だった。それどころか、死亡時刻は筆者が辞去して一時間もたっていないうちだったとされているし、検死報告書などの凄惨な記述を含む文書を読んだことがある方ならご存じのように、筆者は検死陪審の前に証言しなければならなかった。わずか一週間前、ドクター・アシュトンもやはり証言しなければならなかったが、それは医療専門家としてだったし、ドクター自身と酷似した状況で死亡した、友人のルイス・フィールダーの死に関してだった。ドクターは専門家として、友人は精神に異常をきたして自殺を図ったのだと主張し、そのとおりの評決が出た。しかし、ドクター・アシュトンの遺体の検死報告書には、結局、評決こそ同じだったものの、疑問の余地が残っていると付記された。

筆者は次のような事柄を証言した。ドクターが死亡する直前に、この後掲載する文章を筆者がドクターに読み上げたこと。ドクターは何カ所か、細部をきわめて厳密に訂正したこと。まったく正気に見えたこと。そして最後に、以下のように語ったこと。

「脳の専門家として、私はまったく正気だし、これらの出来事は、単なる私の想像の中だけの出来事ではなく、現実に起こったと私は確信しています。気の毒なルイスの件でまた証言しなければならなくなったら、異なる意見を述べなければなりませんね。なんだったら、あなたの記事の最後か最初に、そのことを記しておいてください」

本稿には、末尾に簡潔な一言を、冒頭に短い説明を付け加えなければならない。以下がその説明である。

フランシス・アシュトンとルイス・フィールダーはケンブリッジの同窓生で、二人の友情は、彼らの死の直前まで続いた。概して言えば、二人は正反対だった。ドクター・アシュトンは三十五歳にして彼の専門、つまり脳の機能と病気に関して押しも押されもしない第一人者だったのに対して、同い年のルイス・フィールダーは、まだほとんど業績を上げていなかった。アシュトンは、すぐれた才能があったわけではなさそうなのに、地道な努力を積み重ねた結果、最高峰にまで登り詰めたのに対し、フィールダーは、学校でも、大学でも、卒業後も優秀だったにもかかわらず、なにひとつ成し遂げられなかった。友人たちに言わせると、フィールダーはせっかちすぎて、退屈な研究を辛抱強く続けたり、論理的に推論したりできなかった。好奇心旺盛で素晴らしいアイデアを見つけては放り出し、言うなれば、ほかの研究者にくれてやり続けていた。しかし二人には、心の奥底からの衝動、すなわち未知に対する飽くなき好奇心に駆られているという共通点があった。これはおそらく、人類を構成する独立した単位の間でこれまでに結ばれた、もっとも強い絆だったのだろう。二人とも——最期まで——まったく恐れを知らなかったし、ドクター・アシュトンは、腺ペスト患者のベッド脇に座って、次第に病状が進んで推論機能にまで影響が及ぶさまをふだんどおりの熱心さで記録したし、フィールダーは、ある週はX線、次の週は飛行機、三週目は心霊主義というふうに研究していた。それ以外のことは、自然の流れで理解できるはずだ——ひょっとしたら、そうはいかないかもしれないが。とにかく、これは、ドクター・アシュトンから聞いた話を筆者がまとめ、ドクターに読み上げた文章だ。むろん、語り手はドクターである。

パリでシャルコー（フランスの神経病学者）先生に学んでから、私は故郷で開業しました。この頃には、ロンドンでも、催眠術の一般原理や連想などを利用した治療が受け入れられていたこともあり、このテーマについて数本の論文を執筆していて、外国の学位を取得している私は、帰郷するなり多忙になりました。ルイス・フィールダーは、私がどう開業すべきかについての考えがあって（なにしろ、彼にはあらゆるテーマについての考えがあるし、そのすべてが独創的なのです）、彼が〝クロロホルム広場〟と呼ぶ医者の街ではなく、彼自身の家の隣に空き家があるチェルシーに住むべきだと主張しました。

「医者がどこに住んでいるかなんて、誰が気にする？」ルイスは言いました。「患者は治療してさえもらえればいいんだ。それに、君は従来の治療法を信じてないじゃないか。どうして従来どおりの場所で開業しようとするんだ？　クロロホルム広場なんていう場所には安楽死の臭いが漂ってるじゃないか！　そんなところで開業するのはやめて、患者を生かせばいいじゃないか！　それから、きっとほとんど毎晩、僕には君に話したいことが山ほどあるはずだけど、ロンドンを半分横断して〝立ち寄る〟わけにはいかないからな」

五年も海外にいると、大都会にまだ親友がいたらうれしいものだし、ルイスが言うように、その親友の隣に住むことには大いに心惹かれました。とりわけ、私はケンブリッジ在学中から、ルイスの〝立ち寄る〟がなにを意味するかを知っていましたから。仕事が終わり、就寝時刻近くなって、早足で玄関前の階段をのぼる音が聞こえたら、一時間、場合によっては二時間、ルイスは自分の考えを喋りまくるんです。ルイスは、来るたびに、命を、つまり考えを発散しまくりました。ルイスは脳に栄養を与えてくれたんです。肝心なのはそのことでした。ほとんどの病気の原因は脳の飢えと肉体の反乱です。そうなると腰痛や癌を発症します。それが私の研究の主な原理なのです。体の病気はすべて脳に由来しています。体を完全に健康にし、どんな病気にもならないようにするためには、脳に栄養を与え、休息させ、きちんと鍛錬するだけでいいのです。けれども、脳が不健康だと、いくら薬を飲ませても排水口に流すようなものです。患者が――ここが最大の制約なんですが――効果を信じていないかぎり無駄なのです。

ある多忙だった日の夜、夕食をともにしていたときに、私はそのようなことをルイスに言いました。私たちは、ルイスがいつも食事をとっている広間で座ってコーヒーを飲んでいました。ルイスの家の外観は、私の家を含む一万軒ものロンドンの小さな家にそっくりでしたが、中は違っていました。狭い廊下の突き当たりに扉があり、その扉を抜けるとダイニングルームで、そこから〝書斎〟と呼ばれる奥の小部屋に行ける、という造りではなく、賢明にも不要な壁を取り払い、建物の一階全体を、二階に上がる階段があるだけの一部屋にしていたのです。書斎とダイニングルームと廊下がひとまとめになっていて、玄関ドアを抜けると、そこは一つの大きな部屋になっていたのです。唯一の欠点は、食事中に郵便配達人がそばで大きな音を立てることですが、まさに私が、脳が肉体と感覚に及ぼす影響についてのありふれた見解を述べている最中に、すぐそばで大きな音がしたので、私は仰天しました。

「ノッカーを布で覆うべきだな」私は言いました。「とにかく、食事中は」

ルイスは椅子にもたれて笑い声をあげて、

「ノッカーなんてないさ」と言いました。「君は一週間前にも驚いて、同じことを言ったんだ。だからノッカーを取り外したのさ。今じゃ、手紙はドアに差し込まれてるんだ。それなのに、君はノックの音を聞いたんだな？」

「君は聞かなかったのか？」

「もちろん、聞いたさ。でも、あれは郵便配達人じゃない。〝あいつ〟だ。なんなのかは知らない。だからおもしろいんだ」

未解明の力が実在すると考えている催眠術師は、心霊主義という根深くはびこっている概念を忌み嫌っています。霊が生者に影響を及ぼすという、論破され、否定されている考えは、薬物以上に催眠術師の信念に反しているからです。催眠術師は心霊主義を、薬物と同じ理由から敵視しているのです。脳がいかにして脳に作用しうるかを理解するのは、肉体がいかにして肉体に作用しうるかを理解するのと同様に容易なので、強いレスリング選手が弱い選手を組み伏せられるのと同様に、強い心は弱い心に影響を及ぼせるという考えを受け入れるのはちっとも難しくありません。しかし、霊が家具をコツコツ叩いたり現実に影響を及ぼせるというのは、脳を強化するために燐を投与するのと同じくらい馬鹿げている。これまで、私はそう考えていました。

私は、さっきのは郵便配達人だったと確信していましたが、即座に立ち上がってドアまで歩いていきました。郵便受けに手紙が入っていなかったので、ドアを開けました。郵便配達人がちょうど玄関前の階段をのぼってくるところでした。郵便配達人は私に手紙を渡しました。

私がテーブルに戻ると、ルイスはコーヒーを飲んでいました。

「卓の回転現象《テーブルターニング》を試したことはあるかい？」ルイスが尋ねました。「あれはちょっと妙だよ」

「いいや。スミレの葉が癌に聞くかどうかも試してないね」

「おい、なんでも試してみろよ。僕と同じで、それが君のやり方のはずじゃないか。君は長年外国にいる間、なんでも試したじゃないか。最初は眉唾だと思ってたけど、やがて半信半疑になり、最後には山をも動かす信念になった。なあ、パリへ行ったとき、君は、催眠術をまったく信じてなかったんだぞ」

ルイスがそう言いながらベルを鳴らすと、彼の使用人がやってきてテーブルを片付けました。その間に、私たちは部屋の中を歩き回って版画を鑑賞しました。ルイスがニューカット地区で買ったバルトロッツィ（イタリアの画家・版画家）を絶賛し、彼が大枚をはたいて入手したその版画『パーディタ』（パーディタはシェークスピアの戯曲『冬物語』に登場する王女）を無言で眺めました。そしてルイスは食事をしていたテーブルに再び着きました。天板が丸くてマホガニー製の、真ん中の脚が分かれて鉤爪になっている重いテーブルでした。

「重いのを確かめてくれ」ルイスは言いました「動かせるか?」

そこで、両手でテーブルの端をつかんで力を込めると、わずかに動きはしましたが、それで精一杯でした。回すにはかなりの力が必要でした。

「じゃあ、今度は両手をテーブルの上に置いてくれ」ルイスは言いました。「それで動かせるかどうか試してくれ」

手が滑るばかりで、テーブルはびくともしません。でも、私にはそんなことをして夜を過ごすつもりはありませんでした。

「テーブルを回すくらいなら、君とチェスか三目並べでもするほうがまだましだよ」私は言いました。「それとも政治について語ったっていい。君には押すつもりなんてないし、僕にもないのに、それでも回ってしまうというわけか」

ルイスはうなずいて、

「ちょっと待て」と言いました。「二人で、テーブルの上に指を当てて、右から左へ、力一杯押してみようじゃないか」

私たちは押しました。少なくとも私は押したし、ルイスの爪を観察しました。ピンクだった爪が白くなっていたのは、彼が力を込めていたからでしょう。だから、彼も押していたに違いありません。すると、一度、テーブルがきしみました。もっとも、動きはしませんでした。

やがて、短いけれども明瞭なコツンという音が聞こえました。玄関のドアからではなく、部屋の中のどこかからの音でした。

「〝あいつ〟だ」ルイスは言いました。

あなたにお話ししている今現在、私はそうだったと考えています。けれども、あの夜、その言葉は挑発にしか聞こえませんでした。私はその馬鹿ばかしさを証明しようとしました。

「僕は五年間、断続的に心霊主義なるものを研究してきたんだ」ルイスは言いました。「君には黙っていたが、今では、説明こそできないものの、意のままにできると思える現象を見せられるようになったんだ。自分の目で見、耳で聞いて僕に協力するかどうか決めてくれ」

「じゃあ、よく見えるように、明かりを消すつもりなんだな?」私は尋ねました。

「ああ。納得してもらえるはずだ」

「僕は懐疑論者としてここにいるんだぞ」

「存分に懐疑してくれ」

次の瞬間、部屋が暗くなり、明かりはほんのかすかな炉火だけになりました。窓のカーテンは厚かったので、街明かりは漏れ入ってこなかったし、通行人と車両が立てている耳慣れた快活な音はくぐもっていました。私はテーブルの玄関側に、ルイスはその正面にいたので、彼のシルエットが、くすぶっている暖炉の火明かりを背景にぼんやりと見えていました。

「両手をテーブルにそっと置いてくれ」ルイスが言いました。「そして――そうだな――期待してててくれ」

霊の存在は信じていませんでしたが、期待はしました。ルイスの息づかいが速くなっているのがわかりました。闇の中、大きなマホガニー製テーブルの前に立って期待するなんて酔狂なことだと思いました。そのとき――テーブルに軽く触れている指先に、湯が沸きかけているやかんの取っ手程度の、かすかな震動を感じました。それが次第に大きく激しくなり、自動車のようにブルブル震えだしました。うなりを上げているかのようでした。そして唐突に、テーブルが指の下で滑ってきわめてゆっくりと回転しはじめたのです。

「手が離れないように、テーブルと一緒に回ってくれ」ルイスがそう言いましたし、彼のシルエットがテーブルが動くにつれて暖炉の前から離れるのが見えました。

しばしの間、私たちは黙り込み、馬鹿ばかしいことに、言うなればテーブルに歩調を合わせながら回りました。そしてルイスが再び口を開きましたが、その声は興奮で震えていました。

「いるのか?」ルイスは尋ねました。

もちろん、返事はありませんでしたが、ルイスは再び尋ねました。今度は、夕食中に私が郵便配達人だと勘違いしたコツンと叩く音がしました。けれども、部屋が暗かったからか、それとも私もつい興奮していたからか、その音はさっきよりもずっと大きく聞こえました。それに、特定の一点からではなく、部屋全体から響いたように感じました。

そのとき、興味深いテーブルの回転が止まりましたが、激しく強烈なうなりは続いていました。私はテーブルに目を凝らしましたが、真っ暗だったのでなにも見えませんでした。そのとき、出し抜けに、小さな光点がテーブルの上を横切ったので、一瞬、自分の両手が見えたのです。続いて、光点が一つ、また一つと現われて、闇の中でマッチを擦ったか、黄昏の南部の庭を螢が飛んでいるかのように見えました。やがて、また、耳をつんざくようなやかましさでノックが響いて、光は消えたのです。

それが、私が出席した初めての交霊会で起きた現象ですが、ルイス・フィールダーは、何年もそれを研究、彼の言葉を借りれば〝期待〟していたことを忘れないでおいてください。心霊主義的な用語を使えば（この時点では、私はそんなことを絶対にしなかったのですが）、ルイスは霊媒で、私は単なる立会人だったし、彼はあの夜、私が見た現象をすべて、しょっちゅう生じさせたり観察したりしていたのです。こんな注釈をするのは、彼から、それらの一部は彼にはまったく制御できなくなっているようだと聞いたからです。打撃音が聞こえるのは、彼の考えでは、彼がまったくほかのことを考えているときだし、ときには打撃音で目覚めることもあったそうです。光もまた、彼の意志とは無関係でした。

これらのことはすべてルイスの主観にすぎないし、制御できないと彼が言うのは、ほとんど解明されていないが、人間の生活に大きな役割を果たしていることがどんどん明らかになっている無意識に根ざしているからだ、というのがあの時点における私の仮説でした。それどころか、私たちの行為のほとんどは、どうやら意志とは無関係に、この無意識に端を発していると言っても過言ではなさそうなのです。聞くことは聴覚神経の、見ることは視覚神経の無意識な作用だし、歩行をはじめとするふだんの運動はすべて、意志とは無関係におこなわれているように思えます。

そればかりか、新たになにか、たとえばスケートに取り組むとき、初心者が外側のエッジを使って滑ろうとすると、最初は転んでばかりでなかなかうまく行きませんが、数時間も練習すればバランスを取れるようになり、足をどう出せばいいかをいちいち考えなくても、ついさっきまで曲芸としか思えなかったことが、なにも考えずにできるようになるのです。

けれども、脳の専門家にとって、そして私自身を含めた催眠術の研究者にとってはなおさら、あれはきわめて興味深い出来事でした。と言うのも（それこそ私がこの最初の交霊会の後に到達した結論なのですが）、ルイスが見聞きしたのとまったく同じことを私も見聞きしたという事実は、本当に比肩しうる実例だったとして、私がシャルコー先生のもとで学んでいたときに目にしたどの実例をも上回る、思考伝達（〝テレパシー〟という用語が生まれる以前、心の内容が直接、他人の心に伝達される現象はこう呼ばれていた）の実例だったからです。私は、自分がすこぶる暗示にかかりやすい状態だったことを自覚していました。だからあの夜、鮮烈な暗示を受けたため、友人の脳内にしか存在していなかった現象を目で見、耳で聞いたに違いないと考えたのです。

私たちは二階でなにがあったかについて話し合いました。〝あいつ〟が私たちと意思を疎通しようとした、というのがルイスの見解でした。彼によれば、テーブルを回転させ、打撃音を立て、私たちに流れる光を見せたのは〝あいつ〟でした。

「なるほど。だけど、〝あいつ〟っていうのは」私は遮りました。「誰のことなんだい？　大叔父さんか？――交霊会に親族が出現するところは何度も見たことがあるし、恐ろしい決まり文句は何度も聞いたことがあるけど――いったいなんなんだ？　霊か？　だとしたら誰の霊なんだ？」

ルイスは私の正面に座っていて、私たちが囲んでいる小さなテーブルには電灯が載っていました。私は、ルイスの瞳孔が突然、拡大したことに気がつきました。医師にとって、それは――明るさの急激な変化によって拡大したのでなければ――一つのことしか意味しません。恐怖です。ところが、瞳孔は一瞬で通常の大きさに戻りました。

そしてルイスは立ち上がり、暖炉の前まで行って、

「いいや。大叔父さんだとは思えないな」と言いました。「言っただろう、〝あいつ〟がなんなのか、分からないんだ。だけど、どう推測しているのかと問われたら、精霊だと思う」

「もっとくわしく説明してくれ。精霊ってなんだ？」

またしてもルイスの瞳孔が拡大しました。

「一分はかかるぞ」ルイスは言いました。「だが聞いてくれ。この世界には、そうとも、善きものと悪しきものが存在するよな？　たとえば癌は悪しきものだし――新鮮な空気は善きものだ。高潔は善きものだし、嘘は悪しきものだ。ある種の衝動は両方の側面を持っているし、力のなかには衝動を誘発するものがある。とにかく、僕は心霊主義に関して、偏りなく取り組んできたんだ。〝期待〟することを、魂の扉を開けて、〝誰でも歓迎〟することを学んだんだ。そして、なにかがその招きに応じたのだと思う。コツンという音を立て、テーブルを回し、君も見たようにテーブルの上でマッチを擦った〝あいつ〟が。世界の根源的な悪を牛耳ってるのは、僕が精霊と呼ぶ存在を使役している力なんだ。そうとも、そいつらは目撃されている。きっとまた目撃されるはずだ。

僕は、善なる霊に入ってきてほしいと頼まなかったし、これからも頼まない。僕は、〝主は教会の基《もとい》となり〟みたいな賛美歌がオルゴールで奏でられることを望んだりしてないんだ。それに、精霊を望んでもいない。扉を開けただけだ。〝あいつ〟は僕の家にやってきて、僕との意思疎通を可能にしたんだと僕は考えてる。とにかく、とことんまでやりたいんだ。いったいなんなんだ？　なんだったら魔王の名において問うたっていい。いったいなんなんだ？　知りたいだけなんだよ」

その後に起きたと私が考えていることが空想の産物に過ぎない可能性は大いにありますが、私は、次のようなことが起きたと信じています。楽譜が置いてあるピアノが部屋の奥のドアの脇にあったのですが、そのときいきなり、楽譜がめくれるほどの強さの隙間風が吹き込んできました。次に、隙間風は水仙が挿してある花瓶に吹きつけ、黄色い花がうなだれました。続いて風は私たちのそばに立ててあった蠟燭に達し、炎があおられて青く小さくなりました。そして隙間風は私に届きました。冷たい風が私の髪をなびかせました。風は、言うなれば渦を巻いてルイスのほうに流れ、彼の髪もなびいたのが見えました。さらに風は下へ流れて暖炉に吹き込んだので、炎が突然、風にあおられて上へと伸びました。暖炉の前の敷物もはためきました。

「愉快だっただろう？」ルイスが尋ねました。

「精霊は煙突を昇っていったのかい？」私は応じました。

「いや、ちがう。〝あいつ〟は私たちを通りすぎていっただけだ」

そのとき、出し抜けに、ルイスが私のすぐ後ろの壁を指さし、しゃがれた声で、

「見ろ、なんだ、あれは?」と言いました。「壁の上のあれだ」

びっくり仰天して、私はルイスが指さしているほうを向きました。壁は薄い灰色でしたが、その上で、くっきりとした影が動いているのが見えました。脚がなく丸まるとしている、幅二フィート、長さ四フィートほどのそれは、巨大なナメクジの影のようでした。ただ、一方の端は、口を開け、舌を突き出してあえいでいるアザラシの頭部のような形をしていました。

そして、それが消えるのを見た途端、近くのどこかから、またしてもあの耳に突き刺さるような打撃音が響いたのです。

次の瞬間、部屋は静まり返りました。恐怖がずっしりとのしかかりました。ところが、なぜか、ルイスも私も、おびえたのは一瞬だけでした。この出来事は、あまりにも興味深かったからです。

「あれが、制御できないと言った理由だよ」ルイスが言いました。「誰でも——どんな訪問者でも歓迎すると言ったけど、そうとも、とんでもないやつがやってきたんだ」

このときもまだ、私は、あんな影が出現したにもかかわらず、きわめて鮮明で目覚ましい思考伝達を伴う、脳の混乱のもっとも興味深い事例にすぎないと確信していました。私はナメクジじみた影を見たわけではなく、ルイスがあの恐ろしい化け物をありありと視覚化したせいで、私まで彼が見たと思ったものを見たのだと信じていたのです。また私は、ルイスが持っている心霊主義についての、とても専門書などと呼べないクズのような本に、それを精霊の一般的な形態としている記述があることも突き止めました。一方、ルイスは、私たちが直面したのは、主観的現象ではなく客観的現象だったと、ますます強固に確信するようになりました。

その後の半年かそこら、私たちはしょっちゅう交霊会をおこないましたが、それ以上の進展はなかったし、〝あいつ〟も影も現われなかったので、私は、時間の無駄だと感じるようになりました。そして、いわゆる霊媒に参加してもらい、催眠術を使ってもっと学べないか試してみてはどうかと思いつきました。そういうわけで、私たちは例のダイニングルームの丸テーブルに着きました。部屋は真っ暗ではなかったので、なにが起きているかは充分に見て取れました。

ルイスと私の間に座った若い男性の霊媒は、私が施術すると、あっさりと軽い催眠状態になりました。途端に、ぞっとする一連の打撃音がはじまり、テーブルの上を、影よりも存在感のあるなにかが、表面がくすぶっているようなかすかな光を放ちながら這いずりはじめました。そしてその瞬間、霊媒は顔を歪めて凄まじい恐怖の表情になりました。口と目をかっと見開き、目の焦点をすぐそばにいるなにかに合わせていました。〝あいつ〟は頭を振りながらどんどん霊媒に、霊媒の喉のほうに近づいていきました。すると、霊媒は恐慌をきたして大声を上げ、両手を突き出してその恐ろしい存在の接近を防ごうとしながら立ち上がりかけましたが、それはもう霊媒をとらえていたし、霊媒はすぐにはそれを振り払えませんでした。ルイスと私は同時に駆け寄って助けようとしました。私の両手は、冷たくてぬらつくものに触れました。ところが、私たちがどんなに引っ張っても、それは離れません。それにはしっかりつかめるところがありませんでした。ぬるぬるする毛皮をつかもうとしているかのようで、皮膚病の患部に触れているようなぞっとする感触でした。私は、絶望しかけながらも、それは病的な想像力が生じさせた幻視に違いなかったから、その恐ろしいものが実在しているとはまだ信じられないまま、四個の電灯のスイッチがそばにあることを思い出しました。私はすべてのスイッチを入れました。霊媒が床に倒れていて、濡れた紙を貼りつけたような顔になっているルイスがそのかたわらで膝をついていましたが、それ以外はなにもいませんでした。ただし、霊媒の襟はくしゃくしゃになって裂け、彼の喉には出血している引っ掻き傷が二筋ありました。

霊媒はまだ催眠状態だったので、私は術を解きました。霊媒は襟を探り、喉に手を当てて出血していることに気づきましたが、予想どおり、なにがあったかはまったく覚えていませんでした。私たちは彼に、常ならぬ存在が出現し、催眠状態のままの君と取っ組み合ったのだと説明しました。私たちは望みどおりの結果を得たわけですが、それはその霊媒のおかげでもあったのです。

その後、彼と顔を合わせることはありませんでした。一週間後、彼が敗血症で亡くなったからです。

その夜から、この冒険は第二段階に入りました。〝あいつ〟が実体化したのです（〝実体化〟というのも、この時点では私がまだ使っていなかった心霊学用語です）。巨大なナメクジのような精霊が、もはや打撃音もテーブルのワルツも、また影も伴わずに現われたのです。目で見、手で触れられる姿で。とはいえ、やはり——それが私にとっての強みだったのですが——薄明の存在であることに変わりはありませんでした。電灯をつけていきなり明るくすると、そこにはなにもいなかったのです。ひょっとしたら、あの騒動の最中、霊媒は自分の喉をつかみ、私はルイスの袖を、ルイスは私の袖をつかんでいたのかもしれません。ですが、いくら自分にそう言い聞かせても、太陽は明日も昇るはずだと信じるようにはそれを確信できないのです。

さて、脳の機能と催眠現象の研究者として、おそらく私は、この一連の尋常ならざる現象を、うまずたゆまず追及すべきだったのでしょう。ですが、診察もしなければならなかったし、隣の家の広間で起きたことが頭にこびりついて離れなくなっていました。そういうわけで、私はその後、ルイスとの交霊会への参加を断るようになりました。ほかにも理由がありました。最後の四、五カ月、ルイスは嫌な奴になっていたのです。私自身、決して生真面目な優等生ではありませんでしたし、人を軽々しく断罪したりしなかったと思っています。しかし、どこをどう見ても、ルイスは悪人になっていました。トランプでイカサマをしてクラブを叩き出されたことを、私に喜々として話しました。彼は冷酷になっていました。猫をいじめ殺しました。凶暴にもなっていました。どこまで悪辣な奴が窓からこっちを見ているか分かったものではないと思いながら、彼の家の前を震えながら通ったものです。

そしてほんの一週間前の夜、私はぞっとするような叫び声を聞いて目を覚ましました。大きくなったり小さくなったりを繰り返しているその声は、隣家から聞こえていました。私はパジャマ姿で階段を駆けおり、通りへ飛び出しました。巡回中の警官も聞きつけたその声は、ルイスの家の広間から、開いている窓から響いていました。警官と私は玄関のドアを破って中に入りました。私たちがなにを目にしたかはご存じですよね。悲鳴は直前にやんでいましたが、ルイスは事切れていました。頸動脈が左右ともに切り裂かれていたのです。

隣にある私の家に戻ったときは明け方になっていました。陰気な早朝でした。中に入ろうとした瞬間、なにかが、柔らかくてぬらつくなにかが横をすり抜けて入って行きました。今度はルイスの想像ではありえません。それ以来、毎晩、それがおぼろげに見えているのです。夜、コツンと叩く音で目が覚め、部屋の隅の暗がりで、影よりも実体のあるなにかが座っているのです。

筆者がドクター・アシュトン宅を辞去してから一時間もたたないうちに、静かな通りにまたしても恐怖と苦痛の叫びが響いた。人々が中に入ると、医師はすでに、彼の友人とそっくり同じ状況で死亡していた。

The Thing In the Hall（訳・金子浩）

解説

エドワード・フレデリック・ベンスン（一八六七―一九四〇）といえば、M・R・ジェイムズやアーサー・マッケン、アルジャーノン・ブラックウッドと並び称される、イギリス怪奇小説の名匠である。日本でも知名度は高く、代表作のいくつかをアンソロジーなどで読むことができる。

本書は、そのE・F・ベンスンの最初の怪奇小説集 THE ROOM IN THE TOWER（1912）の完訳である。収録作品十七篇のうち、十三篇が本邦初訳。既訳のある四篇のうち、《ナイトランド・クォータリー》新創刊号（二〇一五　小社刊）掲載の表題作「塔の中の部屋」は訳者が加筆改訂し、「芋虫」「チャールズ・リンクワースの懺悔」「土煙」は新訳を収録した。

ベンスンの怪奇短篇は、生前に五十篇あまりが四冊の短篇集にまとめられた。三冊目の SPOOK STORIES (1928) が『ベンスン怪奇小説集』（一九七九　国書刊行会）として邦訳されているが、作品の一部を割愛しているので、短篇集の完訳版は本書が初となる。なおイギリスでは、歿後に発見された作品などを加えた全五巻の怪奇小説全集が、出版社 Ashtree Press から近年になって刊行されているが、その目次を見るかぎり、彼が遺した怪奇短篇は八十篇を越えているようだ。

これまで、ホラーのアンソロジーでベンスンの作品に親しんできた読者は、本書を読んで新たな印象が得られるのではないだろうか。

たとえば「扉の外」などの幽霊譚は、彼が若い頃に薫陶を受けたM・R・ジェイムズの作品のように理知的だ。二十世紀初頭の心霊学流行の反映も見て取れるが、どこかしらSFに近いものも感じられて、H・G・ウェルズの短篇を連想させるものもある。

また、語られる怪異は幽霊だけにとどまらない。「光の間に」や、マッケンを連想させる「遠くへ行き過ぎた男」に登場する伝説上の存在。「ガヴォンの夜」や「ノウサギ狩り」で語られる土着の魔術（こと後者はブラックウッドのある短篇と比較してみたい）。「猫」や「芋虫」のような生き物——実に多彩で、アイデア・ストーリーの趣もある。その中でことに驚かされるのは、巻末の「広間のあいつ」。壁に落ちる影しか見えない存在の恐怖は、H・P・ラヴクラフトの作品のいくつかに通じてはいないだろうか。

幽霊から異次元までのさまざまな怪異を、豊富なアイデアで物語る短篇。そう言うと、往年のTVドラマ「ミステリー・ゾーン」を思い出す読者もいることだろう。古典とはいえ怪奇短篇、オムニバス・ドラマのDVDを見るくらいの気軽さで、構えずに楽しんでいただくのが、本書には最適かもしれない。

イギリスの読者にとっては、ベンスンといえばMapp & Luciaシリーズをはじめとするユーモア小説の作者であり、ノンフィクションの著者としても著名で、取材の対象には各種のスポーツもあった。本書所収の十七篇のあちこちからは、そういった怪奇小説家でないベンスンの一面も、垣間見えてくるようだ。

たとえば、釣り（「ガヴォンの夜」「レンガ窯のある部屋」）やスケート（「かくて恐怖は歩廊を去りぬ」）、タイトルどおりの「ノウサギ狩り」、まだ新しいレジャーであったドライヴ（「土煙」）などが語られるさまは、読んでいて楽しくなってくる。幽霊や怪異の話をしていても、登場人物のやりとりはどこかとぼけていて、たとえば眠るのを「睡眠現場に直行」などと言ったりする（「もう片方のベッド」）ものだから、ついつい笑いを誘われてしまう。

E・F・ベンスンが「英国怪談の名匠」であることに間違いはない。だが本書は、名匠ぶりと同時に、その呼称から来るイメージを上回る、多彩な作風を持つ小説家であることを、充分に感じさせる一冊でもある。ユーモアを込めた語り口と、アイデアが煌めくさまざまな怪異を、ゆっくりお楽しみいただきたい。


（植草昌実）

E・F・ベンスン Edward Frederic Benson
1867年、英国バークシャー州に、聖職者の次男として生まれる。1893年に社交界を舞台にした小説Dodoでデビュー。同作がベストセラーとなり、小説、伝記、スポーツなど幅広い分野で活躍。著作は100冊を超える。怪奇小説も得意とし、1912年の短篇集『塔の中の部屋』(本書)以降、生前に4冊の怪奇小説集を上梓した。邦訳に『ベンスン怪奇小説集』(国書刊行会)があるほか、作品はホラー・アンソロジーに数多く収録されている。1940年歿。

中野 善夫(なかの よしお)
英米文学翻訳家。リー『教皇ヒュアキントス』等、幻想文学の訳書多数。

圷 香織(あくつ かおり)
英米文学翻訳家。訳書にマクニール『チャーチル閣下の秘書』等多数。

山田 蘭(やまだ らん)
英米文学翻訳家。訳書にキップリング『ジャングル・ブック』等多数。

金子 浩(かねこ ひろし)
英米文学翻訳家。訳書にケッチャム『隣の家の少女』等多数。

ナイトランド叢書 2-1

塔の中の部屋

著 者 E・F・ベンスン

訳 者 中野善夫・圷香織・山田蘭・金子浩

発行日 2016年8月7日

発行人 鈴木孝

発 行 有限会社アトリエサード
東京都新宿区高田馬場1-21-24-301 〒169-0075
TEL.03-5272-5037 FAX.03-5272-5038
http://www.a-third.com/ th@a-third.com
振替口座/00160-8-728019

発 売 株式会社書苑新社

印 刷 モリモト印刷株式会社

定 価 本体2400円+税

ISBN978-4-88375-233-1 C0097 ¥2400E
